Oetinger

STEVE WHITBURN lebte ein paar Jahre bei den Hirten des Fulani-Volkes in Burkina Faso. Er veröffentlichte u. a. Artikel in *The Guardian* und der *Sunday Times* und hat bereits mehrere Jugendbücher geschrieben.

Steve Whitburn

THE FIGHT YOU LIVE

Deutsch von Katja Hald

Verlag Friedrich Oetinger GmbH

MIX
Papier aus verantwortungsvollen Quellen
FSC® C014496

1. Auflage

Die englische Originalausgabe erschien bei Andersen
Press Limited, 20 Vauxhall Bridge Road, London
SW1V 2SA unter dem Titel »Chessboxer«.
Übersetzt von Katja Hald
Einband von Kathrin Schüler
Druck und Bindung: GGP Media GmbH,
Karl-Marx-Straße 24, 07381 Pößneck, Deutschland
Printed 2020

ISBN 978-3-7512-0005-9

Spiele die Eröffnung wie ein Buch,
das Mittelspiel wie ein Zauberer
und das Endspiel wie eine Maschine.

RUDOLF SPIELMANN,
Schachgroßmeister

TEIL EINS

ERÖFFNUNG

Eine einzige Begegnung mit Schach genügt, um jeden mit einem Sinn für Abenteuer süchtig zu machen.

EDWARD LASKER
(1885–1981)

HALLO WELT

Mein Name ist Leah – alias Chessgirl –, und das hier ist mein erster Post. Ich blogge für mich, nicht für euch. Wenn euch das, was ich hier schreibe, also nicht passt, verzieht euch. Keiner wird euch vermissen.

Mein Leben ist ein matschiger Kuchen aus fünf Zutaten.

1. Schachspielen
2. in Hotels abhängen
3. von meiner Mutter zusammengeschissen werden
4. von meinem Trainer zusammengeschissen werden
5. Laufen, Schwimmen, Seilspringen und Schattenboxen

Im Moment bin ich in Indien, was aber nicht heißt, dass ich viel davon gesehen hätte. Ich bin in einem Hotel eingesperrt und spiele das Pune-Open-Turnier. Nach dem zweiten Tag habe ich drei Partien gewonnen, und mein Trainer fängt an zu glauben, dass ich gute Chancen habe, das Ding zu gewinnen.

Dritter Tag. Ich spiele gegen einen alten belgischen Großmeister mit der höchsten Stirn, die ich je gesehen habe. Sie ist, ohne zu übertreiben, mindestens viermal so hoch wie bei normalen Leuten. Nur so zum Spaß eröffne ich am Damenflügel mit einem Blackmar-Diemer-Gambit. Und mache ihn dann, während ich beobachte, wie sich seine olle Riesenstirn in tausend Falten legt, in fünfunddreißig Zügen platt.

Kaum bin ich aus dem Turniersaal raus, geht meine Mom wie eine wild gewordene Furie auf mich los. Sie wäre nicht mit mir um die halbe Welt geflogen, schreit sie mich an, damit ich halbgare Eröffnungen spiele. Danach ist mein Trainer an der Reihe, der mich für meine Respektlosigkeit gegenüber dem besten Großmeister Belgiens anblafft, und mir vorwirft, ich hätte mit Absicht die ganze Zeit auf die Stirn dieses Typen gestarrt, um ihn aus dem Konzept zu bringen. Wo ich denn sonst hätte hinstarren sollen, verteidige ich mich, seine Stirn hat die komplette Halle ausgefüllt. Aber mein Trainer findet das null lustig. Spiel gegen das Brett, Leah, nicht gegen den Mann, brummt er, obwohl jeder weiß, was für ein Schwachsinn das ist. Oder ist es etwa das Schachbrett, das mir den Kopf runterreißen und ihn zum Abendessen verspeisen will? Wie auch immer. Die Zahlen sprechen für sich. Vier Runden, vier Siege, und meine Wertungszahl ist schon jetzt achtzehn Punkte nach oben geschnellt. Die beiden sollten froh und glücklich sein. Ich bin nur das, was sie aus mir gemacht haben.

KOMMENTARE

Roy: *Ich spiele auch ab und zu Schach, aber ich verstehe deinen Post nicht ganz. Was ist ein Blackmar-Diemer-Gambit? Kannst du das erklären?*

Chessgirl: *Was soll ich dazu sagen, Roy? Ich bin ein IM (Internationaler Meister), bald GM (Großmeister), und du klingst wie ein Patzer. Dich würde ich selbst mit verbundenen Augen, Turmvorgabe und 30 Sekunden auf der Uhr noch komplett auseinandernehmen. Ich erkläre Patzern wie dir doch nicht das BDG. Dafür ist dieser Blog nicht gedacht. Ist das deutlich genug für dich?*

Guppy: *Du scheinst ja kein besonders netter Mensch zu sein, Chess-*

girl. Und nur zur Info, es hat sich gezeigt, dass das Blackmar-Diemer-Gambit seine Schwächen hat. GM Cornelius Hammett sagt, wer das BDG in einem Turnier spielt, kann auch gleich aufs Brett klettern und sich vor aller Augen selbst ausweiden.

Chessgirl: *Hat Hammett das gesagt, bevor oder nachdem ich ihn 2011 mit ELF JAHREN beim Tradewise Gibraltar Chess Festival mit einem Blackmar-Diemer geschlagen habe? An dem Tag wurde nur einer ausgeweidet, und das war nicht ich.*

Sokrates: *Hast du einen Freund?*

Chessgirl: *Trink den Schierlingsbecher, Sokrates. Oder geh ins Exil. Du kannst es dir aussuchen.*

Roy: *Warum bist du so überheblich? Glaubst du, wenn du andere Schachspieler und Leute, die einen Kommentar schreiben, beleidigst, hat irgendjemand Lust, deinen Blog zu lesen?*

Chessgirl: *Idiot.*

KOMMENTARE SIND GESCHLOSSEN.

50 DINGE ÜBER MICH

1. Der Name Leah stammt aus dem Hebräischen und bedeutet »müde«.
2. Ich hab keinen zweiten Vornamen, aber wenn ich mir einen aussuchen könnte, dann einen dieser Mit-mir-legst-du-dich-besser-nicht-an-Namen wie Scout oder Jade.
3. Ich lebe mit meiner Mutter im ersten Stock eines Wohnblocks in Manhattan, New York.
4. Ich bin 17 Jahre alt. Gerade geworden.
5. Mein Geburtstag ist der 1. April. Ganz genau, mein Leben ist ein Aprilscherz.

6. Mein Dad ist Ingenieur auf der ISS. Um die Erde einmal zu umkreisen, braucht er anderthalb Stunden. Er sieht jeden Tag sechzehn Sonnenauf- und sechzehn Sonnenuntergänge.
7. Ich bin überhaupt nicht wie mein Dad. Ich habe Flugangst, was echt mies ist, weil ich wirklich ANDAUERND mit dem Flugzeug unterwegs bin.
8. Höhenangst habe ich auch.
9. Das habe ich im JW Marriott Marquis Hotel in Dubai herausgefunden. Mein Zimmer war im neunundsechzigsten Stock, und es endete damit, dass ich unten in der Hotellobby hinter einer Couch geschlafen habe.
10. Meinen ersten Großmeister habe ich mit sechs geschlagen. Nach dem Spiel behauptete er, er hätte Zahnschmerzen gehabt und nicht klar denken können.
11. Einen Schachgroßmeister zu schlagen, ist ein unglaubliches Gefühl. Wenn er seinen König umstößt, läuft ein Kribbeln durch deinen Körper, das du bis hinunter in die kleinen Zehen spürst.
12. Meine erste Vorstellung im Simultanschach habe ich mit zehn gegeben, gegen vierzig starke Clubspieler. Gegen dreißig habe ich gewonnen, gegen neun Remis gespielt und gegen einen verloren.
13. Die eine Niederlage hat mich wahnsinnig wütend gemacht, und ich habe so hart gegen eine Säule geschlagen, dass ich mir die Hand gebrochen habe.
14. Intelligenz und Reizbarkeit sind keine gute Kombination.
15. Während eines Turniers in Mailand habe ich einmal laut

»Warum verliere ich gegen einen solchen Idioten?« gebrüllt und vom Schiedsrichter dafür einen offiziellen Verweis erhalten. Am Ende habe ich die Partie dann trotzdem gewonnen. Und das Turnier auch.

16. Der Klingelton meines Handys ist Bobby Fischers Stimme, die sagt: »Ich liebe den Moment, in dem ich das Ego eines Gegners zerschmettere.«
17. Ich hasse es, wenn ich gefragt werde, ob es einmal einen weiblichen Schachweltmeister geben wird. Natürlich wird es das.
18. Meine Mom und mein Trainer sind sogar davon überzeugt, dass ich das sein werde.
19. Im Moment liegt mein Rating im Schach bei 2480. Bei 2500 bin ich Großmeister.
20. Wenn ich zu Hause Schachstellungen studiere, trage ich einen Krokodil-Onesie, den ich schon seit vielen Jahren habe. Damit ich nicht rauswachse, habe ich die Füße abgeschnitten.
21. Eins meiner Videos auf YouTube hat über eine Million Klicks. Zwei GMs knallen über einem Schachbrett versehentlich mit den Köpfen zusammen und fangen an, auf Russisch zu fluchen.
22. Meine beste Freundin heißt Rybka. Wir spielen jeden Tag zusammen Schach.
23. Rybka ist ein Computerschachprogramm.
24. Mein letzter Freund, Sergey, war ein IM aus Russland mit einem zu langen Pony. Wir haben uns vor drei Jahren bei der Juniorenweltmeisterschaft kennengelernt.
25. Er war mein erster und auch mein letzter Freund.

26. Um ihn zu beeindrucken, habe ich jede Menge obskure russische Sprichwörter auswendig gelernt.
27. Hätte ich mir sparen können.
28. Inzwischen habe ich es mir zur Regel gemacht, nie wieder etwas mit einem Schachspieler anzufangen.
29. Sollte irgendwann der Richtige kommen, werde ich diese Regel allerdings brechen.
30. Mit sechzehn habe ich die AP-Prüfungen für Hochbegabte abgelegt. Nur Einsen, versteht sich.
31. Ich wurde zu Hause unterrichtet, was ihr euch wahrscheinlich schon gedacht habt.
32. Zu meinem Unterricht zählten im Schnitt auch fünf Stunden Schach täglich.
33. Einmal saß ich die ganze Nacht in meinem Zimmer und habe auf ein Turmendspiel gestarrt. Ich habe die Figuren nicht einmal angefasst, aber mein Hirn hat sieben Stunden am Stück rotiert.
34. Ich fürchte, ich leide unter einer Art Geisteskrankheit.
35. Wer Schach langweilig findet, tut mir echt leid. Schach macht süchtig, verrückt, ruiniert dein Leben – aber es ist *nicht* langweilig.
36. Mein größter Held ist der lettische Großmeister Michail Tal. Seine besten Partien nachzuspielen, ist wie in Schokolade zu schwimmen.
37. Nicht, dass ich schon einmal in Schokolade geschwommen wäre.
38. Ich schwimme in Wasser. Täglich. 50 Meter schaffe ich in 40 Sekunden.
39. Eine Meile laufe ich in exakt 5 Minuten.

40. Ich kann in 30 Sekunden 74-mal auf einen Sandsack eindreschen.

41. Beim Seilspringen schaffe ich 100 Mal, bevor ich hängen bleibe.

42. Ich mache nur deshalb so viel Sport, weil ich für lange Schachpartien eine gute Ausdauer brauche.

43. Mit vierzehn waren meine Haare so lang, dass ich darauf sitzen konnte.

44. Anstatt darauf zu sitzen, habe ich sie abgeschnitten und für 80 Dollar an einen Perückenmacher verkauft.

45. Die 80 Dollar habe ich in hochriskante Stammaktien investiert, die jetzt 254 Dollar wert sind. Von diesem Haargeld weiß nicht mal meine Mom.

46. Ich mag klassische Musik: Bach, Beethoven und vor allem Mahler.

47. Die Musik aus *Star Wars* mag ich auch. Eigentlich mag ich alles an *Star Wars*.

48. Nach dem chinesischen Horoskop bin ich ein Metalldrache. Das heißt, ich kann in kürzester Zeit sehr viel Geld verdienen.

49. Aber das chinesische Horoskop ist natürlich totaler Schwachsinn.

50. Wenn ich niesen muss, klingt es wie Husten, weshalb mir nie jemand »Gesundheit!« wünscht.

KOMMENTARE

Kaixxo: *Faktencheck: Die einzige Leah in den FIDE-Ratings heißt Leah Baxter, auf der ISS gibt es aber keinen Baxter. Also bist du entweder kein IM, oder dein Vater ist nicht im All.*

Chessgirl: *Oder wir haben nicht denselben Nachnamen. Oder es hat einen von über einer MILLION anderer Gründe.*

Kaixxo: *Und wie heißt er?*

Chessgirl: *Er heißt Yuri Blockiert.*

Guppy: *Blockierst du jeden, der dich beim Lügen erwischt?*

KOMMENTARE SIND GESCHLOSSEN.

SPRINGEROPFER

Runde 5 in Pune. Ich spiele Schwarz gegen einen serbischen GM mit Glasauge. Die Partie ist ein Sizilianischer Drachen, Soltis-Variante. Im einunddreißigsten Zug opfere ich einen Springer für einen Stellungsvorteil, aber Glasauge macht die richtigen Züge, und meinem Königsflügelangriff geht die Luft aus. Keine Chance, mir mein Material zurückzuholen. Er kämpft sich durch bis zum Sieg.

Flankiert von meiner Mom und meinem Trainer, verlasse ich die Halle in Richtung Aufzug. Ich fühle mich wie Prinzessin Leia, die von Sturmtrupplern zum Imperator eskortiert wird. Die beiden schauen so grimmig aus der Wäsche, dass es fast schon wieder lustig ist.

»Warum hast du den Springer geopfert?«, knurrt mein Trainer. »Die Kiebitze im Aufenthaltsbereich waren der einhelligen Meinung, dass das unklug war.«

»Kam mir in dem Moment aber richtig vor.«

»Opfer machen sich nicht immer bezahlt, Leah. War es nur ein Gefühl, oder hast du es berechnet?«

»Berechnet.«

»Hast du die h4-Linie der Dame gesehen?«

»Klar.«

»Warum hast du dann den Springer geopfert?«

»Michail Tal hätte es auch getan.«

»Du bist aber nicht Tal«, bellt mein Trainer und hämmert auf den Aufzugknopf.

»Okay, Tal war Tal, und ich bin nicht Tal. Soll ich mir das in mein Notizbuch mit wichtigen Fakten der Schachgeschichte schreiben?«

Mom wirbelt herum und giftet mich an: »Den Sarkasmus kannst du dir sparen, Leah. Ist dir klar, dass wir jetzt eine GM-Wertung hätten, wenn du nicht beschlossen hättest, dieses Spiel zu verschenken?«

Die Aufzuganzeige ist bei 4 stecken geblieben. Ich starre auf die 4 und knete die Haut zwischen Daumen und Zeigefinger.

»Ich glaube, der Aufzug ist kaputt«, merke ich an.

Aber meine Mom ist noch nicht fertig. »Weißt du, was ein Flug von New York nach Pune für drei Leute kostet? Weißt du das, Leah?«

»Ich nehme die Treppe.«

»Bleib gefälligst hier, wenn ich mit dir rede!«, schreit Mom mir hinterher. »Weißt du eigentlich, auf was ich deinetwegen alles verzichte?«

»Na, dann hat der Trainer wohl recht«, schreie ich zurück. »Opfer machen sich nicht immer bezahlt!«

Ich presche durch die Doppeltür und flüchte, drei Stufen auf einmal nehmend, ins Untergeschoss. Im Treppenhaus stinkt es nach Desinfektionsmittel und Samosas. Im Keller renne ich direkt in den Fitnessraum und stemme auf der Bank 23 Kilo. *Bam.* Persönlicher Rekord.

KOMMENTARE

Roy: *Was ist ein Kiebitz?*

Chessgirl: *Frag Google.*

SirLancelot: *Hey, Roy. Du kennst doch sicher diese Leute, die einem beim Spielen immer über die Schulter gucken und unerwünschte Kommentare und Ratschläge abgeben? Das sind Kiebitze.*

KOMMENTARE SIND GESCHLOSSEN.

SABOTAGE

Nach dem Mittagessen erklären mir Mom und der Trainer, dass ich eine Therapie brauche. Ist das zu fassen? Fünf Minuten auf einer Psychologiewebsite für Dumpfbacken, und die zwei glauben zu wissen, was für ein Problem ich habe.

Selbstsabotage. Das ist ihre Diagnose. Tief in meinem Innersten, sagen sie, hätte ich Angst vor dem Gewinnen. Jedes Mal, wenn ich kurz davor wäre, Großmeister zu werden, würde ich leichtsinnig werden. Ich werde nicht auf dem Brett geschlagen, sondern von meinem inneren Kritiker.

Bescheuert. Wozu sollte ich einen inneren Kritiker brauchen, wenn ich permanent Kritik von außen bekomme?

»Du kannst das Turnier noch retten«, brummt der Trainer. »Heute Nachmittag spielst du Weiß gegen Sivenko. Spiel die Partie so ruhig du kannst. Eröffne mit e4. Sei kein Bulle, sei eine Boa constrictor. Zerquetsche sie ganz langsam.«

Während der Trainer redet und redet und auf eine Million Arten immer wieder dasselbe sagt, vermisse ich meinen Dad mehr denn je. Er weiß, wie man mich auf Turnieren beruhigt. Er würde mir die Hand auf die Schulter legen und mit gespielt ernster Miene unsinnige Ratschläge geben. *Wenn ich du wäre, Champ, würde ich es heute mit dem Kasparow-Gambit versuchen.* »Es gibt kein Kasparow-Gambit, Dad.« *Umso besser! Dann hast du das Überraschungsmoment auf deiner Seite.*

Mein Dad findet es großartig, eine Tochter zu haben, die Schach spielt. Und ich, einen Dad zu haben, der nicht spielt.

Schade, dass er im All ist.

Mom und der Trainer gehen in den Aufenthaltsbereich, ich in die Halle. Larissa Sivenko, die stärkste GM der Ukraine, sitzt schon am Tisch. Sie isst einen Marmeladendonut und leckt sich die Finger ab.

»Ekelhaft«, sage ich. »Willst du mir so etwa die Hand geben?«

Sie sieht mich böse an, hält mir aber stattdessen die Faust zum Dagegenboxen hin.

»Starten Sie Ihre Uhren.« Der Turnierleiter kündigt den Spielbeginn an.

Ich spiele mit Weiß, was auf diesem Level ein großer Vorteil ist. Ich eröffne mit e4, stark und ruhig, wie mein Trainer gesagt hat. Sivenko überlegt kurz und kommt mit dem Springer des Königsflügels heraus.

Aljechin-Verteidigung. War ja klar.

Die Aljechin-Verteidigung ist nach Alexander Aljechin benannt, der selbst für Schachspielerverhältnisse ein echter Vollidiot war. Er hatte eine Katze, die er »Schach« nannte und zu jedem seiner Turniere mitbrachte. Die beiden saßen einträchtig nebeneinander und starrten gedankenverloren aufs Brett. Aber damit nicht genug, Aljechin soll, wenn er am Schachbrett saß, auch immer auf den Boden gepinkelt haben. Keine Ahnung, warum er das tat. Aber hey, er war einer der stärksten Spieler, den die Welt je gesehen hat. Er war *siebzehn* Jahre in Folge Weltmeister. Wer so gut spielt, kann vormittags auf den Boden pinkeln, und nachmittags wollen trotzdem noch alle ein Autogramm von ihm.

Gegen mich spielen sie gern die Aljechin-Verteidigung, weil sie davon ausgehen, dass ich einem frühen Angriff nicht widerstehen kann.

Und sie haben recht. Kann ich nicht.

Ich attackiere Sivenkos Springer mit meinen Bauern und jage ihn quer übers Brett von f6 nach d5 nach b6. Noch bevor meine Gegnerin ihren Donut verputzt hat, schiebe ich meinen Königsbauern ein Feld vor, mitten rein in ihre Stellung. Es ist der aggressivste Theoriezug, den ich gegen die Aljechin-Verteidigung kenne, und im Blitzschach habe ich ihn schon wer weiß wie oft gespielt. Der Gegner soll deinen Bauern schlucken, und das verursacht ihm dann solche Verdauungsbeschwerden, dass er langsamer wird.

Sivenko wird nervös. Sie rutscht nach vorn auf die Stuhlkante und wischt sich mit einer Papierserviette zuerst den Zucker von den Lippen und dann den Schweiß von der Stirn. Das letzte Stück Donut liegt unbeachtet auf ihrem Teller. Ich habe noch nicht gewonnen, aber das Spiel ist rasiermesserscharf. Um da lebendig herauszukommen, braucht sie die richtigen Züge.

Tick-tack, tick-tack. Denk gut nach, Sivenko. Wenn du mich mit dem Läufer schlägst, gable ich dich auf d5 auf und hol mir eine Figur. Wenn du mich mit dem f-Bauern schlägst, habe ich eine offene Diagonale zu deinem König.

Ich weiß, dass Mom und der Trainer dem Spiel auf einem der Bildschirme im Aufenthaltsbereich folgen. Ich liebe solche Stellungen, aber sie sind wohl kaum das, was der Trainer mit stark und ruhig gemeint hat. Wenn ich diese Partie verliere, wird er mir das Leben zur Hölle machen.

Sivenko denkt zwanzig Minuten nach, dann schlägt sie mit dem f-Bauern. Ich gehe mit dem Randbauern auf sie los, Bauer auf h4, und schlage so kräftig auf die Uhr, dass meine Gegnerin erschrocken zusammenzuckt. Mit gerunzelter Stirn denkt sie noch einmal zwanzig Minuten nach.

Ganz offensichtlich hat sie diese Stellung noch nie gesehen. Ich schon. Michail Tal gegen Bent Larsen 1969. Ich habe sie vor ein paar Jahren in meinem Zimmer und natürlich wie immer in meinem Krokodil-Onesie ausgiebig studiert. Tal hat in der Partie einen Freibauern auf der a-Linie bekommen. Eigentlich hätte er gewinnen müssen, aber er hat den Bauer nicht schnell genug bewegt, und die Partie ist ihm entglitten. Ich werde nicht denselben Fehler machen.

Tick-tack, tick-tack. Zuversicht macht sich in mir breit. Ich habe auf meiner Uhr erst elf Sekunden verbraucht und Sivenko fünfzig *Minuten*!

Endlich zieht meine Kontrahentin, aber anstatt einen Gegenangriff zu starten, wie Larsen gegen Tal, spielt sie Bauer auf g6. Ein flinker, verdichtender Zug, der an ein Wiesel erinnert. Nein, nicht an ein Wiesel, eher an einen Igel. Sie wird sich zu einer stacheligen Kugel zusammenrollen und beten, dass ich sie nicht überfahre.

Ich sehe vom Brett auf. Ich will, dass sie mir in die Augen sieht. *Was ist los, Sivenko? Hast du Angst?*

Sie weigert sich, mich anzusehen. Mit leerem Blick starrt sie aufs Brett und tupft sich die Stirn mit der Serviette. Ein Fehler. Wenn du bei einer Schachpartie nervös wirst, versuchst du alles, um es zu verstecken. Weder wischst du dir permanent über die Stirn, als hättest du gerade einen Malariaanfall, noch fängst du an, zu hyperventilieren, wie die Blondine in einem Slasherfilm. Du überspielst die Nervosität.

Jetzt hab ich's kapiert. Diese hinterhältige Ukrainerin hat sich meine Partie in Runde 5 angesehen und ist zu demselben Schluss gekommen wie meine Mom und mein Trainer: Dass ich zur Selbstsabotage neige. Sie glaubt, ihre Zeitvergeudung und Stirnwischerei hätten mich getäuscht, und nun wartet sie darauf, dass ich vorpresche und sie mich mit ihren Igelstacheln aufspießen und qualvoll auf dem Brett verbluten lassen kann.

Ich strecke die Hand aus und schnappe mir meinen Königsspringer. *Also gut, Sivenko, dann wollen wir mal sehen, wer zuerst verblutet.* Ich hebe den Springer hoch in die Luft, und erstarre.

Fly high, Molotov Me!
Sky high, Molotov Me!

Ich schließe die Augen und versuche, den Song der Marsh Gibbons aus meinem Kopf zu verbannen. Keine Ahnung, wo der so plötzlich herkommt. Ich mag die Marsh Gibbons nicht einmal. Aber je mehr ich versuche, den Song loszuwerden, umso lauter wird er. Bis mein Schädel angefüllt ist von einem Geräusch, das klingt wie ein Sattelschlepper, der mit heulendem Motor die Gänge reinwürgt.

This pleasure dome is doomed to fall
Molotov Me will sabotage it all!

Vielleicht haben sie ja recht, meine Mom, der Trainer und Larissa Sivenko. Vielleicht bin ich nur eine leichtsinnige Göre, eine Möchtegern-Michail-Tal mit einer Schwäche für billige taktische Kombinationen. Vielleicht fehlt mir das besondere Etwas, das es zum Großmeister braucht.

Cry me a river in Memphis Mall
Molotov Me will sabotage it all!

Nun, da ich den Springer in der Hand halte, muss ich ihn irgendwo absetzen. Ich knalle ihn auf g5. *Jetzt zeig, was du kannst, Donut-Mädchen.*

Und das tut sie.

Das Spiel geht komplett den Bach runter.

Im Laufe der nächsten zwei Stunden macht Sivenko meine scharfe Stellung wieder stumpf. Sie neutralisiert jede einzelne Drohung, erzwingt einen Damentausch und marschiert, den zusätzlichen Bauer fest im klebrigen Griff, durch bis ins Endspiel. Es ist ein Freibauer und ihr König steht direkt davor, um ihn bis ins Umwandlungsfeld zu eskortieren. Ich bin im Zugzwang, und momentan ist jeder mögliche Zug schlecht.

Blowing the farm on the Powerball
Molotov Me will sabotage it all!

Ich hasse nichts mehr, als mit Weiß zu verlieren. Als Erste am Zug zu sein, ist auf GM-Niveau ein Riesenvorteil, und von Weiß wird ein Sieg, oder zumindest ein Remis, geradezu erwartet. Wer mit Weiß verliert, kann sich auch gleich beerdigen lassen.

Es bringt nichts, weiterzuspielen. Ich stoße meinen König um, und wir boxen die Fäuste gegeneinander. Sivenko legt den Kopf in den Nacken und wirft sich das letzte Stück Donut in den Rachen.

Es. Bringt. Nichts. Weiterzuspielen. Und wer glaubt, ich rede hier von der Sivenko-Partie, denkt besser noch mal nach. Ich bin fertig mit Schach.

KOMMENTARE

IbuprofenHarry: *Was bedeutet Zugzwang?*

Guppy: *Hat sie doch schon erklärt. Wenn man in eine Stellung gerät, in der jeder mögliche Zug schlecht ist. Und, Chessgirl, was du über Aljechin gesagt hast, dass er während der Spiele immer gepinkelt hat, stimmt nicht. Er hat nur EINMAL während einer Partie auf Malta auf den Teppich gepinkelt (betrunken). Und ja, er hat seine Katze mit auf Turniere genommen, aber nicht zu allen Turnieren. Immer schön bei der Wahrheit bleiben.*

Chessgirl: *Yeah, als ob Aljechins Pinkelgewohnheiten und die Be-*

suchsfrequenz von Katzen bei Schachturnieren gerade mein größtes Problem wären. Warum kommst du nicht nach Pune, und wir hängen ein bisschen ab? Wir könnten uns über russische Katzen unterhalten und uns dann gemeinsam die Pulsadern aufschlitzen.

Juna: *Tut mir leid, dass du einen so miesen Tag hattest, Chessgirl. Ich dachte auch mal, ich wäre eine echt gute Trampolinspringerin, und dann habe ich eines Tages ein anderes Mädchen auf dem Trampolin gesehen und festgestellt, dass ich gar nicht so gut war.*

Chessgirl: *Entschuldige mal, Juna. Versuchst du gerade, zwischen deinem Erlebnis und meinem eine Parallele zu ziehen? Du und ich, wir haben beide Zugang zu einer Computertastatur, und das war's dann aber auch schon mit Gemeinsamkeiten.*

Angus: *nicht aufgeben, mädel. kennst du die geschichte von robert the bruce, könig von schottland, der sich nach einer verlorenen schlacht in einer höhle versteckte und dort eine kleine spinne traf, die gerade ihr netz spann? Die kleine spinne hörte auf zu spinnen, sah robert the bruce direkt in die augen und sagte, wenn es beim ersten mal nicht klappt, musst du es einfach noch mal versuchen.*

Chessgirl: *Nein, mein Junge. Noch nie gehört die Geschichte. Aber hast du schon mal was von Großbuchstaben gehört?*

Honeyboo: *Angus will damit nur sagen, eine Niederlage ist kein Grund, nicht wieder aufzustehen. Schwing dich zurück in den Sattel! Kopf hoch, Schultern zurück! Und dann nimm all deinen Mut zusammen und zeig diesen Rotz fressenden Großmeistern, mit wem sie es zu tun haben!*

Chessgirl: *Zeig du es ihnen, Honeyboo. Aber tu mir bitte einen Gefallen, und verzichte darauf, dich fortzupflanzen.*

Gibbonsfan1: *Molotov Me feier ich total. Ist mein ABSOLUTER Lieblingssong von den Marsh Gibbons. Ich raste jedes Mal aus und head-*

bange dazu wie ein Wackeldackel auf Speed. Das Beste ist, wenn Axel D am Ende schreit SABOTAGE IT AAAAAAAAAAAAALL-LLLLLL!

Anonym: *Dein Dad ist nicht im All oder, Leah? Hör auf, uns zu verarschen. Wenn er tot ist, dann sag es einfach. Du bist nicht der erste Mensch, der trauert.*

KOMMENTARE SIND GESCHLOSSEN.

WAS ICH HASSE UND WAS ICH TUN KANN

Ich sitze im Flugzeug zurück nach New York. Hier eine Liste von sieben Dingen, die ich echt hasse.

1. fliegen
2. in der Mitte sitzen
3. Indien
4. Ukrainische Großmeister
5. die Aljechin-Verteidigung
6. in der Öffentlichkeit mit den Tränen kämpfen
7. Schach

Und hier eine Liste von sieben Dingen, die ich tun kann, weil ich mit dem Schach aufgehört habe.

1. mir einen Job suchen (bei dem ich nicht viel denken muss)
2. mir ein Haustier zulegen (ich hatte nie eins, weil ich immer so viel unterwegs war)
3. mich tätowieren lassen (ich muss irgendwas Krasses machen, als Zeichen für den Beginn meines neuen Lebens)
4. Freunde finden
5. schlafen

6. meine Schachbücher verbrennen
7. normal sein

Meine Mom und der Trainer wissen noch nicht, dass ich mit dem Schachspielen aufhöre. Ich warte noch auf den richtigen Moment, um es ihnen zu sagen.

KOMMENTARE

Hamsterfan: *Kauf dir einen Hamster! Die sind superniedlich und ziemlich clever für ihre Größe.*

Chessgirl: *Gute Idee. Vielleicht kaufe ich mir gleich mehrere.*

Hamsterfan: *Coooooool!!! Du wirst es nicht bereuen.*

Chessgirl: *Wie viele Hamster frisst ein Königspython im Monat?*

Hamsterfan: *Ich habe deinen Kommentar dem Tierschutzbund gemeldet. Du bist wirklich eine ganz schreckliche Person.*

Sokrates: *Wo lässt du dir das Tattoo stechen?*

Chessgirl: *Manhattan.*

Sokrates: *Nein, ich habe gemeint, wo am Körper.*

Chessgirl: *Ich weiß, was du gemeint hast.*

Tia: *Warum hasst du ukrainische Großmeister? Dass das Donut-Mädchen dich mental ausgebootet hat, heißt nicht, dass alle ukrainischen Großmeister böse sind.*

KOMMENTARE SIND GESCHLOSSEN.

WAS SIE GESAGT HABEN, ALS ICH ES IHNEN MITGETEILT HABE

Mom: Bitte, Leah, tu das nicht. Du kannst jetzt nicht aufhören.

Mein Trainer: Ich habe auch mal versucht, mit dem Schachspielen aufzuhören. Und ungefähr dreieinhalb Stunden durchgehalten.

KOMMENTARE

Guppy: *Dein Trainer hat recht. Du spielst Schach, seit du fünf bist. Damit aufzuhören, wird härter, als du denkst.*

SirLancelot: *Kann ich deine Schachbücher haben, oder hast du sie schon verbrannt?*

KOMMENTARE SIND GESCHLOSSEN.

HAARGELD

Wieder zu Hause, hole ich mein Haargeld von der Bank und kaufe davon:

1. ein Glasterrarium mit Schiebetür
2. ein Thermostat und eine Heizlampe
3. einen Königspython

Als ich mit dem Python nach Hause komme, scheißt Mom mich ordentlich zusammen. Sie sagt, die Schlange würde aus dem Käfig ausbrechen und uns beide im Schlaf töten. Ruhig und höflich zähle ich ihr die Argumente auf, warum Schlangen die perfekten Haustiere sind.

1. Sie stinken nicht.
2. Sie sabbern nicht.
3. Sie versuchen nicht, deine Beine zu poppen.
4. Sie furzen nicht in den Teppich.
5. Sie hinterlassen keine Haare auf den Klamotten.
6. Sie zerkratzen die Couch nicht.
7. Sie fressen dir nicht die Haare vom Kopf.

Mom holt ihr Tablet und fängt an zu googeln. Wahrscheinlich sucht sie nach Berichten über Königspythons, die durch Panzerglas gebrochen sind und Schachwunderkinder an einem Stück verschlungen haben. Aber ich bin mir ziemlich sicher, dass sie keine finden wird. Alles, was sie finden wird, ist, wie sanftmütig Königspythons sind und wie gut sich ihre Schuppen auf der Haut anfühlen.

Nach zehn Minuten klatscht sie das Tablet auf den Tisch und stolziert zur Tür raus. »Behalte die Schlange, wenn sie dir so wichtig ist«, brüllt sie von der Treppe zurück. »Ich hoffe, du wirst glücklich damit.«

Ich kann es Mom nicht verübeln, dass sie sauer ist. Sie wollte einen Schachgroßmeister im Haus, und stattdessen ist sie nun dazu verdammt, mit einer Schlange und einer Versagerin zu leben.

ZUCKERGUSS UND STREUSEL

Ich ziehe meine Turnschuhe an, setzte die Basecap auf und gehe im Central Park joggen. Ich laufe nicht die langweilige Asphaltrunde, die alle laufen, sondern nehme die wild verschlungenen Pfade jenseits des Rambles, wo man über Steine springen, Bäche überqueren und sich in den Schlamm stürzen kann. Es ist genial. Man vergisst komplett, dass man mitten in der Stadt ist.

Als ich an der 5th Avenue rauskomme, bin ich noch so fit, dass ich auch noch die fünfzehn Blocks bis zum Bryant Park laufe und dann noch mal fünfzehn bis zum Madison Square Park. Mein Körper schreit, ich soll anhalten, trotzdem laufe ich weitere fünfzehn Blocks, nur um den Schmerz zu fühlen. Erst am Brunnen im Washington Square Park bleibe ich stehen und halte den Kopf unter einen der Wasserstrahlen. Meine Beine sind Wackelpudding. Meine Lungen brennen.

Ich setze mich auf den steinernen Brunnenrand und sehe den bescheuerten Tauben zu, wie sie rumstolzieren und irgendwelches Zeug aufpicken. Für ein paar wundervolle Minuten ist mein Kopf absolut leer.

In der Thompson Street gibt es einen Schachladen, den ich umgehen will, also verlasse ich den Park durch das Osttor und nehme den Waverly Place und dann die Greene Street. An der Ecke zur 8th Street komme ich an einem Laden namens Gonuts Donuts vorbei und muss natürlich sofort an Larissa Sivenko und meine monumentale Niederlage in Pune denken.

Ich jogge rüber, nehme die Mütze ab und lasse mich direkt vor dem Laden auf den Gehsteig plumpsen. Ich hätte mit Springer auf g5 nicht so aufs Tempo drücken dürfen und stattdessen den langsameren Zug auf d5 machen sollen. Ich habe gespielt wie ein Patzer und bekommen, was ich verdiene.

Als ich aufschaue, liegt ein Fünf-Dollar-Schein in meiner Cap.

»Hey, ich bin doch kein Penner!«, schreie ich. Aber von den Leuten, die auf dem Gehsteig hin und her rennen wie Ratten auf einem Getreidespeicher, beachtet mich keiner.

Jeder weiß, wenn dir das Schicksal direkt vor einem Donutladen fünf Dollar vor die Füße wirft, bringt es großes Unglück, die fünf Dollar nicht für einen Donut auszugeben. Also stehe ich auf und gehe hinein.

Das Mädchen an der Kasse grinst mich unter ihrer Donutverkäuferinnenkappe hervor an, als wäre sie bekloppt. Hinter ihr schrubbt ein Teenager, schwer atmend, eine Arbeitsfläche. Auf dem Rücken seines T-Shirts ist zu lesen: *Ganz*

New York liebt unsere Donuts, was ganz offensichtlich nicht stimmt, denn der Laden ist halb leer.

»Hi, Ronda«, sage ich. Das Mädchen sieht mich an, als hätte ich gerade den Stammbaum ihrer Familien bis zurück zu den Gründungsvätern heruntergebetet. »Der Name steht auf deinem Schild«, füge ich hinzu.

Sie schlägt sich die Hand vor die Stirn. »Sorry, vergesse ich immer wieder. Was bekommst du?«

»Eiskaffee und zwei Zimtdonuts.«

Den d-Bauern bewegen und sie die Springer tauschen lassen, das hätte ich tun sollen. Wenn sie rochiert hätte, hätte ich Läufer auf d3 gespielt und wäre sobald wie möglich mit dem Bauern auf h5 gefolgt.

Mein Blick fällt auf einen Zettel am Tresen. MITARBEITER GESUCHT. Plötzlich durchzuckt es mein Gehirn, als hätte ich ein Matt in vier Zügen erkannt. »Ich möchte mich auf die Stelle bewerben«, höre ich mich sagen.

»Cool!« Ronda grinst von einem Ohr zum anderen. »Ein bisschen Hilfe können wir hier gut gebrauchen. Stimmt's, Michael?«

Michael mustert mich mürrisch durch seine dicken Brillengläser. »Denke schon.«

Ich lächle. »Dann wäre das ja besprochen. Wann kann ich anfangen?«

Ronda fängt an zu lachen und wedelt auf diese Du-hast-vielleicht-Nerven-Art mit der Hand. Dann verschwindet sie in einem der hinteren Räume und kommt mit dem Geschäftsführer wieder, einem dünnen Schwarzen mit tiefen Sorgenfalten auf der Stirn. Er mustert mich von oben bis unten und seine Sorgenfalten werden zu Zornesfalten. »Na, du traust dich was«, murmelt er.

»Sir?«

»Kleiner Tipp von mir, Fräulein. Wenn du dich in einem Betrieb, der Backwaren verkauft, um einen Job bewirbst, solltest du weder völlig verschwitzt noch mit Schlammspritzern überzogen sein.«

»Betrachten Sie es einfach als Zuckerguss und Streusel, Sir.«

Der Geschäftsführer versucht, ernst zu bleiben, aber seine Zornesfalten zucken, und als sie anfangen, sich zu glätten, weiß ich, ich habe den Job.

KOMMENTARE

Leo: *Warum bewirbt sich ein Genie wie du in einem Donutladen?*

Chessgirl: *Buße. Ich suche Vergebung für meine Sünden, indem ich irgendwelchen Idioten Donuts verkaufe.*

Anonym: *Wusstest du, dass es an der südwestlichen Ecke des Washington Square Parks Schachtische gibt? Du musst ganz in der Nähe gewesen sein. Du hättest dort auf ein oder zwei Spiele vorbeischauen können!*

Chessgirl: *Nur vier Arten von Typen spielen Schach in einem Park: Patzer, Spielsüchtige, Junkies und Ehemalige.*

Dreadnought5: *Da passt du doch gut dazu. Ich dachte, du wärst eine Ehemalige.*

BarbaraB: *Ich bin total süchtig nach Donuts, aber der Donutladen bei mir um die Ecke hat wegen Renovierungsarbeiten geschlossen.*

Chessgirl: *Wahrscheinlich bauen sie breitere Türen für dich ein.*

Roy: *Dienstleistungsbetriebe legen sehr viel Wert darauf, ihre Kun-*

den freundlich zu behandeln, und wollen, dass sie sich wohlfühlen. Herzlichen Glückwunsch zu deinem Job und so. Aber ich gebe dir keine fünf Sekunden, bis sie dich wieder rausschmeißen.

KOMMENTARE SIND GESCHLOSSEN.

NACHMITTAGSWARE

Ich arbeite jetzt seit drei Tagen im Gonuts Donuts. Ich fange um 14 Uhr an und bin um 22 Uhr fertig. Meine Aufgaben sind folgende:

1. mit Ronda und Michael am Tresen bedienen
2. beim Backen der Nachmittagsware helfen
3. Donuts mit Marmelade füllen
4. Donuts mit Zuckerguss und Streuseln überziehen
5. Flächen wischen, Böden putzen, Geschirr spülen
6. einen Tag alte Donuts für Obdachlose in Tüten packen

Der Geschäftsführer und Backshopleiter von Gonuts Donuts heißt Randal Johnson, und gerade habe ich erfahren, dass Ronda seine Tochter ist, obwohl sie ihn wie alle anderen »Sir« nennt.

Randal wird nicht müde, mich immer wieder an das erste Gebot von Gonuts Donuts zu erinnern, das da lautet: »Du sollst den Kunden anlächeln, bis dir die Wangen wehtun«, sowie an die EINS-ZWEI-DREI-Regel:

Nie mehr als EINE Minute zwischen Bestellung und Aushändigen der Ware.

Nie mehr als ZWEI Donuts auf einmal im Marmeladenfüllgerät.

Nie mehr als DREI Donuts pro Angestelltem am Tag und nur in den hinteren Räumen, niemals am Tresen.

Hin und wieder schreit Randal mich wegen irgendetwas an, aber nur hinten und nicht halb so oft wie Mom und mein Trainer mich angeschrien haben. Dafür lobt Ronda mich unentwegt, wie schnell ich die Arbeitsabläufe lerne. Wenn sie wüsste, dass ich viereinhalbtausend kommentierte GM-Schachspiele im Kopf habe, wäre sie wahrscheinlich nicht ganz so beeindruckt, dass ich mir merken kann, wo die gerösteten Kokosflocken zu finden sind.

Ich habe keinem meiner Kollegen von meinem früheren Leben erzählt. Die glauben alle, ich sei normal.

KOMMENTARE

Anonym: *Ich muss mir's niederschreiben: dass einer lächeln kann und immer lächeln und doch ein Schurke sein.*

Chessgirl: *Hää?*

Anonym: *Du kannst backen, Zuckerguss verteilen und lächeln so viel du willst, du wirst immer du bleiben. Noch drei Tage ohne den Adrenalinschub einer Schachpartie, und du wirst zusammenschrumpeln und sterben.*

Chessgirl: *Wer bist du?*

Anonym: *Ein Wohlmeinender.*

Chessgirl: *Gehab dich wohl, Wohlmeinender.*

KOMMENTARE SIND GESCHLOSSEN.

ÖLFASS

Diesen Post schreibe ich auf meinem Handy, weil mein Tablet kaputt ist. Eigentlich will ich nur sagen: Meine Mutter ist verrückt, durchgedreht, völlig gaga.

Beim Frühstück stellt sie mich in der Küche zur Rede und fängt an loszuheulen, von wegen vergeudetem Talent.

»Warum hast du aufgegeben?«, schreit sie. »Hat Magnus Carlsen etwa aufgegeben, als Giri ihn mit Schwarz in zweiundzwanzig Zügen geschlagen hat? Hat Nakamura aufgegeben, als er aus den London Chess Classics rausgeflogen ist ohne einen einzigen Sieg? Hat Judit Polgár das Handtuch geworfen, als Kasparow ihr einen Vortrag über die »Unvollkommenheit der weiblichen Psyche« gehalten hat? Natürlich nicht. Sie haben weitergemacht, alle, und es zu wahrer Größe gebracht.«

Was sie natürlich nicht erwähnt, ist, dass Polgár fünfzehn war, als sie den GM-Titel erhielt, Nakamura vierzehn und Carlsen dreizehn.

Mom scheint zu glauben, siebzehn sei noch jung.

SIEBZEHN. IST. STEINALT.

»Du bist immer noch sauer wegen Pune«, mault Mom weiter. »Aber deine Gegner haben dich nicht auf dem Brett geschlagen. Sie haben dich im Kopf geschlagen.«

Im Kopf! Nicht zu fassen. Sie hat keine Ahnung, wie komplex die Partien in Pune waren. Die Sivenko-Partie war wie hundert Kilometer Kaninchenbau tief unter der Erde, und Mom kann froh sein, dass sie nicht das arme Schwein war, das da runter musste.

»Das mit deinem Kopf kann man in Ordnung bringen,

Leah.« Mom zwingt sich zu einem Lächeln. »Mit ein bisschen Therapie und neuronalem Training kommt das wieder in Ordnung.«

Sie watschelt mit ausgestreckten Armen auf mich zu, als wollte sie mich umarmen, aber ich ducke mich unter ihr weg. »Bring deinen eigenen Kopf in Ordnung!«, brülle ich sie an. »Wenn da wieder alles stimmt, können wir über meinen reden!«

Ich denke, der Zeitpunkt ist gekommen. Wenn ich es jetzt nicht mache, mache ich es nie. Ich renne in mein Zimmer und reiße die Schachbücher aus dem Regal. Mit einem riesigen, wackeligen Bücherstapel zwischen Händen und Kinn renne ich durch den Flur.

»Leah, wo willst du hin? Komm zurück!«

Moms quäkende Stimme folgt mir durch die Hintertür hinaus in den Garten.

Ich werfe die Bücher in das leere Ölfass, in dem wir Laub und Gartenabfälle verbrennen. Dann gehe ich in den Schuppen, um Streichhölzer und einen Zehn-Liter-Kanister Benzin zu holen.

»Leah!« Mom kreischt wie eine Geisteskranke. Und da ist sie auch schon. Mit wehendem, wasserstoffblondem Haar kommt sie in den Garten gestürzt.

Ich schraube den Kanisterdeckel ab, und fange an, Benzin über die Bücher zu gießen.

»Leah, stopp!« Sie rennt auf mich zu und (wenn das nicht verrückt ist, weiß ich auch nicht) steigt in das Fass.

Ich höre auf, zu gießen. Der ätzende Benzingeruch hängt schwer in der Luft. Mit vor Kummer und Wut verzerrtem Gesicht steht Mom in unserem Fass, inmitten von Laub, Gartenabfällen und Schachbüchern.

»Komm aus dem Fass raus, Mom.«

»Nein.« Durch einen Schleier aus Tränen starrt sie mich an.

»Das sind meine Bücher.«

»Du bist nicht du selbst, Leah. Du liebst diese Bücher.«

»Ich hasse sie.«

Sie hat ihre Hände auf meine gelegt und versucht, mir den Kanister zu entwinden. »Die signierte Erstausgabe von Bobby Fischers *Meine 60 denkwürdigen Partien*«, flüstert sie. »Die hat dir dein Vater geschenkt, als du die Mailand Open gewonnen hast.«

»Lass Dad aus dem Spiel.«

»Das hier hast du auch von ihm, stimmt's?« Sie deutet mit dem Fuß auf *Bauernraubvarianten für Einsteiger*. »Du hast dieses Buch ständig mit dir herumgetragen.« Mit einem kräftigen Ruck entreißt sie mir den Kanister. Benzin schwappt über ihre Bluse, ihren Rock und ihre Strümpfe.

Mein Blick wandert zu den Streichhölzern in meiner Hand.

»Leah?«, krächzt Mom. Plötzlich schwingt neben dem Wahnsinn Angst in ihrer Stimme. »Gib mir die Streichhölzer, Leah.«

Wie weit sind wir nur gekommen? Glaubt sie wirklich, ich bin so irre? Ich drehe mich um und renne zurück in die Wohnung. Oben in meinem Zimmer schließe ich die Tür ab, werfe mich aufs Bett und logge mich bei chess.com ein. Es dauert keine zwei Sekunden, bis mich irgendein Patzer in Deutschland zu einer Partie herausfordert.

Ich hebe das Tablet hoch in die Luft und knalle es mit voller Wucht auf die Ecke meines Nachttischchens. Der Bildschirm zersplittert in winzige Stückchen und wird schwarz.

KOMMENTARE

Ringo: *Deine Mom scheint nicht die einzige Verrückte zu sein. Du bist ja echt total abgedreht.*

Fungusface: *Lol. Und ich dachte, meine Familie hätte einen an der Waffel. KOMM AUS DEM FASS RAUS, MOM! Der Brüller.*

SirLancelot: *Wie viel Benzin haben die Bücher abbekommen? Wenn sie noch lesbar sind, gebe ich dir 20 Dollar für alle.*

Guppy: *Carlsen war dreizehn, als er die GM-Norm erzielte, den offiziellen GM-Titel erhielt er erst später bei der FIDE-Konferenz. Da war er vierzehn. Immer schön bei der Wahrheit bleiben.*

Chessgirl: *Danke für eure wertvolle Unterstützung in diesen schwierigen Zeiten.*

KOMMENTARE SIND GESCHLOSSEN.

PHÖNIX

In der griechischen Mythologie war der Phönix ein Haubenvogel mit saphirblauen Augen und goldschimmernden Schuppen an den Beinen, der ungefähr alle tausend Jahre in einem explodierenden Flammenmeer starb und dann aus seiner eigenen Asche wiedergeboren wurde.

Dem Schach den Rücken zu kehren, war die größte Tat, die ich je vollbracht habe.

Mein altes Selbst ist zerstört und verbrannt, und aus seiner Asche wird mein neues Selbst aufsteigen. Ich habe da so ein Bild im Kopf von einem weißen König, der auf einem Schachbrett liegt, und aus seinem kalten, toten Körper steigt ein wunderschöner Phönix mit roten und gelben Schwanzfedern auf.

Wiedergeburt. Das werde ich mir als Tattoo stechen lassen.

KOMMENTARE

Sandra: *Klingt toll, Chessgirl. Vergiss nicht, Fotos zu posten.*

Gorgon: *Mir ein Tattoo stechen zu lassen, war das Beste, was ich je gemacht habe. Du wirst es nicht bereuen.*

Don: *In New York ist es verboten, Minderjährige zu tätowieren, selbst wenn sie die Erlaubnis der Eltern haben. Kein seriöser Künstler wird dich unter die Nadel nehmen.*

Gorgon: *Trag hohe Absätze und ein bisschen Make-up. Dann fragen sie nicht, lol.*

Hakunamatata: *Wie geht's der Schlange? Hat sie schon einen Namen?*

Chessgirl: *Anatoli. Und bevor du fragst, ich habe sie nicht nach Anatoli Karpow benannt. Ich finde einfach, Anatoli ist ein passender Name für eine Schlange, okay?*

KOMMENTARE SIND GESCHLOSSEN.

SPINNER

Mitten in meiner Schicht kommt ein Spinner ins Gonuts Donuts.

»Land!«, schreit er und lässt sich auf einen Hocker am Tresen plumpsen.

»Hallo«, sage ich. »Was bekommst du?«

Der Spinner sieht aus, als wäre er in meinem Alter. Er

streicht sich die langen Haare aus dem Gesicht und starrt mich an. Zumindest glaube ich, dass er mich anstarrt. Irgendwas stimmt mit seinen Augen nicht, als könnten sie sich nicht einigen, in welche Richtung sie schauen sollen.

»Sie kamen in ein Land«, flüstert er, »drin schien es ewig Nachmittag zu sein.«

»Okaaaaay.«

»Rund um den Tresen mit bleichem Antlitz kam, Schwermut im sanften Blick, der Donut-Esser herein.«

»Aha«, sage ich. »Bist du irgendwo ausgebüxt? Muss ich irgendwo anrufen?«

»Nein, danke, Leah.« Er beugt sich über den Tresen und strahlt mich an.

»Möchtest du einen Donut?«, frage ich. »Einen Kaffee?«

»Dein Name bedeutet ›matt‹, habe ich recht?«

»Ähm ... ja.«

»Und bist du matt?« Er dreht den Kopf und deutet auf den Laden und alles, was darin ist. »Ermattet von alldem hier?«

»Überhaupt nicht«, lüge ich. »Ich finde es toll.«

»Und was findest du so toll daran?«

»Alles. Der Duft nach Gebackenem, das Klingeln der Kasse, das Lächeln, den Small Talk, das zufriedene Geräusch, das die Leute machen, nach ihrem ersten Biss in einen frischen Donut.«

»Was ist das für ein Geräusch?«

»Eine Art Seufzer. Sie können nicht anders.«

»In etwa so?« Er schließt die Augen und fängt an, wie in Ekstase zu stöhnen. Alle im Laden drehen sich um und starren uns an.

»Hör auf damit«, zische ich. »Du störst die anderen Kunden.«

»Ich hole sie nur aus ihrer sanften Schwermut.«

»Du verdirbst ihnen ihr Essen.«

Er beugt sich vor und legt mir die Hand aufs Handgelenk. »Wie ist die Bezahlung?«, fragt er. »Bezahlen sie gut?«

Ich ziehe meine Hand weg. »Geht dich nichts an.«

»Komm und arbeite für mich.«

»Was?«

»Kündige den Job hier, und ich sorge dafür, dass es sich für dich bezahlt macht.«

»Nein!«

Plötzlich steht Randal neben mir. Ich habe ihn nicht aus den hinteren Räumen kommen hören. Seine Stimme klingt ruhig und bedrohlich. Er teilt dem Spinner in unmissverständlichen Worten mit, dass seine Anwesenheit hier nicht erwünscht ist. Es fällt auch das Wort »Hausfriedensbruch«.

»In Ordnung. Bin ja schon weg.« Der Spinner nimmt die Hände über den Kopf und marschiert Richtung Tür. »Schachmatt«, sagt er und geht.

KOMMENTARE

Delphi: *Was für ein Penner. Der belästigt dich so schnell nicht wieder.*

Lisa: *»Die Lotosesser« ist mein absolutes Lieblingsgedicht. Wenn ein Junge für mich dieses Gedicht zitieren und mich bitten würde, meinen Job zu kündigen, würde ich es sofort machen.*

Sandra: *Ich mache das auch, seufzen, wenn ich in einen Donut beiße.*

Skipperbekker: *Ich auch, hihi. Aber bei mir ist es mehr ein Grunzen.*

Vergissmeinnicht: *Schachmatt? Scheinbar weiß der ganz genau, wer du bist.*

KOMMENTARE SIND GESCHLOSSEN.

BERATUNG

Dienstag.

Noch vor dem Aufstehen sehe ich mir ein paar YouTube-Tutorials an, was man machen kann, um älter auszusehen, und sobald Mom sich auf die tägliche Jagd nach einem Job begeben hat, plündere ich die Schachtel mit ihren Schminksachen und mache mich an die Arbeit. Ich trage dunkles Rouge unterhalb der Wangenknochen und auf den Nasenflügeln auf, grauen Lidschatten und jede Menge schwarzen Augenbrauenstift. Dann leihe ich mir ein paar Klamotten aus ihrem Schrank, wobei ich darauf achte, Sachen auszusuchen, die sie nicht vermissen wird: einen eng geschnittenen Rock, eine alte Jacke und hochhackige schwarze Stiefel.

In nur zehn Minuten bin ich zehn Jahre älter.

Ich nehme die U-Bahn zum Tattoo-Studio, halte mir das Handy ans Ohr und stolziere absolut cool in den Laden. »Es ist mir völlig egal, welchen Kurierdienst sie beauftragen«, belle ich in mein Handy. »Sorgen Sie einfach dafür, dass die Akte spätestens 15.30 Uhr auf meinem Tisch liegt. Keine Ausreden.«

Die Frau am Empfang sieht mich kühl an. »Kann ich Ihnen helfen?«

»Können Sie.« Ich werfe einen Blick auf meine Uhr. »Ist Mick gerade frei für eine Skizze?«

Skizze. Ich habe meine Tattoo-Blogs gelesen. Ich weiß, wovon ich rede.

Sie wirft einen Blick in ihr Buch. »Wenn Sie zehn Minuten warten können?«

Na also, war doch ganz leicht. Sie schreibt sich meinen Namen, meine Adresse und noch ein paar andere Details auf, fragt aber nicht, wie alt ich bin.

Zehn Minuten später sitze ich im Tätowierzimmer. Überall an den Wänden hängen Bilder von Tattoos, in der Mitte stehen eine hohe Liege und ein zugemüllter Schreibtisch mit je einem Stuhl davor und einem dahinter.

»Ich will eine Schachfigur auf meinem Rücken«, erkläre ich und ziehe einen weißen König aus Moms Handtasche, den ich zwischen uns auf den Tisch lege.

»Kein Problem«, meint Mick. »Oberer oder unterer Rücken?«

»Unterer.«

»Und du bist sicher, dass er liegen soll?«

»Ja.«

»Wie nach einer verlorenen Partie?«

»Hast du ein Problem damit?«

»Absolut nicht.«

»Doch, hast du«, sage ich. »Du denkst, das ist unamerikanisch.«

»Es geht hier nicht darum, was ich denke.« Mick zieht einen Bogen Papier zu sich heran. »Es geht darum, dass es für dich passt.« Er senkt den Kopf und skizziert die Umrisse eines Königs. Er zeichnet schnell und gut, und ich fühle mich mies, weil ich so unausstehlich bin. »Wie wäre es stattdessen mit einem schwarzen König?«, will er wissen. »Auf heller Haut sehen schwarze Schachfiguren besser aus. Ich kann die Konturen schattieren und die Ränder mit kleinen Lichtflecken versehen.«

»Nein, er muss weiß sein.«

»Helle Tinte tut mehr weh als dunkle.«

»Ist mir egal.«

»Bin gespannt, ob du das danach auch noch sagen wirst.«

Das Licht fängt an zu flackern, und von den Wänden, die unaufhaltsam näher rücken, hallen die Schreie seiner früheren Opfer wieder. Okay, ganz so schlimm ist es nicht, aber es entsteht ein unangenehmes Schweigen, während Mick klar wird, dass er am Umgang mit seinen Kunden vielleicht noch ein wenig arbeiten muss.

»Das ist nichts Kompliziertes«, sagt er. »Wir machen einen Termin, und in zwei Stunden hast du's hinter dir.«

»Da ist noch etwas«, sage ich. »Aus dem toten König soll ein bunter Phönix aufsteigen.«

Mick dreht seine Schachtel mit Farben um, und die Filzstifte verteilen sich über den gesamten Schreibtisch. »Na, das hört sich doch schon ganz anders an!«, strahlt er. »In dem Fall werden es fünf Stunden.«

Er zeichnet ein paar Phönixe, und ich entscheide, welcher mir am besten gefällt. Danach mache ich einen Termin mit der Frau am Empfang und marschiere aus dem Studio. Ich könnte schreien vor Glück.

Ich kann es kaum erwarten, das Tattoo endlich auf der Haut zu haben.

KOMMENTARE

Don: *Du zwingst einen professionellen Tätowierer, das Gesetz zu brechen, indem du ihn täuschst. Ich hoffe, dein Tattoo infiziert sich.*

Chessgirl: *Ach, Don, was bist du doch für ein Herzchen.*

Bodyart2: *Helle Tinte und dunkle Tinte tun genau gleich weh, aber die helle Tinte trägt man erst am Ende der Sitzung auf, wenn die Haut schon weich ist. Helle Tinte tut also nicht wirklich mehr weh, es fühlt sich nur so an.*

Chessgirl: *Helle Tinte tut nicht wirklich mehr weh, es fühlt sich nur so an? Sagt mal, lest ihr eure Kommentare eigentlich, bevor ihr sie postet?*

Gorgon: *Gut gemacht! Hab ich dir nicht gesagt, das mit der Schminke und den hohen Absätzen funktioniert? Wann hast du deinen Termin fürs Stechen?*

Chessgirl: *Freitag um zehn. Wünsch mir Glück!*

Anonym: *Tu's nicht. Schach ist ein Teil von dir. Eines Tages wirst du wieder spielen, und dann wünschst du dir, du hättest dir dieses bescheuerte Tattoo nie stechen lassen.*

KOMMENTARE SIND GESCHLOSSEN.

LANGEWEILE

Ihr werdet nicht glauben, wer heute während meiner Schicht im Gonuts Donuts aufgetaucht ist. Nein, nicht der Lotosesser.

Meine Mom.

Mit hochgesteckten Haaren watschelt sie in den Laden und bestellt bei Ronda einen großen Kaffee und einen Kokoskuchen. Obwohl ich gerade mit einem anderen Kunden beschäftigt bin, muss ich zu ihr rübersehen, woraufhin Mom mit einem albernen Grinsen beide Daumen in die Luft hält, wie die Moderatorin einer Kindersendung. Dann sucht sie sich einen Tisch am Fenster und lässt sich mit ihrem Kaffee und dem Kuchen auf einen Stuhl fallen. Sie grinst noch einmal zu mir rüber, holt ein Buch aus der Tasche und tut so, als würde sie lesen. Ich drehe ihr den Rücken zu und fange an, Donuts zu befüllen.

Irgendwie kriege ich das nicht in meinen Kopf. Es ist noch gar nicht lange her, da saß meine Mom in einem schicken Hotel in Mailand und sah mir dabei zu, wie ich das Finale eines hochkarätigen Schachturniers spielte. Sie hat jeden meiner Züge bewacht, wie ein eifersüchtiger Drache seinen Goldschatz. Und jetzt? Jetzt sieht sie mir dabei zu, wie ich paarweise frittierte Teigklumpen in einen Himbeergeleespender stecke. Sie liest das Buch nicht. Sie liest diesen hirnverbrannten Spruch auf meinem Rücken: *Ganz New York liebt unsere Donuts.*

Ich ertrage das nicht länger. Ich schalte den Marmeladenspender auf Pause, schnappe mir eine Kaffeekanne und steuere auf Moms Tisch zu. Sie schielt über den Rand ihres Buchs und beobachtet, wie ich auf sie zukomme.

»Was machst du hier, Mom?«

»Ich war gerade in der Gegend.«

»Nein, warst du nicht. Willst du, dass ich mich dafür schäme, hier zu arbeiten? Ist es das, was du willst?«

»Nein, natürlich nicht.« Sie tupft sich den Mund mit einer Papierserviette ab. »Ich will nur, dass du glücklich bist, Leah. Sag mal, musst du entscheiden, wann die Donuts voll mit Marmelade sind, oder macht das die Maschine?«

»Die Maschine«, sage ich und werde lauter. »Ich stelle die Maschine auf zwölf, pikse zwei Donuts auf die Einfülltüllen, strecke meinen Zeigefinger aus und drücke auf FÜLLEN.«

»Klingt kompliziert.«

»Das ist nicht kompliziert.« Mein Herz pocht gegen meine Brust. »Nichts von dem, was ich hier tue, ist auch nur ein klitzekleines bisschen kompliziert. Null Komma null Anspruch. Und weißt du, was? Gerade das gefällt mir. Wenn du also denkst, du bringst mich dazu, dass ich mich für den Job schäme, kündige und wieder mit dem Schachspielen anfange, täuschst du dich gewaltig.«

Hinter mir räuspert sich jemand. Ich drehe mich um und blicke auf ein Mosaik aus Zornesfalten. Der Boss.

»Wie war das noch, Leah?«, fragt Randal. »Wie lautet das erste Gebot von Gonuts Donuts?«

»Du sollst den Kunden anlächeln, bis dir die Wangen wehtun. Aber das ist keine Kundin, Sir. Das ist meine Mom.«

»Wirklich?« Randal nimmt mir die Kaffeekanne aus der Hand. »Nett, sie kennenzulernen, Mrs Baxter. Noch einen Kaffee aufs Haus?«

»Nur einen Schluck, Mister ...«

»Johnson.« Er gießt ihr nach. »Mehr Kokosraspeln für ihren Kuchen?«

»Nein, danke.«

Randal gibt mir die Kaffeekanne zurück. »Du sollst Vater und Mutter ehren, Leah, auf dass es dir wohlergehe auf Erden und du lange lebest. Und wenn du dich anständig bei deiner Mutter entschuldigt hast, geh bitte, und sieh nach, ob die neuen Donuts fertig sind.«

Vater und Mutter ehren ... Würde ich ja, wenn ich die Chance hätte.

Randal bleibt stehen und wartet.

»Tut mir leid, Mom«, sage ich und kneife mir dabei in die Haut zwischen Daumen und Zeigefinger, bis es wehtut.

KOMMENTARE

Luther88: *Hahahaha, die haben dich echt drangekriegt!*

RadyM: *Dein Boss ist der Hammer.*

Donutprofi: *Du bist eine Loserin, Chessgirl. Du hast im Schach versagt, und jetzt versagst du bei den Donuts. Als Donutverkäufer mit über zwanzig Jahren Erfahrung sage ich dir, dass das, was wir tun, durchaus anspruchsvoll ist. Guten Kaffee zu machen, ist eine Kunst. Einen Donut ordentlich zu glasieren, ist eine Kunst. Und dafür zu sorgen, dass die Leute sich wohlfühlen, ist auch eine Kunst.*

Chessgirl: *Aber es ist keine Kunst, über den Kommentar in einem Blog eine Adresse herauszubekommen.*

Donutprofi: *Ich werde es der New Yorker Polizei melden, dass du mich bedrohst.*

Chessgirl: *Hahahahahaha.*

KOMMENTARE SIND GESCHLOSSEN.

KLEINES

Ganz so übel ist Mom gar nicht. Sie hat auch ihre normalen Momente. Und es sieht ganz so aus, als hätte ihre Jagd nach einem Job endlich Erfolg gehabt. Sie hat eine Sekretärinnenstelle bei einer Tauchschule in der Lower East Side ergattert. Nächsten Montag fängt sie an. Wir feiern das mit einer selbst gebackenen Pizza zum Abendessen, und danach kuscheln wir uns aufs Sofa und sehen fern. Ich trage meinen Krokodil-Onesie. Wir sehen uns Wiederholungen der *George Lopez Show* an, aber das bringt Mom zum Weinen, also schalten wir um und schauen die zweite Hälfte von *Töchter des Himmels*.

Kein Streit, den ganzen Abend nicht. Mom hat mich sogar zweimal Kleines genannt, was sie seit Monaten nicht mehr getan hat.

KOMMENTARE

Skipperbekker: *Sorry, Chessgirl, aber wenn wir nette Posts über ein lauschiges Familienleben lesen wollten, würden wir uns den Family Focus Blog reinziehen.*

Ringo: *Schön, dass deine Mom einen Job hat und so. Gratuliere. Aber Skipperbekker hat recht. Wir sind hier, um mitzuverfolgen, wie du dich selbst zerstörst, und um über deine geistesgestörte Schach-Mom zu lachen. Ein bisschen mehr Respekt gegenüber deinen Lesern, wenn ich bitten darf.*

Lisa: *Ignorier die Deppen einfach, Chessgirl. Ich bin froh, dass du einen netten Abend mit deiner Mom hattest.*

KOMMENTARE SIND GESCHLOSSEN.

BOBBY

Es ist Freitagmorgen, und ich bin viel zu früh im Greenwich Village. Bis zu meinem Tattoo-Termin habe ich noch eine ganze Stunde Zeit, mehr als genug, um der West 10th Street noch einen Besuch abzustatten. Ich schlendere die von Bäumen gesäumte Straße entlang und bleibe vor der Nummer 23, einem schmalen Stadthaus, stehen. Es sieht kein Stein anders aus, als all die anderen Häuser, und wer seine Geschichte nicht kennt, geht wohl völlig ahnungslos daran vorüber. Ich nicht. Mit einem Hüpfer setze ich mich auf die niedrige Mauer direkt gegenüber, stütze das Kinn in die Hände und betrachte das verschnörkelte Geländer, das breite Erkerfenster und die drei Stufen, die zum Eingang hinunterführen. Neben der Tür hängt ein kleines Bronzeschild, in das in winzigen Buchstaben THE MARSHALL CHESS CLUB eingraviert ist.

Im Jahr 1956 hat das Haus wahrscheinlich nicht viel anders ausgesehen als heute. Man kann sich bildlich vorstellen, wie der damals dreizehnjährige Bobby Fischer in Cordhose und mit Brillantine im Haar im Schlepptau seiner Mutter die Straße entlanggezuckelt kommt, bereit zu spielen. Er hüpft die Stufen hinunter, geht durch den Korridor und betritt das verrauchte Turnierzimmer. Dort lässt er sich auf den Stuhl am Brett des großen Donald Byrne plumpsen, kritzelt das Datum auf sein Partieformular, rückt die schwarzen Figuren zurecht, bis sie exakt in der Mitte der Felder stehen, und streckt schüchtern die Hand zu einem ungelenken Handschlag aus.

Bobby ist nervöser als eine Katze in einem Raum voller Schaukelstühle. Klar, er hat einen höheren IQ als Einstein, und klar hat er tausend klassische Partien im Kopf, aber unter den Männern im Raum befinden sich einige der besten Schachspieler der Welt. Sein heutiger Gegner hat den Ruf eines unglaublich aggressiven Angreifers, und das hier wird die härteste Prüfung seiner Fähigkeiten werden, vor die der junge Bobby je gestellt wurde.

Donald Byrne spielt mit Weiß. Er schnappt sich die Brettmitte mit seinen Bauern, und der junge Bobby Fischer kontert über die Flanken. Klassische Grünfeld-Indische Verteidigung bis zum 11. Zug, als Bobby eine Neuerung bringt, Springer auf a4, ein frecher, etwas unbeholfener Angriff. Sein Gegner stützt die Stirn auf die Finger und denkt fünfzehn Minuten nach, bevor er antwortet. Im 17. Zug wir Bobby noch ungestümer und gibt seine Dame für einen Läufer auf. Dieses scheinbar wahnsinnige Opfer lässt Clubsekretär Edward Lasker, der hinter ihm steht, nach Luft schnappen.

Was dann passiert, ist ganz großes Kino. Der dreizehnjährige Junge in gestreiftem Hemd und Cordhose bereitet einen Angriff vor, der so tiefgründig und unausweichlich ist, dass man ihn noch Jahrzehnte später auf der ganzen Welt studieren wird. Mit atemberaubender Präzision koordiniert er seine Springer, Läufer und Bauern zu einem Wirbelsturm aus Abzügen, der die Stellung seines Gegenübers verwüstet. Byrne bringt die Partie sportlich zu Ende, aber seine Dame hat gegen die blutrünstige Armee, die ihr gegenübersteht, keine Chance. Im 41. Zug besiegelt Bobby die Partie und kritzelt Matt ans Ende seines Partieformulars.

Bobby Fischers Sieg an diesem Tag gilt bis heute als »Partie des Jahrhunderts«, und ein Großmeister bezeichnete den 11. Zug – Sa4 – einmal als »den stärksten Zug in der Geschichte des Schachs«. In den darauffolgenden Wochen und Monaten machte Bobby Großmeister auf der ganzen Welt fertig.

Die Sache ist die, Leute. Direkt nach den Mailand Opens brachte eine New Yorker Schachzeitschrift einen Artikel über mich, in dem sie meinen angriffslustigen Spielstil mit dem des jungen Bobby Fischer verglichen. Ich habe den Artikel gerahmt und über mein Bett gehängt (was wohl jeder getan hätte) und seit diesem Tag pilgere ich regelmäßig zu Hausnummer 23 in der West 10th Street. Ich kann euch gar nicht sagen, wie viele Male ich schon auf dieser Mauer hier gesessen und mir vorgestellt habe, wie ich die Welt erobere.

Heute nicht.

Heute ist es keine Pilgerreise, heute ist es ein Abschied.

KOMMENTARE

Dingsda: *Bobby Fischer war ein Psycho, und das weißt du auch. Er flog mit sechs von der Schule, weil er den Rektor getreten hat. Mit neun hatte er bereits sechsmal die Schule gewechselt. Mit vierzehn (ein Jahr nach dem Spiel des Jahrhunderts) hat er einen Gegenspieler so kräftig in den Arm gebissen, dass die Wunde nie wieder verheilt ist. Und mit siebzehn hat er seine Mutter aus dem Haus geschmissen und von da an alleine gelebt. Tolles Vorbild.*

Chessgirl: *Ich habe nie behauptet, er wäre ein Vorbild. Ich habe nur gesagt, dass er ein großer Schachspieler war. Wahrscheinlich der größte aller Zeiten.*

Luther88: *Jedes Mal, wenn ein junger amerikanischer Schachspieler in einem internationalen Turnier gut spielt, verzapft irgend so ein fanatischer Schreiberling unter dem Titel IST DAS DER NEUE BOBBY FISCHER? seitenweise Fahnen schwingenden Pferdemist. Daran sieht man doch nur, wie verzweifelt die Amerikaner nach einem eigenen Schachgenie lechzen. Und daran, dass du diesen Artikel ernst genommen hast, sieht man, wie arrogant und verblendet du bist, Chessgirl.*

Guppy: *Fahnen schwingender Pferdemist? Gewagte Metapher LMAO.*

Sigurd: *Jetzt mach mal halblang, Luther88. Chessgirl hat es echt drauf. Sie ist ein geniales Wunderkind. Sie hat mit zehn im Manhattan Chess Club auf 40 Brettern simultan gespielt und nur EINE Partie verloren. Das hat Bobby Fischer mit zehn nicht geschafft.*

Luther88: *Und wer bist du? Ihre Mom?*

Ringo: *Worüber streitet ihr euch eigentlich, Leute? Sie hat mit dem Schachspielen aufgehört. In zehn Jahren hängt sie am Tresen einer versifften Bar und lallt jedem, der ihr zuhört, »Ich war mal der nächste Bobby Fischer« ins Ohr.*

KOMMENTARE SIND GESCHLOSSEN.

TATOOTAG

Als ich das Tattoo-Studio betrete, bin ich ziemlich aufgeregt. Es geht hier schließlich nicht nur um ein Tattoo, sondern darum, mich neu zu erfinden. Es geht darum, mir und der Welt zu beweisen, dass es ein Leben nach dem Schach gibt und dass ich mehr bin als ein willenloser Bauer, der von anderen übers Brett geschubst wird.

Als ich reingehe, begrüßt die Frau am Empfang mich mit einem noch kälteren Blick als beim ersten Mal.

»Ich habe um zehn einen Termin bei Mick«, erkläre ich.

»Nein, hast du nicht«, sagt sie. Ich will ihr mein Kärtchen mit dem Termin zeigen, aber sie sieht es sich nicht einmal an. »Jemand hat angerufen und uns gewarnt. Er hat uns deine Blogadresse gegeben.«

»Oh.«

»Du hättest uns ganz schön in Schwierigkeiten bringen

können, Leah.« Sie geht zur Tür und hält sie mir auf. »Komm wieder, wenn du achtzehn bist.«

Draußen auf dem Gehsteig klappe ich erst einmal zusammen. *Was war das denn?*

»Scheiße, was?«, höre ich eine Stimme hinter mir.

Ich drehe mich um, und da steht der Spinner aus dem Donutladen. In einem giftgrünen T-Shirt lehnt er an einem Laternenpfosten.

»Ich weiß, wie du dich fühlst. Mich hat man vor Kurzem auch aus einem Laden geworfen. Es ist ein niederschmetterndes Gefühl, wenn man abgewiesen wird.«

Ich richte mich auf. »Das warst du, richtig? Du hast meinen Blog gelesen und hast da angerufen.«

»Jepp.« Er verschränkt die Arme vor der Brust. »Aber gut geschminkt. Kompliment. Du siehst mindestens aus wie zweiundzwanzig.«

»Woher wusstest du, welches Studio du anrufen musst?«

»Ich habe einfach alle der Reihe nach angerufen und gefragt, ob ich Mick sprechen kann. Beim fünften hatte ich Glück.«

»Warum hast du das gemacht?«

»Wie wäre es, wenn ich dir das bei einem Milchshake erzähle?« Er grinst wie ein Honigkuchenpferd und zwinkert mir dabei mit seinen Schielaugen auch noch zu.

Da verpasse ich ihm eine.

Ja, ganz richtig. Ich schlage ihm mit voller Wucht gegen den Kiefer, und er fällt um wie der König eines Patzers. BATSCH. Mit blutigen Lippen liegt er, fluchend und stöhnend, auf dem Gehsteig und versucht, nicht zu heulen.

»Gegenvorschlag«, sage ich. »Wie wäre es, wenn wir uns den Milchshake sparen, und du erzählst es mir jetzt gleich?«

KOMMENTARE

Guppy: *Und …?*

Chessgirl: *Und das war's, Leute. Tut mir leid, wenn ich euch in der Luft hängen lasse, aber so geht das nicht weiter. Der Gedanke daran, dass jemand diesen Blog gelesen und sich dann in mein Leben eingemischt hat, macht mich wahnsinnig. Ich werde auf keinen Fall zulassen, dass das noch einmal passiert. Meinen nächsten Post und jeden einzelnen Post danach werde ich mit einem Passwort schützen, und dieses Passwort gebe ich nur echt coolen Leuten, denen ich wirklich vertraue.*

Guppy: *Und wer wäre das?*

Chessgirl: *Niemand.*

Tarantella: *Du kannst nicht einfach Leute schlagen, egal, wie wütend sie dich machen.*

Chessgirl: *Ups.*

Tarantella: *Ich meine das ernst. Gewalt ist die Waffe der Schwachen. Das hast du nicht nötig, Chessgirl.*

Chessgirl: *Offensichtlich doch.*

Fagin2: *Ich lese deine abfälligen Blogposts echt gern. Kann ich bitte das Passwort haben?*

Chessgirl: *Nein. Leb wohl, schöne Welt!*

KOMMENTARE SIND GESCHLOSSEN.

TEIL ZWEI

MITTELSPIEL

Wenn ich Weiß bin, gewinne ich, weil ich Weiß bin.
Wenn ich Schwarz bin, gewinne ich,
weil ich Bogoljubow bin.

EFIM BOGOLJUBOW
(1889–1952)

WAHRHEIT

Echt schade, dass das mit dem öffentlichen Blog nicht funktioniert hat. Es hat mir Spaß gemacht, über mein Leben zu schreiben und all die bekloppten Kommentare zu lesen. Aber meine Entscheidung ist gefallen. Von nun an ist jeder Post passwortgeschützt. Ein Niemand zu sein, ist mir lieber, als gestalkt zu werden.

Weiterschreiben werde ich trotzdem. Es gibt nichts Besseres, als nach einem miesen Tag abends am Laptop zu sitzen und sich in ausschweifenden Selbstrechtfertigungen zu ergehen. Hey, wenn ich in Stimmung bin, kann ich zehn Posts in Folge schreiben, ohne auch nur einmal aufzustehen und pinkeln zu gehen. Mein Durchhaltevermögen ist nahezu übermenschlich. Ich kann sieben Stunden am Stück einfach nur dasitzen und mich voll konzentrieren. Gebe es einen Wettbewerb in Konzentrationsfähigkeit, wäre ich ganz vorne mit dabei.

Also, wo war ich stehen geblieben?

Ah ja, Guppy und Tarantella und ein paar andere Gaffer wollten wissen, was mit mir los sei, warum ich diesem Spinner vor dem Tattoo-Studio eine reingehauen habe. Ganz ehrlich? Ich weiß es nicht. Aber vielleicht haben diese sechs Hämmer etwas damit zu tun:

1. Mein Dad ist kein Astronaut und war auch nie einer. Er hat an der Fakultät für Mathematik der NYU gearbeitet.
2. Er ist vor siebenhunderteinundachtzig Tagen gestorben, aber es kommt mir immer noch vor wie gestern.
3. Bis er daran erkrankt ist, wusste ich nicht, dass es so etwas wie Bauchspeicheldrüsenentzündung überhaupt gibt.

4. Die Ärzte sagten, er würde nicht sterben. Aber dann ging bei der Routineoperation etwas schief.
5. Mom hat eine gigantische Entschädigungszahlung vom Krankenhaus bekommen.
6. Mit dem Geld ist sie mit mir zu mehreren internationalen Turnieren gefahren, und ich bin in jedem einzelnen davon mit Glanz und Gloria untergegangen.

WAS PASSIERT IST, NACHDEM ICH DEN SPINNER GESCHLAGEN HABE

Der Spinner liegt also, spuckend und stöhnend, auf dem Gehsteig, und ich knie daneben und versuche, mich nicht schuldig, sondern als Siegerin zu fühlen. »Wie heißt du?«

»Kit McTarnsay«, ächzt er. »Ich spiele Schach im Washington Square Park.«

»Und was hat das mit mir zu tun?«

»Ich habe ein Team, die Poisoned Pawns. Wir möchten, dass du bei uns mitmachst.«

»Du willst, dass ich in deinem Team spiele?« Ich lache. »Im Ernst jetzt?«

»Es ist vielleicht weniger ein Team als vielmehr ein Syndikat. Wir spielen Schach um Geld und teilen uns die Gewinne.«

»Ihr seid so was wie Schachhuren?«

»Korrekt. Für fünf Dollar besorgen wir es jedem, der es braucht, in einer Partie Blitz- oder Bullet-Schach.«

»Gewinnt ihr viel?«

»Es reicht.« Er hebt sein T-Shirt an, zieht den Reißverschluss eines Bauchgurts auf und wedelt mit einem Bündel Fünfzigern. »Der Verdienst von letzter Woche.«

Mir vergeht das Lachen. Im Gonuts Donuts würde ich das in einem Monat nicht verdienen.

»Letzte Woche habe ich mir Schachvideos auf YouTube angesehen und bin dabei auf eines von dir gestoßen. Zwei GMs die über dem Brett mit den Köpfen zusammenknallen und auf Russisch fluchen. Ich bin dem Link zu deinem Blog gefolgt und …«

» … hast angefangen, mich zu stalken.«

»Ich habe angefangen, mich für dich zu interessieren. Du hast mir leidgetan, okay? Der ganze Druck von deiner Mom und deinem Trainer. Dabei willst du einfach nur Schach spielen. Ich verstehe das total, Leah. Ich verstehe, warum du das Turnierspielen aufgegeben hast. Ich verstehe, warum du dir einen Job als Donutverkäuferin gesucht hast. Und ich verstehe auch, warum dich das schon jetzt zu Tode langweilt. Ich will dir nur eine Möglichkeit bieten, da rauszukommen.«

»Indem du *Die Lotosesser* rezitierst und mir meinen Tattoo-Termin versaust?«

»Das mit dem Tattoo konnte ich einfach nicht zulassen. Dem Schach für eine Weile den Rücken zu kehren, ist eine Sache. Es sich unter die Haut stechen zu lassen, eine ganz andere. *Die weite See hat Tropfen nicht genug sie reinzuwaschen, vor Fäulnis zu bewahren dies bös verderbte Fleisch.* Wo Shakespeare recht hat, hat er recht.«

Ich bleibe stehen und sehe ihn an. »Was ist deine Ratingzahl?«

»Zweitausendeinhundert.«

»Du weißt, dass das, was ihr da macht, illegal ist.«

»In New York einen Königspython zu halten, ist auch illegal. Und es ist illegal, Minderjährige zu tätowieren. Und es ist illegal, Leuten ins Gesicht zu schlagen. Ich bitte dich nur, mal vorbeizukommen und dir anzusehen, wie wir spielen. Danach kannst du frei entscheiden.«

Ich beiße mir auf die Unterlippe. Mein Gehirn schaltet in den Schachmodus und rechnet mit zweihundert Stundenkilometern meine Möglichkeiten durch. »Ein paar der Parkspieler sind ehemalige Turnierspieler, die werden mich erkennen.«

Kit lacht. »Mit der ganzen Schminke im Gesicht wird dich kein Mensch erkennen. Und um sicherzugehen«, er schüttelt seinen Rucksack ab und greift hinein, »wirst du das hier tragen.«

Er hält mir eine rote Langhaarperücke hin. Das muss man dem Spinner lassen, er ist gut vorbereitet.

PARK

Als wir uns den Schachtischen im Washington Square Park nähern, dreht Kit sich plötzlich zu mir um und sagt: »Schnell, küss mich.«

»Was? Warum?«

»Tarnung«, sagt Kit. »Du bist meine Freundin. Wir haben uns auf einem Musikfestival in Brooklyn kennengelernt und ineinander verliebt.«

»Ich hab 'ne bessere Tarnung. Du bist du, und ich bin das Mädchen, das dir einen kompletten Satz Staunton-Figuren, da reinrammt, wo nie die Sonne scheint.«

»Okay, keine Tarnung. Wir sind einfach nur zwei Menschen im Park, von denen sich einer zur Regel gemacht hat, nie mit einem Schachspieler auszugehen.«

»Korrekt.«

»Obwohl du die Regel für den Richtigen auch brechen würdest.«

»Das Einzige, was ich brechen werde, sind deine Beine, wenn du nicht aufhörst, meinen Blog zu zitieren.«

Die Schachtische vibrieren von vergnügten, chaotischen Partien, kein Vergleich zu den muffigen Turnierspielen, die ich so gewohnt bin. Das Klackern der Figuren auf den Brettern, das Rattern der gedrückten Schachuhren und das Murmeln und Fluchen der Kiebitze ziehen mich sofort in ihren Bann.

»Ich zeig dir die Poisoned Pawns«, flüstert Kit, »aber sprich sie nicht an, okay? Keinen von ihnen. Niemand weiß, dass wir zusammenarbeiten.«

Um die Tische stehen ungefähr fünfzehn Leute. Es wird anerkennend gejohlt oder missbilligend geknurrt und unablässig wechseln zerknüllte Fünf-Dollar-Scheine die in abgeschnittenen Handschuhen steckenden Hände.

»Siehst du den Kleinen dort drüben?«, fragt Kit und zeigt auf einen schwarzen Jungen in T-Shirt und Baseballkappe. Er spielt im Stehen, wippt unablässig auf den Fußballen auf und ab und quatscht seinem Gegenüber die Ohren voll.

»Nathan Banks«, flüstert Kit. »Der jüngste Spieler im Park. Ein Poisoned Pawn.«

»Rating?«

»Schwer zu sagen. Im klassischen Schach wären es wahrscheinlich nicht mehr als zweitausend. In einem Turnier würden sie ihn auseinandernehmen wie einen Patzer. Aber im Blitzschach habe ich ihn Typen mit einer Wertungszahl von zweitausendzweihundert vom Brett fegen sehen. Er ist wirklich blitzschnell. Schneller als jeder, den ich kenne. Warte, bis du ihn bei einer Eröffnung oder einem Endspiel siehst – man kann seine Finger dann nur noch erahnen. Er übt permanent Druck auf seine Gegner aus und labert ihnen gleichzeitig mit seinem Trashtalk das Hirn zu Brei. Das musst du dir anhören.«

Wir mischen uns unter die Menge, die um seinen Tisch steht.

»Zu schwach, zu lahm«, sagt Nathan und wackelt mit dem Finger vor dem Gesicht seines Gegners hin und her. »Rochiere, solange du noch kannst, Opfer. Ich bin an dir dran! Zu schwach, zu lahm. Die Uhr tickt, Opfer. Also, was hast du für mich? Dein Ernst? Hättest du nicht tun sollen. Ich bin an dir dran, Opfer. Was hast du jetzt? Jetzt kommst du ins Schwimmen, Opfer. Und was hast du jetzt? Zack. Bumm! Fünf Dollar weniger. Das hast du jetzt.«

»Wenn der jemals so mit mir redet«, flüstere ich Kit zu, »schlage ich ihm die Zähne ein.«

»Werd's ihm ausrichten«, flüstert Kit zurück.

Wir schlendern zu einem anderen Tisch, an dem ein blondes Mädchen mit Sonnenbrille gegen einen alten Mann spielt.

»Anna Ivanova«, murmelt Kit neben meinem Ohr. »Einundzwanzig Jahre alt. Poisoned Pawn. Ist aus Russland in die Vereinigten Staaten gekommen. Sie ist in ihrem letzten Jahr an der Uni, direkt hier über die Straße, und spielt in den Semesterferien im Park, um ihr Studium zu finanzieren. Es wird dir gefallen, wie sie spielt, Leah. Wie Karpow früher. Unspektakulär, aber ohne den kleinsten Patzer. Wir nennen sie Anna Anakonda, weil sie dich direkt aus der Eröffnung heraus einwickelt und dann ganz langsam zerquetscht. Sie presst alle Luft aus deiner Stellung, und dann schlägt sie zu und killt dich. Anna hat echt Klasse.«

»Rating?«

»Zweitausendzweihundert, vielleicht auch mehr. Außerdem gibt es nichts, das einen mehr aus dem Konzept bringt als Trashtalk auf Russisch.«

Ich hebe den Blick von Annas Partie und entdecke an einem Tisch ganz am Rand einen großen, hageren Jungen. Er trägt ein *Star-Wars*-T-Shirt, graue Reeboks und ein Baseballcap der New York Giants.

»Hey, das ist Spencer Fawkes«, sage ich. »Gehört der auch zu euch?«

»Im Moment noch, ja«, entgegnet Kit. »Kennt ihr euch?«

»Ich habe vor ein paar Jahren beim New York Open gegen ihn gespielt. Damengambit. Habe ihn in einem Turmendspiel geschlagen. Was für ein Rating hat er mittlerweile?«

»Zweitausendfünfundachtzig im klassischen Schach, was man allerdings nicht glauben würde, wenn man ihm beim Blitzschach zusieht. Unter uns gesagt, hat er einfach nicht die Nerven dafür. Er gerät ständig unter Zeitdruck und beim Trashtalken fängt er an zu stottern. Manchmal gewinnt er auch, aber an den meisten Tagen legen wir für ihn drauf.«

»Schmeißt ihr ihn raus?«

»Kommt darauf an.« Kit dreht sich um und sieht mich an. »Nimmst du seinen Platz?«

Schwierige Frage. Möchte ich das Mädchen sein, das klassisches Schach in internationalen Turnieren gespielt hat und nun im Park Blitzpartien gegen Patzer spielt?

»Ich weiß nicht«, sage ich. »Lass mich ein oder zwei Partien spielen und darüber nachdenken.«

BLITZSCHACH

Tempo war schon immer ein Ding der New Yorker. Wir gehen schnell, wir reden schnell, wir arbeiten schnell, wir kaufen schnell ein, wir essen schnell und wir lieben Speeddating. Wir sind immer beschäftigt, immer am Geldscheffeln, und haben kein Problem, andere vor den Kopf zu stoßen. Kein Wunder, dass das Schnellschach hier in New York erfunden wurde.

Die ersten *rapid transit*-Turniere hatten ein Zeitlimit von dreißig Sekunden pro Zug, welches dann später auf zehn Sekunden pro Zug verkürzt wurde. Der arme Schiri stand mit einer Uhr und einer Glocke, die er alle zehn Sekunden läutete, auf einem Stuhl, und wer nicht rechtzeitig zog, hatte das Spiel verloren.

Vor hundert Jahren wurden die Schnellschachturniere von nur einem Mann beherrscht, von der kubanischen Schachmaschine José Raúl Capablanca. Er gewann nicht einfach nur, er fegte seine Gegner so schnell vom Brett, dass ihnen der Kopf schwirrte.

Nachdem die Schiedsrichter fünfzig Jahre lang auf ihren wackeligen Stühlen gestanden hatten, erfand irgendjemand die Schachuhr mit zwei Zeitanzeigen und je einem Stoppknopf. Man zieht, drückt den Knopf und die Uhr fängt an, für den Gegner zu ticken. *Tick, tack, tick, tack*, das war (und ist auch heute noch) das unverwechselbare Geräusch eines Schnellschachturniers im Manhattan Chess Club. Diese Uhren geben keine Zeitbegrenzungen pro Zug vor, sondern kontrollieren die Bedenkzeit, die jeder Spieler während der gesamten Partie zur Verfügung hat. Fünfzehn Minuten beim Schnellschach. Fünf Minuten beim Blitzschach. Eine Minute beim Bullet-Schach. Wessen Zeit abgelaufen ist, verliert, unabhängig von der Stellung auf dem Brett.

Mein Held Michail Tal war ein Zauberer im Schnellschach. Er war so schnell und so brillant, dass Boris Spassky ihn immer »den Formel-1-Fahrer« nannte. Gegen Tal im Blitzschach zu verlieren, muss so ähnlich gewesen sein, wie von einem Ferrari über den Haufen gefahren zu werden. Man liegt auf der Straße, nur noch Matsch, und denkt trotz der Schmerzen: Wow, coole Karre!

Und hier, liebes Tagebuch, noch ein kleiner Denkanstoß:

1. Reinkarnisten glauben, dass zwischen Tod und Wiedergeburt ungefähr acht Jahre liegen.
2. Tal starb im Jahr 1992.
3. Ich wurde im Jahr 2000 geboren.

Wollte ich nur mal erwähnt haben.

DEBÜT

Ich sitze oberhalb der Schachtische auf einem Grashügel und scanne die Bretter auf der Suche nach einer Partie, die kurz vor dem Ende steht.

Dort. Ich gehe hinunter zu dem Tisch, an dem zwei mittelalte Typen spielen. Schwarz hat noch jede Menge Zeit auf der Uhr, aber einen Turm weniger. Er hätte längst aufgeben müssen.

Der Typ mit den weißen Figuren hat einen dünnen Schnurrbart, eine kahle Stelle auf dem Kopf, so groß wie Brooklyn, und trägt ein Tweedjackett. Er gewinnt die Partie, aber wenn seine Bauernstruktur irgendetwas über ihn aussagt (und das tut sie), ist er ein Patzer der ersten Ordnung. Er braucht ewig, um seinen Vorteil zu nutzen, hat aber das Glück, dass sein Gegner einen zweiten Turm verspielt und aufgibt.

Ich setze mich Tweedjackett gegenüber auf die Bank. »Spielen wir?«

Er zieht einen Labello aus der Tasche und schmiert sich ausgiebig die Lippen ein, während er mich mit blassblauen Augen mustert. »Fünf Dollar?«

»Geht klar.«

Die Partie kann beginnen. Wir stellen die Uhren auf drei Minuten, schütteln uns die Hände und fangen an zu spielen. Tweedjackett eröffnet mit der Nimzowitsch-Indischen Verteidigung und spielt aus dem Gedächtnis die Standardzüge. Bis zum 13. Zug spielt er wie ein GM, dann verliert er den Überblick.

»Mich würde echt mal interessieren«, sage ich, »warum Sie sich die Mühe machen, eine Eröffnung auswendig zu lernen, wenn Sie das Prinzip dahinter nicht verstehen.«

Schnaubend zieht er mit einem zentralen Bauern und haut auf die Uhr. Obwohl jetzt meine tickt, lehne ich mich zurück und fixiere mein Gegenüber. »Haben Sie mich nicht gehört?«, frage ich. »Warum machen Sie sich ...«

»Jetzt mach schon, zieh!«, faucht er.

Ich ziehe und schlage mit meinem Läufer einen seiner Königsflügelbauern. »Schach.«

Das Opfer war nicht wirklich durchdacht. Ein stärkerer Spieler hätte sofort zurückgeschlagen, aber Tweedjackett starrt nur dumpf auf das Brett, als steckte ein Messer in seiner Brust.

Ich schlage auf meine Uhr, seine fängt wieder an zu ticken. »Holen Sie sich den Läufer«, rate ich ihm.

»Nicht so schnell.«

»Kommen Sie schon, Tweedy«, sage ich. »Ein Opfer pariert man am besten, indem man es annimmt.«

»Sei still. Lass mich nachdenken.«

»Wenn Sie es nicht annehmen, sind Sie geliefert.«

»Das kann ich schon selbst beurteilen.«

Je länger ich auf ihn einrede, sich den blöden Läufer zu holen, umso überzeugter ist er, dass es eine Falle ist. Er starrt auf das Brett und wedelt mit den Händen, um mich zum Schweigen zu bringen.

Drei junge Typen in eng anliegenden Anzügen tauchen auf und schauen unserem Spiel zu. Großstadtsnobs, die gerade Mittagspause haben.

»Wer von euch spielt gegen die Gewinnerin?«

»Ich«, sagt der in der Mitte.

»Ich hoffe, du hast dein Portemonnaie eingesteckt.«

Seine Freunde boxen ihn kichernd in die Seite.

Tweedjackett greift nach seinem König, aber anstatt sich den Eindringling zu schnappen, zieht er seinen König nur in die Ecke. Ich ziehe meinen Läufer zurück. Ich habe einen Bauern gewonnen und Tweedys Königsflügel ist löchrig wie ein Schweizer Käse.

Fünfundvierzig Sekunden später habe ich die Partie gewonnen. Tweedy drückt seine fünf Dollar ab, und auf der Bank nimmt der Anzug Platz. Schöne Augen, aber viel zu viel Haargel.

»Ich dachte, zehn Dollar machen die Sache vielleicht ein bisschen interessanter«, sagt er.

»Schade. Ich wollte gerade hundert vorschlagen.«

Aus dem Augenwinkel sehe ich, wie Spencer Fawkes den Hals verdreht und zu mir rüber starrt.

Der Anzug starrt mich ebenfalls ungläubig an. Dann willigt er ein. Vielleicht, weil seine Freunde zusehen, vielleicht, weil er mehr Geld als Verstand hat, vielleicht aber auch, weil er denkt, diese umwerfende Perücke sei mein echtes Haar.

FLOW

Der Anzug fängt ganz passabel an, aber ein Patzer bleibt ein Patzer. Ich polier ihm die Fresse mit einem Blackmar-Diemer und setze ihn in dreiundzwanzig Zügen matt.

»Miniatur«, flüstere ich.

»Was?« Das Gesicht über dem steifen weißen Hemdkragen wird puterrot.

»Eine Partie mit nicht mehr als fünfundzwanzig Zügen nennt man Miniatur.«

Er knallt die hundert Dollar auf den Tisch, steht auf und drängt sich wütend durch die Menge.

Blitzschach ist kein richtiges Schach. Ich will da niemandem etwas vormachen. Es ist ein komplett anderes Spiel. Es ist ein verrücktes, schweißtreibendes Kräftemessen, bei dem es weniger um Schach geht, als vielmehr darum, die Nerven zu behalten und intelligente Vermutungen anzustellen. Aber das ist kein Grund, es zu dissen. Ich bin gerade mal zehn Minuten hier und schon um einhundertfünf Dollar reicher. So viel verdiene ich im Gonuts Donuts nicht an einem ganzen Tag.

Ich spiele noch gegen drei weitere Typen, die ich alle mühelos schlage. Ich bin ganz in meinem Element. Die Partien spielen sich quasi von alleine. Ich kann sehr tief in jede Stellung sehen und fühle mich wie eine Göttin. Ich habe einen Flow, wie mein Trainer es nannte. Widerstandslos gleite ich durch die Partien und schiebe mir einen Fünf-Dollar-Schein nach dem anderen in die Taschen. Es ist ein Gegengift gegen den Frust in Pune, ein Ventil für den Druck einer endlosen Woche ohne Schach. Als würde ich nach einer langen Abwesenheit zurückkehren zu dem Spiel, das ich nie aufgehört habe zu lieben.

In der Menge fängt es an zu rumoren. Meine Herausforderer sind immer schwerer zu schlagen. Nicht alle Parkspieler sind Versager. Ein paar der Spieler, die mir gegenübersitzen, spielen auf hohem Clubniveau und könnten sogar Meister sein. Ich biete den Kiebitzen die ersehnte Show, indem ich scharfe Stellungen aufbaue, in denen ein einziges Tempo entscheiden kann, ob eine Partie zu einem grandiosen Sieg oder einer verheerenden Niederlage wird. Ein paar der Partien eröffne ich mit Italienisch, Giuoco piano – von wegen »ruhiges Spiel«! – und breche das Zentrum dann weit auf für wilde Stellungen, bei denen den Zuschauern die Luft wegbleibt. Ich lasse auf dem gesamten Brett Figuren hängen und ziehe vernichtende taktische Kombinationen durch – Bam! Bam! Bam! –, bei denen meine Gegner sich gegen die

Stirn klatschen und mit den Zähnen knirschen wie Comicfiguren. Ich schlage allen, die gegen mich antreten, den doppelten Einsatz vor, und den Patzern gebe ich einen Springer, einen Turm und einmal sogar eine Dame vor. Innerhalb weniger Stunden verdiene ich tausend Mäuse. *Eintausend Dollar.* Fühlt sich so ein Rockstar?

Zum neunundzwanzigsten Mal beende ich mit Schachmatt. Mein Kontrahent drückt mir sein Geld in die Hand und macht sich zerknirscht vom Acker. Plötzlich weht mir ein Schwall billiges Rasierwasser entgegen. Auf der Bank gegenüber lässt sich, fettige graue Haare seitlich über die glänzende Platte gekämmt, GM Roderick Wilde nieder. Bevor er dreimal hintereinander eine schlechte Saison hatte und aus dem Kreis der Turnierspieler ausgeschieden ist, war Wilde einer der besten amerikanischen Großmeister. Inzwischen schreibt er Schach-Kolumnen für diverse Zeitungen und Magazine. *Wilde(s) Schachgeschichten* und anderes Zeug in der Art.

Kit macht mit den Händen das Time-out-Zeichen, womit er mir wohl zu verstehen geben will: *Hör auf, solange du noch am Gewinnen bist.*

Wilde sieht mich gelassen an und spitzt die Lippen. »Ich habe dich hier im Park noch nie gesehen«, sagt er. »Was für eine Ratingzahl hast du?«

»Eine höhere als Sie.« Ich starre zurück, ohne zu blinzeln. »Aber, hey, einmal GM, immer GM, habe ich recht? Das kann Ihnen niemand mehr nehmen.«

Die Wangen des Großmeisters bekommen Farbe, und er lacht ein klein wenig zu laut. »Na, was haben wir denn da für eine angriffslustige kleine Hyäne. Wollen doch mal sehen, ob ich dich von deinem hohen Ross nicht runterhole.« Ohne zu fragen, schnappt er sich die weißen Figuren, und wir bauen das Brett auf. »Fünf Minuten, fünfzig Dollar«, sagt er.

Wir eröffnen mit der Najdorf-Variante der Sizilianischen Verteidigung. Im zwölften Zug spiele ich eine Neuerung, um den alten Mann auf unbekanntes Terrain zu führen, und Wildes Stirn fängt an zu glänzen. Der Geruch seines Rasierwassers wird stärker. Er ist nervös.

Neben unserer eigenen Wette laufen noch jede Menge anderer Wetten. Die Leute lehnen sich über unser Brett und winken mit Fünf- und Zehn-Dollar-Scheinen wie Säufer in einer Bar. Die Flut von Scheinen, die von einer Hand in die andere wechseln, bringt Wilde in Fahrt. Beim sechsundzwanzigsten Zug und immer noch ausgeglichener Stellung beugt er sich über das Brett und bietet mir an, den Einsatz auf hundert Dollar zu verdoppeln.

»Klar.« Mit einer lässigen Geste werfe ich mein Perückenhaar zurück. »Wobei mich wundert, dass Sie sich das leisten können, mit dem Gerichtsverfahren und so.«

»Gerichtsverfahren?«

»Die Plagiatsvorwürfe.« Mit einem süßen Lächeln ziehe ich meinen Läufer. »Hat nicht irgend so ein Blogger Sie beschuldigt, Sie hätten Ihre Kolumnen aus seinem Blog abgeschrieben?«

»Das ist absurd!« Roderick Wilde zieht mit einem Bauern und schlägt gereizt auf die Uhr. »Es gibt kein Gerichtsverfahren. Alles frei erfunden.«

Mit dem Bauernzug hatte ich nicht gerechnet. Aggressiv,

okay, aber ziemlich unreif. Ich habe das Gefühl, er hat mir damit einen Vorteil verschafft, ich kann ihn nur noch nicht erkennen.

»Ich liebe den Moment, in dem ich das Ego eines Gegners zerschmettere«, ertönt eine tiefe männliche Stimme. »Ich liebe den Moment, in dem ich das Ego eines Gegners zerschmettere.« Ich ziehe mein Handy hervor und lege es auf den Tisch neben das Spielbrett. »Ich liebe den Moment, in dem ich das Ego eines Gegners zerschmettere«, wiederholt Bobby.

»Mach das aus«, faucht der Großmeister.

»Stimmt was nicht, Sir? Mit dem Trashtalk eines Toten können Sie wohl nicht umgehen.« Ich werfe einen Blick auf die Nummer, die anruft. Es ist Randal aus dem Donutladen. Ich komme zu spät zur Arbeit. »Stört es Sie, wenn ich rangehe, Sir? Es ist wichtig.«

»Ich halte die Uhren nicht an.«

»Ich bitte Sie ja gar nicht, die Uhren zu stoppen, Sir. Bleiben Sie einfach nur schön brav sitzen.«

Während ich das Handy an mein Ohr presse, streift mein Blick die teils entsetzten, teils belustigten Gesichter um mich herum. In der plötzlichen Stille klingt das Ticken der Schachuhr wie Hammerschläge.

GM Wilde lehnt sich zurück und verschränkt die Arme, aber sein Gesicht ist aschfahl. Die Einsätze für diese Partie sind gestiegen, und das weiß er. Wenn er jetzt verliert, macht er sich zur Lachnummer.

In mein Ohr dringt Randals ziemlich erbostes *Hallo? Hallo?*.

»Hallo, Boss«, sage ich. »Ja, ich weiß, warum Sie anrufen …

Ich weiß, tut mir leid ... In zehn Minuten bin ich da ... Ich muss nur noch einen Großmeister schlagen.«

Wie bitte?

»Ich sagte, ich muss noch Tschüss zu meiner Großmutter sagen.«

Randals Stimme dringt nur noch aus einer Million Kilometer Entfernung zu mir durch, und während er brabbelt und brabbelt, konzentriere ich mich auf die Stellung vor mir auf dem Brett. Ich will, dass sie mir ihr Geheimnis offenbart. Da ist etwas, ich weiß, dass da etwas ist.

»Ja, Boss. Ist gut ... Ich weiß ... Bin gleich da.« Ganz hinten in meinem Gehirn regt sich etwas. Etwas Gutes.

»Sie verliert auf Zeit.« Annas harter russischer Akzent schneidet durch das Stimmengewirr der Kiebitze. »Sie hat nur noch dreißig Sekunden. Da kommt sie nicht mehr raus.«

Und plötzlich sehe ich ihn. Es ist wie im Märchen, ein Zug so unendlich schön und unerwartet, dass ich fürchte, mir bleibt das Herz stehen.

Ich lege das Handy weg und sehe Wilde an. »Ich werde hinschmeißen«, erkläre ich.

»Natürlich wirst du das«, grinst der Großmeister mich an. »Du hast nur noch fünfundzwanzig Sekunden und keinen Angriff. Netter Versuch, Mädchen. Aber du schuldest mir hundert Dollar.« Er hält mir die Hand hin, die schlaff an seinem unbehaarten Arm hängt.

Ich ignoriere sie, ziehe meine Dame auf g3 und schlage auf die Uhr. »Ich habe nicht von der Partie gesprochen, Sir. Ich schmeiße meinen Job hin und spiele stattdessen Schach im Park. Es gefällt mir hier.«

GM Wilde starrt zuerst mich und dann das Brett an. Meine Dame steht unmittelbar vor den drei Bauern, die seinen rochierten König beschützen. Er kann meine Dame auf nicht weniger als drei Arten schlagen.

Er hebt den Arm, um nach einer Figur zu greifen, dann hält er inne. Seine Hand schwebt über dem Brett. Er hat die Qual der Wahl – aber nicht wirklich. Denn egal, wie er die Dame schlägt, es hat katastrophale Konsequenzen. In der Menge schnappt jemand nach Luft. Ein unterdrücktes Fluchen ist zu hören, dann ein Kichern. Sie haben's kapiert. Die Kiebitze fangen an, zu flüstern und zu murmeln, und am Rand der Gruppe baut sich wie ein weit entferntes Gewitter eine brodelnde Spannung auf.

Meine Uhr zeigt zweiundzwanzig Sekunden. Das heißt, ich habe zweiundzwanzig Sekunden für *alle* noch verbleibenden Züge. Noch nie habe ich mich so lebendig gefühlt. Ich habe Gänsehaut auf den Armen und bin mir meines Körpers bis in die letzte Faser bewusst. Ich fühle die Bewegungen meines Herzens und meiner Lungen und höre auch das kleinste Geräusch in der Menge, jeden Flügelschlag einer Taube, jeden Windhauch.

Der Großmeister entscheidet sich für die am wenigsten schlechte Option und drückt auf seine Uhr. Ich knalle einen Läufer auf h3. Ich habe einen Flow, wie ich noch nie zuvor einen hatte. Das ist es, was Schach zum besten Spiel der Welt macht. Das ist der Grund, warum all diese Menschen ihre so unterschiedlichen Lebenswege verlassen, und immer wieder hierher in den Park kommen, bis ihr letztes Stündlein geschlagen hat.

Mit meinen Berechnungen bin ich fertig. Bleibt nur die Frage, ob ich meine Finger schnell genug bewegen kann, um den Sieg einzufahren.

In Wildes Verteidigung hat sich ein Loch aufgetan, und in dieses Loch wirft er nun Figuren, um ein Schachmatt zu verhindern. Er gibt seine Dame auf – es bleibt ihm keine Wahl –, dann seinen weißfeldrigen Läufer und einen Springer. Ich habe zwei Figuren mehr und fliege.

Der Großmeister wird auf gar keinen Fall aufgeben. Nicht, solange ich nur noch fünfzehn Sekunden auf der Uhr habe. Vierzehn Sekunden. Dreizehn Sekunden. Ich ziehe meinen König in die Ecke und drücke die Uhr.

Er beugt sich über das Brett und verschränkt die Finger über seinem fettigen Haaransatz. Dann rückt er mit einem Springer auf die sechste Reihe vor und schlägt so hart auf die Uhr, dass er sie fast vom Tisch fegt. Eine Verzweiflungstat. Er ignoriert meinen Freibauern und verlässt sich auf seinen Springer, der ein paar Überraschungs-Schachs liefern und den Zeitdruck erhöhen soll.

Ich ziehe mit dem Freibauer. Neun Sekunden.

Und schon rückt mir der nervige Springer auf die Pelle. Schach.

Ich ziehe mit meinem König.

Wieder Schach. Der Springer fällt.

»Was hast du als Nächstes für mich, Opfer?« Ich fange an zu quasseln wie Nathan Banks. Ich kann nichts dagegen tun. »Komm schon, Opfer. Was jetzt?«

Er zieht mit einem Läufer und bedroht meinen Freibauern. Ich ziehe mit einem Turm, er schlägt den Bauern, ich schlage den Läufer. Noch sechs Sekunden auf meiner Uhr, und sein ungeschützter König rennt davon, wie ein Frettchen vor einem Waldbrand.

Ich ziehe mit einem anderen Bauern, um den Weg freizumachen. Er schlägt ihn. Noch fünf Sekunden.

Ich bringe meine Türme in Stellung. Noch vier Sekunden.

Schach. Drei.

Schach. Zwei.

Schachmatt. Ich habe gewonnen.

Ich halte die Uhr an, und die Menge bricht in Jubel aus. Eine Wollmütze fliegt in die Luft. Jemand hinter mir packt meine Schultern und schüttelt mich. Der kleine Nathan Banks hüpft über den Rasen wie Rumpelstilzchen. »Habt ihr das gesehen?«, kreischt er. »Habt ihr gesehen, wie schnell sich ihre Hände bewegt haben? Sie ist ein FREAK!«

Wilde starrt entgeistert auf die Uhren. Er hat noch mehr als eine Minute, ich eine halbe Sekunde.

Ich strecke dem Großmeister die Hand hin, aber er tut, als würde er sie nicht sehen. Etwas wackelig erhebt er sich, zählt fünf Zwanziger auf den Tisch und stolpert davon.

Die Zuschauer sind immer noch am Johlen und Applaudieren, also springe ich auf den Tisch und beglücke sie mit einer ironischen Verbeugung. Und wisst ihr was? So glücklich war ich seit JAHREN nicht mehr.

ICH KÜNDIGE

Wie ihm Traum betrete ich das Gonuts Donuts.

Im ersten Moment erkennt Ronda mich nicht. »Guten Tag, Ma'am. Wie kann ich ... WOW ...«

»Hi, Ronda. Wo ist der Boss?«

»Im Büro«, sagt Ronda. »Was ist mit deinen Haaren passiert?«

»Ist eine Perücke. Gefällt sie dir?« Ich hüpfe auf einen Barhocker und schnappe mir einen Donut.

Ronda starrt mich an. »Du kannst dich da nicht hinsetzen. Du kannst den nicht einfach essen.«

»Keine Sorge. Ich bezahle dafür.«

»Was ist los mit dir, Leah?« Ronda stemmt die Hände in die Hüften.

Ich grinse sie an wie eine Bekloppte. »Ich verrate dir ein Geheimnis.«

»Was?«

»Ich spiele Schach.«

»Das ist dein Geheimnis?«

»Jepp. Die Sache ist nämlich die, dass ich *richtig gut* Schach spiele.«

»Okaaaay.«

»Ich bin eine der besten Juniorenschachspielerinnen der Welt.«

»Wow.«

»Ich habe versucht aufzuhören, hat aber nicht funktioniert. Wenn ich nicht spiele, sterbe ich.«

»Du stirbst?«

»Genau.«

»Verstehe.« Ronda lächelt und blinzelt. »Mir geht es mit Candy Crush genauso.«

Ich wische mir den Donutzucker von den Händen und springe vom Barhocker. »Ich muss mit deinem Dad reden.«

Plötzlich scheint Ronda nur noch aus fliegenden Haaren und fuchtelnden Händen zu bestehen.

»Warte, Leah, so kannst du da unmöglich reingehen. Du kennst doch die Regeln, was Kleider und Make-up betrifft. Hey!«

Sie hat recht, ich kenne die Regeln. Gonuts-Donuts-Angestellte haben mustergültig und unauffällig auszusehen, Typ »Mädchen von nebenan«. Tatsache ist, ich sehe nicht mal für Leute, die tatsächlich neben mir wohnen, wie das Mädchen von nebenan aus.

Ich bin immer noch wie berauscht vom Schachspielen im Park. Von der Glätte der Holzfiguren unter meinen Fingern, der Sonne auf meinem Rücken, den Dollarscheinen unter meinen Schenkeln und der unverdünnten, prickelnden Genialität, die durch meine Venen geschossen war. Wenn Randal oder Ronda oder sonst irgendjemand also denkt, ich würde mich von der knallharten, Perücken tragenden, Großmeister vernichtenden Schachsensation wieder zurückverwandeln in das Kaffee auschenkende Mädchen von nebenan, täuscht er sich gewaltig.

Ich gehe ins Verwaltungsbüro, wo Randal am Schreibtisch sitzt und Rechnungen auf einem Zettelspieß pfählt.

»Hallo, Boss.«

»Siebzehn Minuten zu spät«, sagt er, ohne aufzusehen.

»Ich wollte nur ...«

»Siebzehn Minuten!«, schnauzt er mich an. »Wie wäre es also anstelle eines Hallo-Boss mit einem Tut-mir-leid-Boss?«

»Tut mir leid, Boss.«

Er greift nach einer neuen Rechnung, sieht zu mir auf und

entdeckt die Perücke. Die Rechnung verfehlt den Spieß, und Randals Hand landet seitlich in der Metallspitze. Von den kahlen Wänden und Aktenschränken hallt ein schmerzerfülltes Jaulen wieder. Der Boss ist von seinem Stuhl aufgesprungen und hoppelt, die Hand gegen die Brust gepresst, quer durchs Zimmer.

»Willst du mich verarschen?«, brüllt er. Dann kommt er ganz nah an mich ran und fuchtelt mit einem blutverschmierten Finger vor meinem Gesicht herum. »Das hier ist ein angesehenes Backwarengeschäft. Wie kommst du auf die Idee, du könntest hier siebzehn Minuten zu spät hereinschneien, und dann auch noch aufgedonnert wie eine Zehn-Dollar-Nutte?«

»Ich wollte es Ihnen nur persönlich sagen. Das ist alles.«

»Mir was sagen?«

»Ich kündige.«

»Was? Wer zum …? Oh nein, Fräulein, das wirst du nicht. Ich habe dir eine Chance gegeben! Ich habe dich komplett neu angelernt! Hey, komm zurück! Ich bin noch nicht fertig!«

Als ich das Büro verlasse, kollidiere ich mit Ronda, die an der Tür lauscht.

»Leah«, quiekt sie.

»Tut mir leid«, sage ich. »Da hast du das Geld für den Donut.«

Ich drücke ihr zehn Dollar in die Hand und laufe den Flur entlang in den grell erleuchteten Laden. Die Kunden glotzen mich an. Ein Mädchen hat vor Entsetzen sogar die Hand vor den Mund geschlagen, als hätte sie noch nie einen Streit gehört.

Randal kommt, seine verletzte Hand umklammernd, hinter mir hergerannt. Auf der Vorderseite und an den Bündchen seines Hemds ist Blut, aber er scheint es nicht zu bemerken. »Deine Sorte kenne ich!«, brüllt er. »Rückgratlos, das ist es, was du bist!« Ich öffne die Tür, drehe mich noch einmal um und winke der Kundschaft des Gonuts Donut zum Abschied freundlich zu.

»Das ist jetzt nicht wahr!«, schreit Randal. »Du kannst nicht kündigen. Du bist gefeuert! Hörst du? Fristlos. Entlassen. Rausgeworfen mit einem Tritt in deinen faulen Hintern!«

Ich gleite hinaus in den feuchten Nachmittag, während hinter meinem Rücken der Zorn des großen Donutbosses zu einem fernen Donnergrollen verblasst.

Gonuts Donuts. Ich hätte es wissen müssen.

SCABBERWOCKY

Ich überquere die 8th Street und setze mich auf eine schmiedeeiserne Bank. Ich weiß, dass ich das Richtige getan habe, aber Randals heftiger Wutausbruch hat mich dann doch überrascht. Mein Herzschlag fühlt sich an wie ein Backstein im Trockner.

Wie aus dem Nichts taucht Kit auf. Er lässt sich neben mich auf die Bank plumpsen und legt lässig einen Arm auf die Rückenlehne. Seine Fingerspitzen berühren fast meine Schulter.

»Fass mich nicht an«, warne ich ihn.

»Nicht im Traum.«

Kits Stimme klingt merkwürdig. Vielleicht hat es etwas mit dem dunkelvioletten Bluterguss auf seinem Kiefer zu tun. Wir sitzen eine oder zwei Minuten schweigend nebeneinander, dann bläst er geräuschvoll die Backen auf.

»Dame auf g3«, sagt er. »Umwerfend.«

»Schon, oder?« Ich grinse. »Man kann sein ganzes Leben lang Schach spielen, ohne die Chance zu einem solchen Zug zu bekommen. Nur schade, dass nie irgendjemand davon erfahren wird.«

»Abgesehen von den circa fünfzig Losern im Park.«

»Genau.«

»Und ein paar Millionen YouTube-Usern.«

Ich sehe ihn an. »Ist das dein Ernst? Hat jemand gefilmt?«

»Scheinbar ja. Irgend so ein Typ, der sich Scabberwocky nennt, hat das Ganze auf YouTube gestellt. Die Leute nennen dich ›Park Girl‹, und die Superhirne im chess.com-Forum haben sogar vorübergehend ihre Diskussionen um Borislav Ivanovs Schuhe unterbrochen, um sich mit der Frage nach deiner wahren Identität zu befassen.«

»Oha. Wie viele Klicks hat das Video bisher?«

Kit zieht sein Handy hervor und aktualisiert seinen Browser. »Knapp über viertausend. Nicht schlecht, wenn man bedenkt, dass es erst vor zweiundzwanzig Minuten hochgeladen wurde. Bis heute Abend werden es ungefähr hunderttausend Klicks sein. Und in einer Woche wirst du in den unendlichen Weiten des Klickhimmels schweben. Aber dein blödes Grinsen kannst du gleich wieder abstellen, Leah Baxter. Für die Poisoned Pawns ist das ein absolutes No-Go. Wenn wir wollten, dass unsere Partien auf YouTube auftauchen, würden wir sie selbst filmen.«

Er hat natürlich recht. Schachspielen um Geld läuft unter illegalem Glücksspiel und verstößt gegen das New Yorker Strafgesetz.

»Sieht man in Scabberwockys Video, wie Geldscheine den Besitzer wechseln?«, frage ich.

»Klar und deutlich.« Kit schiebt sein Handy wieder in die Tasche. »Wenn die Jungs von der New Yorker Polizei also mal eine kleine Abwechslung von Messerstechereien, Raubüberfällen und schweren Diebstählen vierten Grades suchen, könnten sie sich durchaus der strafrechtlichen Verfolgung deines Dame-auf-g3-Delikts zuwenden.«

Hinter mir lässt sich auf der Rückenlehne der Bank eine Taube nieder. Erschrocken wedle ich mit der Hand, um sie zu verscheuchen.

»Passiert ist passiert«, sagt Kit. »Und ich muss zugeben, das Video hat echt das Zeug dazu, durch die Decke zu gehen. Chauvinistischer alter Typ wird von superintelligentem Mädchen ausgetrickst, das dazu noch extrem mutig und beinahe süß ist.«

»Beinahe?«

»Schon erstaunlich, was eine gute Perücke ausrichten kann.«

»Sehr witzig.« Ich ziehe die rote Perücke ab und stopfe sie in Moms Handtasche. Ein Passant auf dem Gehsteig bleibt stehen und dreht sich entsetzt zu mir um, als hätte ich mir ein Auge rausgenommen oder so. »Ich geh nach Hause«, sage ich.

Kit springt auf. »Kann ich dich zur U-Bahn begleiten?«

»Klar.«

Schweigend gehen wir die 8th Street entlang Richtung

Westen. Vor uns ragt das Gebäude Nummer 1 der Fifth Avenue auf, dessen falsche Schatten und burgähnliche Ecken ihm das Aussehen eines gigantischen Art-déco-Turms geben. Ich muss an ein Schachset denken, das ich einmal in einem Spezialgeschäft in der Thompson Street gesehen habe: Das Empire State Building als Dame, das Chrysler-Gebäude als Läufer und braune Backsteinhäuser als Bauern. Wie sahen die Springer noch mal aus? Ich kann mich nicht erinnern.

»Mach bei uns mit, Leah«, sagt Kit plötzlich. »Wir werden die besten illegalen Schachspieler sein, die diese Stadt je gesehen hat.«

»Und was hält mich davon ab, alleine um Geld zu spielen? Ich würde ein Vermögen machen.«

»Mit Sicherheit. Aber ich warne dich. Der Park ist nicht immer der angenehmste Aufenthaltsort. Freunde zu haben, die auf einen aufpassen, ist kein Fehler.«

Freunde finden. Das war Nummer 4 auf meiner Liste von Dingen, die ich tun will, um mich selbst neu zu erfinden. Gleich nach *Mich tätowieren lassen*. Und wie gut das funktioniert hat, ist ja bekannt.

Ich spüre, wie wegen der Sache mit dem Tattoo erneut Unmut in mir aufsteigt. Ein schneller Blick auf Kits blauen Kiefer besänftigt mich jedoch wieder. An der Ampel biegen wir links ab und gehen durch den Triumphbogen in den Park. Auf den Stufen des Rondells sitzen, aufgereiht wie Paviane auf einem Felsen, Dutzende Studenten, die den vorübergehenden Pavianen hinterhergaffen.

»Lass dir Zeit«, sagt Kit. »Überleg dir, was du wirklich willst.«

Das ist leicht. Dass mein Dad nicht tot ist. Dass meine Mom aufhört, mir auf die Nerven zu gehen. Adrenalin. Vergessen.

»In Ordnung. Ich bin dabei«, sage ich.

»Ja!« Kit boxt in die Luft.

»Aber kein unnötiger Ballast«, sage ich. »Wenn ich mitmache, ist Spencer Fawkes raus.«

»Klar. Ich ruf ihn heute Abend an.«

Wir schlendern den nördlichen Fußpfad entlang, verlassen den Park bei der Hangman's Elm und gehen die Sixth Avenue runter in Richtung U-Bahn.

»Morgen ist Kissenschlacht im Park«, sagt Kit, und fügt, als er mein verständnisloses Gesicht sieht, noch hinzu: »Findet jedes Jahr statt. Hunderte von Leuten in verrückten Kostümen hauen sich gegenseitig Kissen um die Ohren. Wir könnten zusammen hingehen, wenn du mal 'ne Pause vom Schach brauchst.«

»Ich hatte gerade eine Pause vom Schach. Die Pause ist hiermit beendet.«

»Okay«, sagt Kit. »Dann morgen um neun hier. Und vergiss die Perücke nicht.«

Zwei Stufen auf einmal nehmend, renne ich die Treppe zur U-Bahn runter. Als ich am Drehkreuz in Moms Tasche greife, schließen sich meine Finger um ein Stück Papier. Es ist Micks Zeichnung eines gefallenen weißen Königs, aus dem sich ein strahlender Phönix erhebt.

Um den Phönix tut es mir immer noch leid, aber als ich ihn mir ansehe, muss ich lächeln. Ich werde die beste Parkspielerin sein, die New York je gesehen hat. Ich werde es mit allen Patzern, Möchtegernschachspielern und in die Jahre gekommenen Genies dieser Stadt aufnehmen und jeden Einzelnen von ihnen plattmachen. Und von jedem zwanzig Dollar kassieren.

MAHLER

Das Erste, was ich höre, als ich zu Hause die Wohnungstür aufschließe, ist eine tiefe männliche Stimme, die aus der Küche zu meiner Linken kommt.

Dad!

Mein Herz macht einen Satz, und wird, als die Erinnerung einsetzt, schwer wie Blei. Tote Männer reden nicht.

Es ist mein Trainer. Er ist in der Küche und streitet sich mit Mom.

»Da wollte ich hin!«, jammert Mom.

»Pech gehabt«, knurrt der Trainer.

Dann das Rücken von Stühlen und ein unterdrücktes Kichern. Sie streiten nicht. Sie flirten.

Auf Zehenspitzen schleiche ich mich an der Küche vorbei durch den Flur in mein Zimmer. Es ist eine Weile her, seit ich das letzte Mal die Stimme meines Trainers mit der meines Dads verwechselt habe, und es bringt mich total aus der Fassung. Ich knete die Haut zwischen Daumen und Zeigefinger und zittere wie eine Spinne auf Speed.

Was hat mein Trainer hier überhaupt zu suchen? Er weiß doch, dass ich mit dem Schach aufgehört habe. Hat er nichts anderes zu tun? Was glaubt er eigentlich, wer er ist? Einfach so zu uns nach Hause zu kommen, zu plaudern und zu lachen, ohne Rücksicht darauf, dass ich deshalb fast einen Herzinfarkt kriege?

Ich schließe die Tür zu meinem Zimmer und greife nach der Flasche Clubman-Aftershave auf meiner Kommode. Ich schraube den Deckel ab, halte es mir unter die Nase und atme den Duft meines Vaters nach Moschus und Zitrone ein. Die Zeichnung auf dem Etikett zeigt einen Mann mit Zylinder und Smoking-Jackett.

Ich erinnere mich, wie ich Dad dabei beobachtet habe, wenn er sich dieses Aftershave vor dem Badezimmerspiegel mit der flachen Hand auf die Wangen getätschelt hat. Einmal hat er mich im Türrahmen stehen sehen und wollte für mich wie Charlie Chaplin die Fersen gegeneinanderschlagen. Dabei ist er mit dem Knie gegen das Waschbecken gestoßen und seitlich umgefallen. Er hat geflucht wie ein betrunkener Seemann.

Wie alt war ich da? Vier? Sieben? Ich habe keine Ahnung.

Ich atme den Geruch noch einmal ein und stelle die Flasche zurück auf die Kommode. In diesem Moment würde ich meine Seele dafür verkaufen, dass mein Dad mich noch einmal in den Arm nimmt. Oder ich ihm von der Partie gegen Wilde erzählen könnte und hören, wie er lacht.

Was ich jetzt brauche, ist Musik. Ich versuche, mein Handy an die Lautsprecher anzudocken, aber es klappt nicht. Erst nach einigem Rumgefummel macht es endlich Klick. Ich wähle Mahlers 2. Sinfonie, die *Auferstehungssinfonie*, und warte auf die Musik.

Endlich setzt der langsame, beruhigende Marsch der Bässe und Cellos ein. Dad liebte diese Sinfonie.

Ich tausche Moms Rock und Blazer gegen Jeans und Zopfmusterpulli. Über dem Begräbnismarsch zwitschert eine

Oboe, dann ertönt die schaurig hämische Kakophonie wild gewordener Waldhörner.

Ich nehme Anatoli aus seinem Terrarium, lege ihn mir um die Schulter und setzte mich mit meinem Handy aufs Bett, während Anatoli um meinen Hals gleitet. Es ist eine Berührung wie das leise Wispern einer Federboa.

Das Park-Girl-Video ist nicht schwer zu finden. Es hat schon jetzt mehr als hunderttausend Klicks, und die Hashtags #zerbrochenesego, #GMWilde und #Gangsterbrautschach sind überall im Netz. Die Partie hat es auf die erste Seite von chess.com geschafft und sogar auf ein paar Clickbaits. ARROGANTER SCHACHGROSSMEISTER DROHT TEENAGERIN, SIE VON IHREM HOHEN ROSS ZU HOLEN. WAS DANN PASSIERT, IST UNGLAUBLICH.

Schätze mal, Roderick Wilde kann sich von seiner Karriere als Schachjournalist verabschieden. Dieses Video wird ihm den Rest geben. Sie werden ihm noch ein paar Kolumnenzeilen darüber abkaufen, wie es war, gegen mich zu verlieren, und danach wird ihn nie wieder irgendjemand ernst nehmen.

Anatoli lässt sich in meinen Schoß gleiten und rollt sich zusammen. Während ich ihm über die schuppige Haut streichle, sehe ich zu, wie die Zahl der Klicks immer weiter ansteigt. Die Auferstehungssinfonie taumelt in eine Reihe heftiger Todeskämpfe, bis sie schließlich in einem einzelnen lang gezogenen C in sich zusammenbricht. Während der Ton langsam in Stille übergeht, schwillt mir das Herz vor Schmerz und Traurigkeit.

Okay, das war's. Ich geh da jetzt rein.

Mit Anatoli um den Hals schleiche ich über den Flur in

die Küche. Mom und der Trainer sitzen am Küchentisch, vor sich eine Schüssel Beef Jerky und ein Scrabblebrett.

Scrabble? Ich habe meinen Trainer noch nie etwas anderes spielen sehen als Schach. Es ist erniedrigend.

Ich bleibe stehen und sehe zu, wie Mom sich einen Stein des Trainers schnappt. Er gibt ihr einen Klaps auf die Finger. Sie quiekt und kichert.

Plötzlich gibt Anatoli ein lautes Zischen von sich, und Mom und der Trainer sehen erschrocken zu mir auf.

»Hallo, Liebes«, sagt Mom. »Ich hab dich gar nicht reinkommen hören.« Sie sitzt kerzengerade da mit einem breiten Lächeln im Gesicht.

Noch nie hat meine Mom mich *Liebes* genannt. Haltet die Uhr an und schreibt es ins große Buch der Geschichte.

»Hallo, Mom«, sage ich. »Hallo, Trainer. Was machst du denn hier?«

»Ich war gerade in der Gegend«, sagt er. »Dachte, ich schau mal auf einen Sprung bei euch beiden vorbei und frage nach, ob du es dir noch einmal überlegt hast ...«

»Habe ich nicht.«

»Wirklich schade. Hätte nie gedacht, dass du zu der Sorte zählst, die gleich hinschmeißt, wenn's mal nicht so läuft.«

Da sind sie wieder, die unterschwelligen Vorwürfe. Es folgt ein unangenehmes Schweigen, während ich das Scrabblebrett scanne. PARTYS. EISIGER. FOLGSAM. Die Küchenschränke scheinen näher zu rücken. SCHWEBEN. UPDATE. WEICHEI. Die Decke drückt auf uns herab. HOFFNUNG.

Der Trainer beäugt misstrauisch Anatoli. »Du hast eine Schlange«, bemerkt er. »Krass.«

»Leah und Anatoli sind beste Freunde«, sagt Mom. »Ich gebe zu, anfangs hatte ich schon Bedenken, eine Schlange im Haus zu haben, aber sieh in dir an. Er ist so anhänglich.«

»Er ist nicht anhänglich«, sage ich, »auch wenn es vielleicht so aussieht. Er nimmt nur meine Körperwärme auf.« Ich sehe den Trainer scharf an, der nervös auf seinem Stuhl herumrutscht.

Wieder Schweigen. Dieses Mal noch länger. Der Trainer nimmt einen Scrabblestein und betrachtet ihn kritisch.

»Wenn du schon hier bist, Leah«, sagt er schließlich, »könntest du deiner Mutter dann bitte sagen, dass ZEN ein absolut korrektes Scrabblewort ist?«

»Ist es nicht!«, lacht meine Mom und sticht mit dem Zeigefinger ein Loch in die Luft.

»Ist es wohl«, protestiert der Trainer. »Mit einem kleinen z wird es sogar als Adjektiv gebraucht.«

Ich schütte mir Cornflakes in eine Schüssel und gieße mit so viel Schwung Milch darüber, dass sie über die Küchenarbeitsplatte schwappt.

»Zen wird nicht adjektivisch gebraucht«, insistiert Mom. »Stimmt doch, Leah, oder?«

»Ganz ehrlich, ich habe keine Ahnung«, brumme ich und will nur noch zurück in mein Zimmer, mich in Mahler ertränken und meinen Blog schreiben.

PLACKEREI

Letzte Nacht habe ich von meinem Dad geträumt. Ich habe geträumt, wir hätten unser Zelt an einem See aufgeschlagen und würden abwechselnd Steine übers Wasser hüpfen lassen.

Ich hasse es, aus diesen glücklichen Träumen wieder aufzuwachen. Es ist jedes Mal dasselbe, die plötzliche Erinnerung, dass er nicht mehr da ist, versetzt mir einen Stich ins Herz, und ich habe das Gefühl, von einer Klippe zu stürzen. Und heute ist es sogar noch schlimmer, weil ich gerade einen Brief auf der Fußmatte gefunden habe, adressiert an Mr Jack Baxter – Werbung von irgend so einem beschissenen Reiseunternehmen.

Mit zitternden Fingern öffne ich den Umschlag.

Lieber Mr Baxter, beginnt der Brief. *Wünschen Sie sich insgeheim nicht auch, der täglichen Plackerei von 9 bis 17 Uhr zu entkommen?*

FÜRCHTE NIEMANDEN

Wie verabredet, treffe ich mich mit Kit um neun Uhr vor der U-Bahn-Station. Er ist bleich und völlig außer Atem. »Alter, bin ich froh, dich zu sehen! Rate mal, wie viele Leute heute zu den Tischen gekommen sind? Über hundert! Und das Park-Girl-Video? Neunhunderttausend Klicks!«

Wir gehen über den Waverly Place hoch zum Park.

»Habt ihr Spencer den Laufpass gegeben?«, frage ich.

»Ja, haben wir«, sagt Kit. »Und nein, er hat es nicht besonders gut aufgenommen.«

Durch die Eisenstäbe sehe ich eine Reihe Männer und Jungs vor einem leeren Schachtisch. Die Warteschlange windet sich durch den gesamten Bereich, über einen Grashügel und wieder hinunter. Jeder Einzelne dieser Menschen wird eines Tages sterben, und nicht einer von ihnen ist sich dessen bewusst.

»Ich habe ein Geschenk für dich«, sagt Kit. »Meine Art, mich bei dir dafür zu bedanken, dass du unserem Syndikat beigetreten bist.« Er überreicht mir ein kleines, in braunes Papier gewickeltes Päckchen.

»Was ist es?«

»Mach's auf und sieh nach, Dummy.«

Ich wickle das Papier ab, und zum Vorschein kommt ein kompaktes in Leder gebundenes Buch mit glänzenden Goldbuchstaben auf dem Rücken: RESHEVSKY ON CHESS. Vorsichtig schlage ich es auf. Es ist eine englische Erstausgabe von 1948 und von Reshevsky höchstpersönlich signiert.

»Es ist wunderschön«, flüstere ich.

Kit lächelt glücklich. »Schlag die dritte Seite der Einleitung auf«, sagt er. »Zweiter Absatz.«

Ich blättere die Seiten um und lese laut vor: »Meine Stärke besteht in meinem Kampfgeist, meinem starken Willen zu gewinnen und einer hartnäckigen Verteidigung, sobald ich in Schwierigkeiten gerate. In unterlegenen Situationen lasse ich mich nur selten entmutigen, und ich fürchte niemanden.«

»*Fürchte niemanden.*« Kits schielende Augen zwinkern mir zu. »Als ich das gelesen habe, musste ich an dich denken.«

»Danke.« Ich stecke das Buch in meine Tasche. Eine halbe Ewigkeit stehe ich einfach nur dämlich da und überlege, ob ich ihn umarmen soll oder nicht. Ich will nicht, dass er was Falsches denkt, und entschließe mich schließlich, ihm die Hand zu schütteln.

Kit beugt sich vor, nimmt meine ausgestreckte Hand und küsst sie, als wäre er Sir Walter Raleigh. Okay, eigentlich ist es mehr so angedeutet. Er berührt mich nicht wirklich.

»Die Schlange wird länger«, bemerke ich. »Ich geh dann mal besser.«

»Klar.« Kit lässt meine Hand los. »Halte den Kopf gesenkt, und nimm jede Partie, wie sie kommt. Ich werde die ganze Zeit bei dir sein.«

»Spiel deine eigenen Partien«, sage ich. »Ich kann selbst auf mich aufpassen.«

PERISKOP

Ich bohre die Nägel in die Handflächen, werfe mein langes rotes Perückenhaar über die Schulter und marschiere durch das Südwesttor in Richtung der Menschenmenge.

»Park Girl!«, schreit ein Junge, und sofort bin ich umringt von Patzern mit Stiften und Selfiesticks.

»Keine Autogramme«, verkünde ich. »Wenn ihr hier seid, um zu spielen, bleibt. Wenn nicht, verschwindet!«

Dann nehme ich meinen Platz auf der kalten Bank ein. Ich habe den letzten Tisch in der Reihe, den gleichen wie gestern. Die Figuren sind schon aufgestellt.

»Schach! Schach! Schach!«, skandiert die Menge.

Mein erster Gegner scheint mein Alter zu haben. Leuchtend blaue Augen, glatte Haut, Haare wie in der Shampoowerbung. Und er hat eine Videokamera um den Kopf geschnallt.

»Ich bin Seb Giles«, stellt sich der Junge vor und sieht mich an, als müsste ich ihn kennen. »YouTube Live«, fügt er hinzu. »Ich habe meinen Followern versprochen, dass ich meine Partie gegen dich sende.«

Ich recke den Hals und schaue mich nach Kit um, aber der ist bereits in eine Partie vertieft. Offensichtlich hat er mich beim Wort genommen, als ich sagte, ich käme ohne seine Hilfe klar. Nach kurzem Überlegen beschließe ich, dass es okay ist, wenn mich dieser Seb-Typ filmt. Der Zug ist eh schon abgefahren.

»Zwanzig Dollar Einsatz«, erkläre ich ihm. »Und noch fünfzig obendrauf, wenn du filmen willst.« Ich verstecke in jeder Faust einen Bauern und halte sie ihm hin, damit er wählt.

»Seid gegrüßt!«, schreit Seb. »Und herzlich willkommen zu einem brandneuen GeekQuest-Abenteuer. Mein Name ist Seb Giles, und ich bin heute hier mit einem echten YouTube-Schach-Phänomen, Park Girl. Sicher haben einige von euch gestern Abend meinen Bericht gesehen, und heute Morgen sind wir nun hier im Washington Square Park, wo diese spektakuläre Partie stattgefunden hat. Lasst euch von den niedlichen Sommersprossen oder den sanften Rehaugen also nicht täuschen, Freunde. Wir haben es hier mit einem Gehirn zu tun von der Größe eines …«

»Jetzt mach schon«, fauche ich. »Welche Hand?«

Er tippt auf meine rechte Faust. Schwarz. Ich starte die Uhren und spiele e4.

»Ich fordere Park Girl hier gerade zu einer Partie Bullet-Schach heraus«, brabbelt Seb. »Und wenn ihr genauso aufgeregt seid wie ich vor dieser Schlacht der Titanen, dann klickt auf das kleine rote Herz. Und nicht vergessen: Abonniert meinen Channel!«

»Jetzt zieh endlich.«

Er rückt mit seinem g-Bauern zwei Felder vor. »Wie soll ich dich nennen, Süße?«

»Park Girl.« Ich ziehe einen Zentrumsbauern. »Und wenn

du noch einmal Süße zu mir sagst, dann rupfe ich dir dein blödes Grinsen aus der Fresse und verfüttere es an die Tauben.«

»Hab ich's nicht gesagt, Leute? Sie sieht zuckersüß aus, ist aber hart wie Stahl.« Noch immer kichernd, rückt er mit seinem f-Bauern ein Feld vor. Das Schlimmste, was er tun konnte. Im wahrsten Sinne des Wortes.

Ich ziehe meine Dame auf h4. Schachmatt.

»Neiiiiiin!« Seb springt auf, reißt sich die Kamera vom Kopf und schwenkt sie auf die johlende und jubelnde Menge hinter ihm. Dann filmt er sich selbst mit weit aufgerissenen Augen und heraushängender Zunge, dann mich, wie ich die Figuren für die nächste Partie aufstelle. Da ist dieses Kitzeln in meiner Nase, aber ich bemühe mich krampfhaft nicht zu lächeln. Das Narrenmatt war natürlich Absicht. Um so schnell zu verlieren, muss man wissen, was man tut.

Seb holt aus der Situation raus, was geht, und klatscht dann siebzig Dollar vor mir auf den Tisch. Er weiß genau, dass ihm das Video bis zum Abend zehnmal so viel einbringen wird.

»Danke für die Partie«, sagt er. »Wie war sie für dich?«

»Enttäuschend.«

Fröhlich auf seine Follower einredend, verschwindet der YouTuber in der Menge.

»Wer ist der Nächste?«, frage ich.

Ein Berg von einem Mann setzt sich mir gegenüber und wünscht mir mit einer hohen piepsigen Stimme einen guten Morgen. Die Schwachköpfe im hinteren Teil der Schlange, brechen in Gelächter aus. In der Stimmung, in der sie mittlerweile sind, würden sie wohl über alles lachen.

Ich habe wieder Weiß. Ich spiele ein einfaches Damengambit und mache den Riesen in zwanzig Zügen platt. Er bezahlt seine Schulden und schlurft davon.

»Schach! Schach! Schach!«, skandiert die Menge.

»Ich bin dran«, sagt eine heisere Stimme. »Aber ich habe keine zwanzig Dollar Einsatz.«

Ich sehe vom Brett auf, vor mir steht ein Junge mit dunklen Haaren, dunklen Augen und einem Nacken wie ein Bullterrier.

»Dein Ernst, Sportsfreund? Du willst umsonst gegen mich spielen? Glaubst du, ich bin hier aus reiner Freude an diesem wundervollen Spiel?«

»Okay, vergiss das mit dem Spielen«, entgegnet er. »Können wir reden?«

»Reden? Dein Ernst?«

»Ich heiße Travis. Ich brauche ein paar Tipps, wie ich im Schach besser werden kann. Ich muss ziemlich schnell 200 Rating-Punkte dazugewinnen.«

»Und wenn's nicht klappt, töten die bösen Männer deinen Hund, oder was?«

Sein Mundwinkel zuckt. »Verarschst du mich?«

»Kommt darauf an. Wie hoch ist dein Rating?«

»Tausendsechshundert.«

»Ja, ich verarsch dich. Aber hinter dir stehen sehr viele Leute, die auch darauf warten, verarscht zu werden. Und die bezahlen dafür, also ...«

Travis beugt sich über das Schachbrett und sagt mit gedämpfter Stimme: »Ich kann dein Bodyguard sein.«

»Wie bitte?«

»Du spielst um Geld«, sagt er. »Damit ziehst du Ärger an

wie ein Magnet. Ich sorge dafür, dass dir nichts passiert, und du sorgst dafür, dass ich auf tausendachthundert Rating-Punkte komme.«

»Zieh Leine, Schwachkopf!«, schreit jemand aus der Schlange. »Du vergeudest unsere Zeit.«

Travis ignoriert die Beleidigung. »Denk drüber nach«, flüstert er. »Dein Seelenfrieden im Tausch gegen ein paar Schachstunden.«

»Seelenfrieden?«, schnaube ich. »Das ist so lange her, dass ich gar nicht wüsste, was ich damit anfangen soll.«

»Dann gib mir wenigstens einen Tipp«, bettelt er. »Eine Buchempfehlung. Irgendwas.«

Er schaut so verzweifelt aus der Wäsche, dass er mir leidtut. »*Meine 60 denkwürdigen Partien* von Bobby Fischer«, sage ich. »Eine Partie täglich auf nüchternen Magen und in zwei Monaten ist deine Wertungszahl bei tausendachthundert.«

»Danke.«

»Und jetzt verzieh dich. Ich muss arbeiten.«

BULLEN

Gegen elf findet die Party ein jähes Ende, was ziemlich schade ist, da ich gerade mitten in einer halbwegs akzeptablen Partie stecke. Mein Gegner hat sich hinter einer Berliner Mauer verschanzt, die ich versuche, mit meinen Königsbauern zu durchbrechen. Aber im entscheidenden Moment springt mein Gegenspieler plötzlich vom Tisch auf und läuft davon.

Erstaunt blicke ich ihm hinterher. Es ist nicht das erste Mal, dass einer meiner Gegner wütend wird und aufgibt. Aber normalerweise stoßen sie den König um und gehen. Sie springen nicht auf und rennen davon wie ein Fuchs, dessen Schwanz Feuer gefangen hat. Außerdem war die Stellung noch scharf. Möglichkeiten auf beiden Seiten.

Dann dämmert es mir. Die Schwachköpfe in den hinteren Reihen rufen nicht mehr: »Schach! Schach! Schach!«, sondern »Bullen! Bullen! Bullen!« Ich erkenne drei Polizisten – zwei Männer und eine Frau –, die sich durch die Menge in Richtung der Schachtische vorschieben.

»Keine Bewegung!«, brüllt ein Beamter. »Niemand rührt sich vom Fleck!«

Als ob das irgendjemanden interessieren würde. Die Tische sind schneller leer als die Taschen eines Patzers.

Der Polizist wirft einen Blick auf etwas in seiner Hand und zeigt dann auf mich. »Du da!«, schreit er. »Keine Bewegung!«

Für eine Blitzspielerin komme ich ziemlich spät aus den Startlöchern, aber nun, da ich meine Möglichkeiten sorgfältig abgewägt habe, scheint mir, sich nicht zu bewegen, keine so gute Idee zu sein. Mit einem Satz springe ich über die Rückenlehne der Steinbank und renne über den Rasen.

Zu spät fällt mir ein, dass auf dem Schachtisch noch das Buch von Samuel Reshevsky liegt. Wie konnte ich es nur liegen lassen? Es muss Kit ein Vermögen gekostet haben, und ich hatte mich so darauf gefreut, es meiner benzingetränkten Sammlung hinzuzufügen. Kurz überlege ich, es zu holen, aber ein Blick über die Schulter genügt, um den Gedanken zu verwerfen. Zwei der Polizisten sind mir direkt auf den Fersen.

Vor mir läuft mit langen, unbeholfenen Schritten Anna. Sie ist unterwegs in Richtung Parkmitte, ihre Ellbogen pumpen, der blonde Pferdeschwanz fegt wild hin und her.

Von den Seiten nähern sich im Laufschritt zwei weitere Polizisten. »Halt! Stehen bleiben! Alle beide!«, schreien sie.

Ich beschleunige, erwische Anna mit dem Fuß an der Ferse, und sie schlägt der Länge nach ins Gras. Ich springe über ihre strampelnden Beine und renne, während sie mir auf Russisch hinterherflucht, einfach weiter.

Im Zickzack laufe ich zwischen Müttern mit Buggys, Rollerbladern, Joggern und Junkies auf dem breiten Betonplattenweg Richtung Norden. Der Taubenmann sitzt auf seiner gewohnten Bank, Kopf und Schultern voller Vögel. Studenten lümmeln in der Aprilsonne auf dem Rasen. Ein Straßenkünstler jongliert mit Schlapphüten. Als ich vorbeifliege, lässt er einen fallen.

In der Nähe des Nordtors herrscht Tumult. Lautes Rufen, Kreischen und Lachen.

Das hatte ich total vergessen. Heute findet die Massenkissenschlacht statt.

Mittlerweile sind mindestens drei Bullen hinter mir her. Eine Polizistin spricht in ihr Funkgerät und gibt meine Position an weitere unsichtbare Verfolger durch. Das Mattnetz zieht sich zusammen. Zeit, die Sache ein wenig komplexer zu gestalten.

Ich steuere auf die Massenkeilerei zu und stürze mich ins Kissenschlachtgetümmel. In einem Schneesturm aus weißen Federn klatscht mir ein Kissen voll ins Gesicht. Ich schnappe nach Luft und kämpfe mich weiter durch die Menge.

Einige der Kissenkrieger sind verkleidet gekommen, und plötzlich bin ich umgeben von Superhelden, Tieren, Piraten und einer ganzen Horde von Wo-ist-Walters? Ein Kissen trifft mich im Rücken, ein zweites seitlich am Kopf. Vor mir taucht ein Velociraptor auf und verpasst mir einen weiteren Schwinger.

Ich packe den Dinosaurier um die Hüfte, und wir gehen gemeinsam zu Boden. Noch auf dem Velociraptor liegend, werde ich von einem Koch und einem Cowboy attackiert, die auf meinen Rücken und meine Beine eindreschen. Ich weiß, das klingt mehr als absurd, ist aber die Wahrheit.

ANONYMOUS

»Geh runter!« stöhnt der Velociraptor.

»Hör zu, Spatzenhirn«, flüstere ich. »Ich gebe dir fünfzig Dollar für das Kissen und den Dinokopf. Du hast fünf Sekunden, darüber nachzudenken.«

Sie braucht nur eine. Ich drücke ihr die Scheine in die Hand, reiße mir die Perücke vom Kopf und stülpe mir den Dinoschädel über. Dann rappele ich mich wieder auf und bahne mir, Kissen schwingend, einen Weg durch das Getümmel.

»Stopp! Polizei!«, ruft eine Stimme rechts von mir. Sie gehört einem stämmigen Beamten, der, weit nach vorne gebeugt, mit beiden Händen seinen Kopf gegen die weichen Schläge schützt, die auf ihn niederprasseln. Er hat nicht mit mir gesprochen, sondern mit seinen Peinigern. »Stopp«, japst er. »Ich bin Polizist. Ich bin nicht verkleidet.«

Auf dem Boden neben dem unglückseligen Ordnungshüter liegt ein Foto. Ein grobkörniger Schnappschuss aus einer Überwachungskamera, auf dem ein Mädchen mit roter Perücke an einem Schachtisch zu erkennen ist.

Ich hatte recht. Sie waren hinter mir her.

»Schnell, Leah, komm mit«, flüstert mir ein Junge ins Ohr. Mit meinem Dinokopftunnelblick brauche ich einen Moment, bis ich ihn sehe, und kurzfristig packt mich die Angst. Der Typ trägt Jeans, einen Kapuzenpulli, graue Reeboks und eine dieser Anonymous-Masken mit dünnem Bart und fiesem Grinsen.

»Schau nicht so entsetzt«, lacht er und packt mich am Arm. »Kit schickt mich, um dich zu holen. Hier wimmelt es nur so von Bullen.«

Wir verdrücken uns aus der Kissenschlacht und gehen am George-Washington-Denkmal vorbei durch den Triumphbogen auf die Washington Square North. In meinem Dinokopf stinkt es nach billigem Haarspray. Ich kann es kaum erwarten, ihn endlich abzunehmen.

Mein Retter, der dicht neben mir geht, hat meinen Unterarm fest im Griff. Er führt mich über den Zebrastreifen und dann die Fifth Avenue hoch, vorbei am Nagelstudio, der Patrick's Bar und dem irischen Geschäft für Wahrsagerbedarf.

»Wer bist du?«, frage ich.

»Rate mal?«, sagt er. »Die Maske ist ein Hinweis.«

»Sag's mir, oder ich gehe.«

Anonymous lacht nur.

Ich versuche, ihm meinen Arm zu entwinden, aber er packt noch fester zu. Dann zieht er mich scharf nach links und zerrt mich ein paar Stufen hoch durch eine automatische Schiebetür. Durch die Augenlöcher in meiner Maske erkenne ich grelles Licht, glänzende Fliesen, Crackjunkies und Polizeibeamten.

Zu spät fällt es mir wieder ein. Der dünne Schnauzer und

der Kinnbart sind einer historischen Figur nachempfunden – Guy Fawkes.

»Ich habe hier eine Lieferung«, ruft mein Kidnapper. »Leah Baxter, auch bekannt unter dem Decknamen Park Girl, wie bestellt.«

Ein Polizeibeamter kommt mit einsatzbereiten Handschellen hinter dem Schalter hervorgeeilt. »Danke, Mr Fawkes. Wir übernehmen.«

Mit einem triumphierenden Grinsen nimmt der Junge die Maske ab. Es ist Spencer Fawkes.

REVIER 12

Spencers Ego hat den Rausschmiss aus dem Syndikat scheinbar nicht so gut verkraftet, und ich gehe davon aus, dass es sich hier um einen Racheakt handelt. Frei wie ein Papierdrachen im Wind schwebt er aus dem Polizeirevier, während ich schon an meinem zweiten Tag als Parkspielerin wegen Verstoßes gegen das New Yorker Glücksspielgesetz eingebuchtet werde. Fair ist das nicht, aber das war der Rest meines bisherigen Lebens auch nicht.

Meine Zelle, die nicht größer ist als ein Kleiderschrank, stinkt nach Kotze. Ich habe eine Liege, eine offene Toilette und eine sehr erboste Zellenmitbewohnerin. Anna Anakonda.

Sobald sie mich sieht, schreit sie los. Wie eine wild gewordene Furie schleudert sie mir in ihrer russischen Muttersprache die abstrusesten Schimpfwörter entgegen und nennt mich einen verdrehten Bauchnabel, eine Fischeintopffresserin und eine Nudelschlepperin. Anscheinend denkt sie, dass ich sie absichtlich zu Fall gebracht habe und sie entkommen wäre, wenn ich nicht gewesen wäre.

»*Woron woronu glaz ne vykljujet*«, sage ich, mich an ein altes russisches Sprichwort erinnernd. »Eine Krähe hackt der anderen kein Auge aus.«

Anna hält abrupt inne. »Du sprichst Russisch?«

»Ich hatte mal einen russischen Freund.«

»Dann kennst du ja auch den Ausdruck *moralnyj urod*.«

»Nein.«

»Er bezeichnet ein gewissenloses Arschloch, jemanden mit einem völlig verdrehten oder nicht existenten moralischen Empfinden.«

»Oh.«

»Jemanden ohne Ehrgefühl. Jemanden, der für eine Mütze aus Fuchsfell die eigene Schwester erstechen würde.«

»Ich wollte dich nicht stolpern lassen, Anna.«

»Wenn ich nicht Schach spielen kann, kann ich meine Collegegebühren nicht bezahlen. Rede einfach nie wieder mit mir.«

Sie sitzt auf der Liege, ich im Schneidersitz auf dem Boden. Ich schließe die Augen, warte, dass mein Pulsschlag sich ein wenig beruhigt, und gehe in Gedanken noch einmal die unbeendete Berliner-Mauer-Partie durch. Ich spüre, wie Annas feindseliger Blick mich durchbohrt, aber ich konzentriere mich auf meine Atmung und die Stellung vor meinem inneren Auge. Im Kopf spiele ich ein Dutzend möglicher Zugfolgen durch und prüfe die Stellung auf einen klaren Vorteil.

Zwei Stunden später öffnet sich die Tür, und eine Polizistin verkündet uns, dass wir in die Tombs gebracht würden.

Ein Schauder durchläuft mich. Die Tombs – die Gruft – nennt man Manhattans unterirdische Arrestzellen, in denen die Verbrecher der Stadt zähneknirschend auf ihre Vernehmungen warten, Räume, in die nie ein Sonnenstrahl vordringt, geschweige denn Vogelgezwitscher.

Anna verschränkt die Arme vor der Brust. »Ich will einen Anwalt«, fordert sie.

»Das Gericht wird Ihnen zu gegebener Zeit einen zuweisen.«

Die Polizistin legt uns Handschellen an und bringt uns zu einem wartenden Transporter, in dessen Drahtkäfig bereits Kit und drei Kiebitze sitzen, die beim Wetten erwischt wurden. *Kit und die Kiebitze*. Klingt wie eine lahmarschige Rentnerband.

Ich setze mich auf die harte Bank neben Kit. »Da wäre ich wohl besser beim Donutsglasieren geblieben.«

»Sorry«, sagt Kit. »Ich habe noch nie erlebt, dass sie so viele Beamte auf die Parkschachspieler hetzen.«

Anna lacht bitter. »Ach, nein? Warum sie das wohl getan haben? Wir haben doch gar nichts gemacht. Und es haben ja auch nur ungefähr eine Million Leute das Park-Girl-Video gesehen.«

»Jetzt komm mal runter«, sagt Kit. »Ist doch egal, wie viel die uns aufbrummen. Wir holen das Montag an den Tischen wieder rein.«

»Montag!«, keift Anna. »Du glaubst doch nicht ernsthaft, dass wir Montag wieder an den Tischen sitzen, als wäre nichts gewesen? Wie naiv bist du eigentlich?«

Mit Blaulicht und Sirene rast unser Transporter die Lafayette Street runter Richtung Columbus Park und kommt vor der New Yorker Polizeibehörde, dem Central Booking, mit quietschenden Reifen zum Stehen. Die für uns zuständige Polizistin öffnet die Tür und lässt uns aussteigen.

Über uns ragen zwei finstere Türme auf. Allein ihr Anblick verursacht mir Schwindel und Übelkeit. Mein Herz beginnt zu rasen. Vor meinen Augen verschwimmt alles, und in meinem Kopf jagt ein Gedanke den nächsten.

»Keine Sorge, Leah«, flüstert Kit. »Wenn du es mit Roderick Wilde aufnehmen kannst, kannst du es auch mit dem Central Booking aufnehmen. Bleib einfach nah bei mir und mach alles genau wie ich.«

DIE TOMBS

Unsere Polizistin eskortiert uns zwischen den beiden Türmen hindurch über einen schmalen Innenhof an einem bewaffneten Wachposten vorbei in einen schmuddeligen, nach Urin stinkenden Wartebereich. Dieser besteht aus einem Hufeisen aus Zellen, in dessen Mitte ein langer, mit gleich drei Vollzugsbeamten besetzter Tisch steht.

Eine Beamtin durchsucht mich oberflächlich und konfisziert mein Bargeld und mein Handy. Dann zieht sie mir die Schnürsenkel aus den Schuhen und den Gürtel aus der Jeans. Ein anderer Beamter fragt mich nach Namen, Alter und Adresse und tippt alles in einen Computer. Such, tipp, such, tipp. Als hätte er in seinem ganzen Leben noch nie eine Tastatur gesehen.

Officer Such-Tipp erklärt mir, dass Siebzehnjährige nach dem New Yorker Strafgesetz wie Erwachsene behandelt würden. Wenn ich meine Mom bei der Vernehmung mit dabeihaben wollte, könnten sie sich mit ihr in Verbindung setzen, aber sie müsste nicht hier sein.

Ha, je weniger meine Mom hiervon mitbekommt, umso besser. Sie glaubt, dass ich heute Nachmittag im Gonuts Donuts Tische abwische, und das ist auch gut so.

Dann folgen noch mehr Warterei und noch mehr Formalitäten: Verbrecherfoto, Netzhautscan, Fingerabdrücke. Aus irgendeinem Grund dauert es eine Ewigkeit, meine Fingerabdrücke abzunehmen, und der Beamte muss immer wieder von vorn anfangen.

»Was hast du gemacht, Leah?«, lacht Kit. »Hast du dir die Fingerkuppen mit einer Zigarette verbrannt?«

Der Vollzugsbeamte wirft Kit einen langen bösen Blick zu. »Mach dich ruhig lustig, Junge. Wenn hier unten in den Tombs deine Papiere verloren gehen, hast du nicht mehr viel zu lachen.«

Die Beamtin taucht mit mehreren gereizt wirkenden weiblichen Gefangenen im Schlepptau wieder auf – eine mit Handschellen aneinandergekettete Reihe aus Tattoos, Tanktops, Turnschuhen und finsteren Gesichtern. Sie klickt Anna und mich an den Anfang der Kolonne und gibt uns einen Schubs.

»Bewegt euch!«, bellt sie.

Plötzlich fühle ich mich körperlos, als würde ich über mir schweben und das alles aus der Luft beobachten. Eine Reihe Knackis, die in ihren schnürsenkellosen Schuhen durch ein Labyrinth aus schmuddeligen Korridoren über eine Treppe in einen niedrigen Keller schlurfen. Wie Clowns watscheln sie dort einen weiteren Korridor entlang und werden von einer Beamtin in eine große Zelle geschoben, wo sie ihnen die Handschellen abnimmt.

»Willkommen in den Tombs«, sagt sie. »Wir haben das Recht, Sie hier bis zu zweiundsiebzig Stunden festzuhalten.«

Dann verlässt sie die Zelle, schließt ab und geht.

Zweiundsiebzig Stunden! Das sind drei Tage und drei Nächte. Vielleicht hätte ich sie doch meine Mom anrufen lassen sollen.

Die Zelle ist neun Meter lang und sechs Meter breit. Entlang der Wände sitzen auf Metallbänken bereits zehn Frauen, von denen ein paar zu uns Neuankömmlingen aufsehen. Die meisten starren jedoch weiter geradeaus, während wir einfach nur dastehen, unsere Handgelenke reiben und ins Neonlicht blinzeln.

»Hey!«, schreit Anna. »Ich will einen Anwalt.«

Keine Antwort. Nur das Klackern sich entfernender Lederabsätze auf einer Treppe. Ich setze mich auf die Kante einer Bank und atme tief durch. Anna geht zu einem braunen Münztelefon an der hinteren Wand und nimmt den Hörer ab. »Das funktioniert nicht, Schätzchen«, sagt eine Frau in Jeanslatzhose mit wachen Augen. »Hat es nie und wird es nie.«

Anna flucht auf Russisch und knallt den Hörer wieder auf die Gabel.

»Officer!«, brüllt sie. »Ich will einen Anwalt!«

Sie läuft quer durch die Zelle und wirft sich gegen die Gitterstäbe. Aber die Polizistin ist längst weg.

»Komm runter, Kleine«, brummt die Latzhose. »Du befindest dich hier in zwanzig Metern Tiefe unter dem Reich der freien Bürger. Hier unten heißt es Klappe halten und sich fügen. Du wirst deinen Anwalt schon noch bekommen, aber wenn du nicht aufhörst, hier so rumzukrakeelen, behalten sie dich die Nacht über hier. Und wer morgen früh noch hier ist, wird in die sanitären Einrichtungen geschickt. Und da will wirklich NIEMAND hin, kannst du mir glauben.« Kichernd deutet sie mit dem Kinn in Richtung der überlaufenden Toilette in der Ecke.

Anna verzieht angewidert das Gesicht und wendet sich ab.

»Es werden nie im Leben zweiundsiebzig Stunden«, fügt Latzhose noch hinzu. »Das sagen die nur, damit ihr euch in die Hose macht.«

Ich klopfe neben mir auf die Bank und lade Anna ein, sich neben mich zu setzen. Man sollte meinen, sie wäre froh, an einem Ort wie diesem eine Freundin zu haben, aber hasserfüllte Menschen müssen hassen. Sie lässt sich sieben Meter entfernt am anderen Ende der Zelle auf eine Bank plumpsen und zieht eine Fresse wie ein Punk.

Auf der Bank in der Ecke mir gegenüber kauert, die Beine vor die Brust gezogen, eine Frau mit strähnigen blonden Haaren, die in ihre private Hölle des Drogenentzugs abgetaucht zu sein scheint. Sie schluckt und schwitzt, als hätte man sie im Skianzug in die Sauna gesperrt.

Latzhose zupft mich am Ärmel. »Ist das dein erstes Mal, Schätzchen?«, fragt sie.

»Yeah.« Ich ziehe meinen Arm weg.

»Für was haben sie dich einkassiert?«

»Schach.«

»Konsum oder Dealen?«

»Was?«

»Das Hasch. Hast du es geraucht oder gedealt?«

»Nicht Hasch. Schach.«

»Das Brettspiel?«

»Ja.«

Latzhose wirft den Kopf in den Nacken und lacht aus vollem Hals. »Das weiße Gör sagt, sie hätten sie für Schach einkassiert«, verkündet sie den restlichen Zelleninsassinnen. »Ich dachte, sie hätte *Hasch* gesagt.«

Allgemeines Gelächter. Der beste Witz, den diese bescheuerten Knackis je gehört haben. Eine Frau in Lederhosen klatscht sich so heftig auf die Schenkel, dass es von den Wänden widerhallt wie ein Donnerschlag.

»Ich dachte, du hättest Hasch gesagt«, wiederholt Latzhose und wischt sich die Augen trocken. Dann legt sie mir die Hand aufs Knie und sagt: »Ich bin Dora.«

»Leah«, sage ich.

»Willst du wissen, warum ich hier bin, Leah?«

»Klar.«

»Backgammon.«

»Echt jetzt?«

»Nein, Kreditkartenbetrug.« Sie zwinkert. »Bin aber unschuldig.«

»Na klar.«

Dora zeigt auf ein stämmiges Hispanomädchen mit schwarzer Lederjacke und Zöpfen. »Rate mal, weshalb Carmen dort drüben hier ist.«

»Keine Ahnung.«

»Hat ihrem Freund mit einem Feuerlöscher den Schädel zu Brei geschlagen.«

Carmen zieht ein finsteres Gesicht. »Hat er verdient«, murmelt sie.

FRIC

Die in den Tombs am häufigsten gestellten Fragen lauten: »Ist das dein erstes Mal?« und »Wofür bist du hier?« Nun, da Dora das Eis gebrochen hat, werden wir alle ein wenig lockerer und fangen an, wie alte Hasen unsere Verbrechen und die Geschichten unserer Verhaftung auszutauschen. Die meisten hier wurden wegen Diebstahls, Raubs, Betrugs, Prostitution oder Drogenbesitzes verhaftet, plus zwei Collegemädchen, die es irgendwie geschafft haben, wegen Singens in der U-Bahn festgenommen zu werden. Alle, mit Ausnahme von Carmen, behaupten, unschuldig zu sein.

Ich selbst bin hier unten so eine Art Star, weniger wegen dem Schach, als vielmehr, weil ich mich der Verhaftung widersetzt habe. In allen Einzelheiten berichte ich meinen Zellengenossinnen von der Kissenschlacht und der Velociraptor-Verkleidung. Und ja, ich übertreibe ein klein wenig, weil ich ihr hemmungsloses Gelächter genieße und mehr davon will.

Während ich meine Geschichte erzähle, starrt Anna mich mit unverhohlenem Hass an. Als ich fertig bin, steht sie auf und fragt: »Wer will eine Geschichte aus Russland hören?«

Alle natürlich, also gibt sie einen bescheuerten Witz über zwei Mädchen und einen Bären zum Besten.

»Anya und Luba hacken im Wald Holz, als ein Grizzlybär hinter einem Baum hervorspringt. Luba beugt sich nach unten und zieht sich ihre Laufschuhe an. ›Was machst du da?‹, fragt

Anya. ›Du kannst unmöglich schneller laufen als ein Grizzly.‹ ›Muss ich auch nicht‹, entgegnet Luba. ›Nur schneller als du.‹«

Ein paar Frauen lachen, und die Lederhose klatscht sich wieder auf die Schenkel.

Anna wirft mir einen finsteren Blick zu. »Und, *moralnyj urod?*«, ruft sie mir zu. »Wie gefällt dir meine russische Geschichte?«

»Lass gut sein«, sage ich.

Niemand hier interessiert sich für unser Gezanke. Dora ist bereits aufgestanden und erzählt einen Witz über einen Alligator in der Samenbank, und schon bald sind alle Knackis am Giggeln und Gackern und reißen ordinäre Witze.

Nein, stimmt nicht. Nicht alle gackern. Der Junkie in der Ecke ist noch in seiner eigenen Welt. Ihre leeren Augen starren hinter einem Vorhang aus strähnigem Haar hervor, und als ich sie ansehe, wird mir bewusst, wie ähnlich wir uns sind, sie und ich. Wir sind beide auf Entzug. Beide sehnen wir uns nach etwas, das man uns genommen hat.

»Mittagessen!«, ertönt da eine gelangweilte weibliche Stimme, und ein Tablett mit Sandwiches taucht auf. Dieses Mal kommt die Polizistin nicht einmal in die Zelle, sondern schiebt die aufgeweichten Sandwichkartons und Wasserflaschen einfach durch die Gitterstäbe, wie bei einer Fütterung im Zoo.

Das matschige Brot mit einem mysteriösen braunen Belag ist ein echter Stimmungskiller. Dora beißt einmal ab und lässt es angeekelt zurück in den Karton fallen. Der Junkie in der Ecke, meine Seelenverwandte, klettert auf die Bank und schmiert die dunkelbraune Pampe an die abblätternde Wand.

Niemand spricht, während sie an ihrem Wandgemälde arbeitet, eine große dünne Frau mit fleckigen Wangen.

Ich schließe die Augen und versuche, es mir, auf der Bank liegend, so bequem wie möglich zu machen. Aber das Metall ist so glatt, dass ich immer wieder herunterrutsche. Reflexartig taste ich immer wieder nach dem Handy in meiner Hosentasche, bis mir einfällt, dass es ja konfisziert wurde.

Die Minuten vergehen.

Plötzlich sagt eine Stimme: »Ich fordere dich heraus.«

Als ich mich aufsetze und die Augen öffne, steht Carmen, die Feuerlöscherkillerin, vor mir und streckt mir ihre Hände mit einem Berg Konfetti aus zerrissenen Sandwichschachteln entgegen. Bei genauerem Hinsehen erkenne ich unterschiedliche Formen: Quadrate, Kreise, Kronen, Türme und Pferde. Ein selbst gebasteltes Schachset.

»Mein Daddy hat es mir beigebracht« sagt sie. »Komm schon, weißes Mädchen, spielen wir.«

»Nein, danke.«

»Hast du was Besseres zu tun?«, fragt sie. Dieses Mal ist ihr Ton eher aggressiv als schüchtern.

»Was ist dein Rating?«, will ich wissen.

»Was meinst du mit Rating?«

Sie hat kein Rating. Sie weiß nicht einmal, was ein Rating ist. Und will gegen mich Schach spielen. Ha!

»Eine Partie«, gebe ich müde nach. »Du bist Weiß.«

Wir setzen uns im Schneidersitz auf die karierten Bodenfliesen, grenzen mit Sandwichpampe vierundsechzig quadratische Felder ab und stellen Carmens Pappschnipsel auf. Das hässlichste Schachset in ganz New York.

Carmen denkt eine Ewigkeit nach und spielt dann g4, genau wie Seb Giles. Das und Bauer auf h4 sind so ziemlich die schlimmsten Eröffnungszüge, die man mit Weiß machen kann.

»Fric«, sage ich.

Carmen sieht mich an. »Hast du mich gerade einen Freak genannt?«

»Ich meine nicht dich damit«, erkläre ich. »Das ist Frics Eröffnung, manche sagen auch Grobs Angriff. Wird nicht oft gespielt.«

»Wenn du mich noch einmal einen Freak nennst, oder grob, hast du ein Messer zwischen den Rippen.«

Ich beiße die Zähne zusammen und ziehe einen Zentralbauern. Ich hätte mich nie auf das Spiel einlassen dürfen, aber jetzt haben wir angefangen, und es gibt kein Zurück mehr.

Carmen rückt mit einem Läufer auf h3 vor. Ein erlaubter Zug, aber völlig absurd.

»Du bist dran«, sagt sie.

Ich ziehe einen weiteren Zentralbauern.

Mein Gegenüber beißt sich auf die Unterlippe und kneift die Augen zusammen. Sie sieht aus wie eine Bodypackerin, die versucht, ein Päckchen Heroin auszuscheiden. Nachdem sie zehn Minuten nachgedacht hat, zieht sie ihren Läufer zurück auf die Ausgangsposition. Am liebsten würde ich schreien und toben und mir die Gedärme aus dem Leib reißen, aber weil kein Messer in der Nähe ist, bleibe ich cool und ziehe meinen Springer auf f6.

Carmen stützt das Kinn in die Hand und verfällt ins Grübeln. Zumindest glaube ich das, vielleicht ist sie auch an Dummheit gestorben.

»Nur ein schnelles Spiel ist ein gutes Spiel«, murmle ich.

Carmen sieht auf. »Was hast du gesagt?«

»Nichts. Aber du könntest schon ein bisschen schneller ziehen.«

»Willst du mich dissen, oder was?«

»Nein, natürlich nicht.« Ich sehe sie an. »Aber sie können uns hier maximal zweiundsiebzig Stunden festhalten.«

Das Gelächter von den Bänken macht deutlich, dass die anderen Frauen uns zuhören. Für Carmen bringt das das Fass zum Überlaufen. Sie packt mich am Kragen meiner Jacke, zerrt mich auf die Füße und schlägt mir hart ins Gesicht.

Ich taumle rückwärts, und die Knackis stoßen ein kollektives »Wow!« der Entrüstung und Begeisterung aus.

»Zweiundsiebzig Stunden?« Carmen kommt mit grimmigem Blick auf mich zu. »Findest du das witzig, du blöder Zwerg?«

Sie schlägt mich noch einmal, aber dieses Mal bin ich vorbereitet. Ich weiche zurück und nehme dem Schlag damit seine Wucht. Wieder ein Raunen der Knackis, dann ein heißerer Ruf: »Wehr dich, Mädchen!«

Ich bleibe standhaft und nehme die Fäuste hoch, um mich zu verteidigen. Carmen holt erneut aus, aber ich blocke ihren Schlag mit dem Unterarm ab und lande selbst einen Haken, der Carmen auf der Nasenspitze trifft. Sie taumelt rückwärts und brüllt vor Wut.

Wieder kommt sie auf mich zu und fuchtelt mit den Fäusten. Sie will Blut sehen. Ich bin schockiert. Die Angst treibt mir die Tränen in die Augen, trotzdem schütze ich mein Gesicht mit der rechten Faust und dresche mit der linken weiter auf sie ein, wie auf meinen Boxsack zu Hause. Die meisten meiner Schläge gehen ins Leere, aber ein paar treffen meine Angreiferin auch an Wange oder Schläfe. Sie schnappt nach Luft, fletscht die Zähne und stürzt sich auf mich. Und plötzlich, mitten in der größten Panik, fängt die Sache an, mir Spaß zu machen.

Zu Hause in meinem Zimmer schlage ich auf einen schweren Sandsack 74 Mal in 30 Sekunden ein und halte das 5 Minuten durch. Aber weder ist Carmen ein Sandsack, noch ist dieser Kampf auf irgendeine Weise sauber oder vorhersehbar. Sie bewegt sich von einer Seite zur anderen und schlägt hart zu. Ein Treffer nach dem anderen findet den Weg vorbei an meiner rechten Verteidigung und lässt mich taumeln und spucken. Durch meine tränenverschleierten Augen kann ich sie kaum noch erkennen, dennoch höre ich nicht auf zu parieren und zu boxen, bis mich wie aus dem Nichts ein gewaltiger Haken am Kiefer trifft. Ein stechender Schmerz jagt durch meine linke Körperhälfte, und meine Beine sacken weg. Plötzlich finde ich mich auf dem schwarz-weiß gekachelten Boden wieder, Carmen, die so hart sie kann auf mich einprügelt, auf mir drauf.

Hör auf. Bitte, hör auf. Habe ich das laut gesagt oder nur gedacht? Ich weiß es nicht. Aber sie tut es. Völlig unerwartet lässt sie von mir ab, und ich bleibe, stöhnend und blutend, auf den Schachbrettfliesen liegen.

DANACH

»Alles okay mit dir, Süße?«

Eine freundliche Stimme durchdringt meinen Schmerz, und für einen Moment denke ich, es ist meine Mom. Als ich die geschwollenen Augen langsam öffne, fällt mir jedoch wieder ein, wo ich bin. Dora sieht auf mich herab und streicht mir übers Haar.

»Hallo«, krächze ich.

»Hey«, sagt Dora. »Zuerst die gute Nachricht oder die schlechte?«

Mühsam richte ich mich auf. »Die schlechte.«

»Die schlechte ist, dass du aussiehst, als hätte dich ein Monstertruck überfahren.« Dora lächelt. »Die gute, kein Schach mehr mit Carmen. Die Vollzugsbeamten haben sie in eine andere Zelle verlegt. Oh, und sie machen Dampf mit deiner Vernehmung.«

»Und das heißt?«

»Das heißt, dass sie ein schlechtes Gewissen haben, weil einem weißen Mädchen hier drin die Fresse poliert wurde. Du wirst sicher bald einen Anwalt bekommen und dann dem Richter vorgeführt.«

Zehn Minuten später erscheint ein Vollzugsbeamter mit zwei blauen Zetteln in der Hand. Er ruft unsere Namen auf, meinen und Annas, und lässt sich unsere Geburtsdaten bestätigen. Dann führt er uns einen Korridor entlang und durch ein gelbes Backsteintreppenhaus nach oben in eine andere Zelle.

Kit und die Kiebitze sind schon da.

Vielleicht ist es ja nur die Erleichterung, aus dieser Zelle rauszukommen, aber Kit zu sehen, stimmt mich merkwürdig froh. Klar, er ist eingebildet und schielt, und sein Lyrik-Tick kann echt nerven. Aber er ist auch ziemlich clever. Und großzügig. Und er macht sich Sorgen um mich, was man von nicht sehr vielen Menschen behaupten kann.

»Leah, dein Gesicht!«, schreit Kit. »Was ist passiert?«

»Freiwilliger Einsatz fürs Team. Dachte, wenn ich mich zusammenschlagen lasse, beeilen die sich ein bisschen mit unserer Vernehmung.«

Kit starrt mich mit offenem Mund an, während er krampfhaft seine gürtellose Jeans festhält, damit sie nicht runterrutscht. Das Schockierende an der Sache ist, obwohl er und ich uns so gut wie überhaupt nicht kennen, ist er schon jetzt der einzige Mensch auf der ganzen Welt, den ich als so etwas wie einen Freund bezeichnen könnte.

Anna verdreht die Augen. »Was das gewissenlose Arschloch damit sagen will, ist, dass sie sich auf eine Runde Schachboxen mit einer Mörderin eingelassen und verloren hat. Ein Kampf wie im Elephant Club, nur deutlich kürzer.«

Ein Beamter schließt die Tür auf, und ein Mann schlurft in unsere Zelle. Zuerst halte ich ihn ebenfalls für einen Knacki. Er ist unrasiert und sieht aus, als hätte er in seinen Kleidern geschlafen. Aber dann bemerke ich sein Klemmbrett, und mir wird bewusst, dass es sich um den Pflichtverteidiger handeln muss, unseren Anwalt. Er stellt sich uns als Mr Butts vor, und die Patzer fangen an zu kichern.

»Die Lage ist folgende«, sagt Mr Butts. »Sie alle wurden festgenommen gemäß Abschnitt zweihundertvierzig, Paragraph fünfunddreißig des New Yorker Strafgesetzbuches: Herumlungern auf öffentlichen Plätzen zum Zwecke des Glücksspiels. Sie drei«, er deutet auf mich, Kit und Anna, »haben Schach gespielt und dafür Geld erhalten. Und sie drei«, er deutet auf die Kiebitze, »haben auf Schachpartien gewettet. Sie werden als Gruppe vernommen werden, alle sechs gleichzeitig. Ich habe bereits mit den festnehmenden Beamten und dem Staatsanwalt gesprochen. Es liegen stichhaltige Beweise gegen Sie vor. Videoaufnahmen, um genau zu sein, und ich spreche hier nicht nur von dem Park-Girl-Video. Auf dem gesamten Parkgelände sind Überwachungskameras in den Bäumen versteckt.«

»Und was ist, wenn wir uns auf Unwissenheit berufen?«, will Kit wissen.

»Unkenntnis des Gesetzes ist kein Entlastungsgrund. Außerdem sind neben den Schachtischen Schilder angebracht, die das Glücksspiel ausdrücklich untersagen.«

»Und wie sieht die Strafe aus?«

»Fünfhundert Dollar Geldstrafe und bis zu neunzig Tagen Gefängnis. Angesichts Ihres Alters habe ich um ein mildes Urteil gebeten, aber die New Yorker Polizei besteht auf die härtest mögliche Strafe. Sie wollen ein Exempel statuieren.«

Annas Gesichtszüge entgleisen. Sie hält sich eine Hand vor den Mund und beginnt zu weinen. »Ich kann nicht ins Gefängnis«, schluchzt sie durch die Finger. »Ich verliere mein Studentenvisum.«

»Anna Ivanova und Leah Baxter, sie beide sind zudem wegen Widerstands gegen Vollstreckungsbeamte angeklagt.« Mr Butts verlagert das Gewicht von einem Fuß auf den anderen. »Es besteht die Chance, dass sie diesen Punkt fallen lassen, aber nur, wenn sie sich der Anklage wegen Herumlungerns schuldig bekennen.«

»Die schmeißen mich aus dem Land«, jammert Anna. »Zweieinhalb Jahre harte Arbeit. Alles umsonst.«

Die Patzer schütteln mitleidig die Köpfe.

»Hey, Kit«, flüstere ich. »Gibt es das wirklich? Schachboxen? Anna hat davon gesprochen, als gebe es das tatsächlich.«

»Ja, das gibt es wirklich«, flüstert er zurück. »Es finden weltweit Wettkämpfe statt. Eine Runde Schach, danach eine Runde Boxen und immer so weiter, bis einer schachmatt ist oder k. o. geht. Im Elephant Club werden samstagabends Preiskrämpfe abgehalten.«

»Warst du schon dort und hast zugesehen?«

»Nein.«

Mr Butts räuspert sich vernehmlich. »Man wird Sie bald ins Gericht rufen«, sagt er. »Sprechen Sie mit niemandem, wenn Sie da reingehen, und geben Sie niemandem ein Zeichen. Setzen Sie sich einfach auf den Platz, den man Ihnen zuweist, und schauen Sie geradeaus. Wenn der Richter Sie bittet, Ihren Namen zu bestätigen, tun sie es, kurz und knapp, und sind dann wieder still. Das Reden übernehme ich.«

»Hast du das verstanden, Leah?«, fragt Kit. »Das Reden übernimmt Mr Butts.«

Plötzlich bin ich wieder genauso nervös wie bei unserer Ankunft im Central Booking. »Klar«, sage ich. »Du wirst nicht mal merken, dass ich da bin.«

Zehn Minuten später werden wir durch eine gepanzerte Tür in den Vernehmungsraum gebracht, und ich setze mich mit den anderen Parkspielern auf die Anklagebank. Endlich ein Raum, in dem es nicht nach Urin stinkt.

Durch die Schlitze meiner verschwollenen Augen sehe ich im vorderen Teil des Raums Polizisten, Sicherheitspersonal und ernst blickende junge Anwälte hin und her flitzen. Auf den Holzbänken der Zuschauergalerie sitzen ein paar Neugierige. Obwohl ich kurz davor bin, für drei Monate in den Knast zu wandern, kann ich nicht aufhören, an Schachboxen zu denken. *Eine Runde Schach, danach eine Runde Boxen und immer so weiter, bis einer schachmatt ist oder k. o. geht.*

Genial.

ZUFALL

Die Vernehmungsrichterin hat kalte blaue Augen, trägt eine Brille, und ihre grauen Haare sind zu einem strengen Knoten gebunden. Sie lässt uns unsere Namen bestätigen und bittet dann den Staatsanwalt, die Anklage gegen uns zusammenzufassen.

Einen Stapel Papier in der Hand, springt er vom Stuhl auf und beginnt, laut vorzulesen: »Laut Strafgesetzbuch der Stadt New York macht sich eine Person des Herumlungerns schuldig, wenn er oder sie an einem öffentlichen Ort mit Karten, Würfeln oder anderen Spielrequisiten Glücksspiel betreibt. Glücksspiel liegt dann vor, wenn die Person etwas von Wert auf den zufälligen Ausgang eines Spiels oder eines zukünftigen, nicht unter ihrer Kontrolle oder ihrem Einfluss stehenden Ereignisses setzt, und zwar auf der Grundlage einer Vereinbarung, dass sie im Falle eines bestimmten Ergebnisses etwas von Wert erhält.«

Mit einer theatralischen Geste nimmt der Staatsanwalt die Brille ab und sieht uns an, als erwartete er für seine Vorlesekünste einen Applaus. Genau in diesem Moment spüre ich in meinen Gehirnwindungen ein vertrautes Klicken, das mir sagt, dass meine Situation vielleicht doch nicht ganz so ausweglos ist, wie ich dachte.

Der Staatsanwalt wendet sich wieder dem Gericht zu. »Auf einem früher am heutigen Tag aufgezeichneten Beweisvideo ist deutlich zu erkennen, wie die sechs Angeklagten Geld auf den Ausgang von Schachpartien setzen, ein Vorgang, der auf einem in der Nähe der Schachtische angebrachten Schild unmissverständlich untersagt wird. Der Fall ist eindeutig.«

Die Richterin wendet sich an Mr Butts. »Wofür plädieren die Angeklagten?«

»Schuldig«, verkündet Mr Butts.

»Nicht schuldig!«, rufe ich.

Das leise Murmeln auf der Zuschauergalerie steigert sich zu einem aufgeregten Stimmengewirr. Mr Butts zuckt zusammen, als hätte man ihm eine Ohrfeige verpasst. Die Richterin sieht mich über den Rand ihrer Brille fragend an.

»Tut mir leid«, sage ich. »Wir wollten uns eigentlich schuldig bekennen, aber mir ist da gerade etwas aufgefallen. Schach ist von der Definition, die er da gerade vorgelesen hat, ausgenommen.«

»Und mit welcher Begründung?«

»Schach ist kein Glücksspiel, der Ausgang des Spiels ist nicht zufällig.«

Die Richterin wendet sich wieder dem Staatsanwalt zu, der mit einer geschmeidigen, fast schon schmierigen Antwort kontert: »Wäre die Angeklagte mit dem Strafgesetz besser vertraut, Euer Ehren, wüsste sie, dass die Definition von Glücksspiel alle Spiele mit einschließt, deren Ausgang zu einem wesentlichen Teil dem Zufall überlassen ist. Das schließt jedoch nicht aus, dass Können ebenfalls einen maßgeblichen Anteil ausmacht.«

Alle Augen sind wieder auf mich gerichtet. Ich fahre mir mit der Zunge über die Lippen und antworte. »Können hat beim Schach mehr als nur einen Anteil, Euer Ehren. Laut der mathematischen Spieltheorie ist Schach ein Spiel mit perfekter Information. Beiden Spielern ist zu jedem Zeitpunkt des Spiels das vorangegangene Spielgeschehen bekannt. Absolut nichts bleibt dem Zufall überlassen.«

»Aber auf den Schildern im Park steht *Glücksspiel verboten*«, schießt der Staatsanwalt zurück.

»Genau darauf will ich ja hinaus. Laut dem Strafgesetzbuch war das, was wir dort getan haben, kein Glücksspiel.«

Der Staatsanwalt öffnet den Mund und klappt ihn wieder zu. Dann setzt er die Brille auf und nimmt sie wieder ab. Er ist komplett verunsichert, und jeder im Vernehmungsraum weiß es. »Euer Ehren«, spuckt er. »Es gibt Präzedenzfälle. Die Stadt New York hat Schachspieler, die im Park um Geld spielen, schon wegen Glücksspiels verurteilt, da war diese junge Dame noch nicht einmal geboren.«

»Diese Urteile haben keinen Bestand«, sage ich. »An Ihrer Stelle würde ich mich für eine Änderung des Strafgesetzbuches einsetzen, die neben Glücksspielen auch Spiele mit perfekter Information berücksichtigt.«

»Was ist mit dem Widerstand gegen Vollstreckungsbeamte?«, schnaubt der Staatsanwalt. »Sollen wir das Gesetz diesbezüglich auch ändern?«

»Selbstverständlich nicht«, entgegne ich. »Aber die festnehmenden Beamten haben sich nicht ausgewiesen. Woher hätten wir wissen sollen, dass es sich um Polizisten handelt?«

Die Zuschauer auf der Galerie schnappen hörbar nach Luft. Der Staatsanwalt macht eine abwehrende Bewegung mit der Hand, als wollte er meinen Einwand einfach wegwischen, während Kit mich ansieht, als wäre ich Michail Tal oder Wonder Woman oder jemand noch Tolleres.

Die Richterin wendet sich an die festnehmenden Beamten. »Entspricht das der Wahrheit?«, fragt sie. »Haben Sie es versäumt, sich als Polizeibeamte auszuweisen, bevor sie diese jungen Leute durch den Park verfolgt haben?«

Einer der Polizisten erhebt sich andeutungsweise. »Wir trugen Uniform, Euer Ehren.«

»Na und?«, halte ich dagegen. »Es gab heute eine Kissenschlacht im Park. Fast jeder dort steckte in irgendeinem bescheuerten Kostüm.«

Auf den Holzbänken der Zuschauergalerie bricht Gelächter aus.

»Ruhe im Gerichtssaal!« Die Richterin bedenkt zuerst die Zuschauer und dann mich mit einem bösen Blick. »Junge Dame, halten Sie Ihre Zunge im Zaum. Wenn Sie den Fortgang der Vernehmung noch einmal stören, werde ich Sie wegen Missachtung des Gerichts belangen.«

Heimlich werfe ich einen Seitenblick auf Kit. Seine Schultern beben, und er hält sich die Hand vor die Nase, um nicht laut loszulachen.

»Ich bin nicht gewillt, diese Scharade fortzusetzen«, sagt die Richterin weiter. »Unabhängig davon, welche Kostümierungen heute im Washington Square Park getragen wurden, kann eine Person nur dann festgenommen werden, wenn die festnehmenden Beamten sich eindeutig als Beamte der New Yorker Polizei ausweisen. Was die Anklage wegen Herumlungerns anbelangt, ich spiele selbst ein wenig Schach, und es handelt sich dabei in der Tat um ein Spiel mit perfekter Information ohne einen nennenswerten Einfluss von Zufall. Um zu verhindern, dass mit der Verhandlung dieses aussichtslosen Falls vor Gericht viel Zeit und Geld vergeudet werden, weise ich die Klage gegen die sechs Beschuldigten in allen Punkten zurück. Der Stadt New York werde ich nahelegen, die gesetzliche Lücke die perfekte Information betreffend schnellstmöglich zu schließen. Und was Sie angeht, Miss Baxter«, sie fixiert mich mit einem scharfen Blick, »Sie sind arrogant, vorlaut und anmaßend. Ich empfehle Ihnen sehr, eine Karriere als Juristin einzuschlagen.«

»Danke, Euer Ehren.«

»Die Verhandlung ist geschlossen. Sie können gehen.«

PAUSENRAUM

Wir warten bei der Topfpalme im Foyer des Gerichts auf den Beamten, der losmarschiert ist, um unsere Taschen, Gürtel, Schnürsenkel und Handys zu holen. Kit und die Kiebitze sind in Siegerlaune. High Fives und Chest Bumps, als wären wir ein erfolgreiches Basketballteam. Mr Butts ist sauer und schmollt. Er mag mich nicht mehr, was wohl daran liegt, dass ich seinen Job gemacht habe und er nun wie ein Versager dasteht. Anna sitzt, das Gesicht in den Händen vergraben, ein wenig abseits und weint – vor Erleichterung. Ihr amerikanischer Traum, den sie bereits beerdigt hatte, ist von den Toten auferstanden. Und was mich anbelangt, ich habe abartige Schmerzen in Kiefer und Wangen, und meine Augen sind so zugeschwollen, dass ich kaum noch etwas sehe.

Sobald wir unsere Handys wiederhaben, gehen wir sofort online. Die Schachverhaftungen sind *das* Thema auf Twitter. Eines der vielen Fotos, die die Runde machen, zeigt mich, wie ich auf der Flucht vor den Bullen über die Rückenlehne der Steinbank springe. Auf einem anderen ist Anna mit dem Gesicht am Boden zu sehen, der gerade Handschellen angelegt werden. Die Leute haben uns die »Sechs vom Washington Square« getauft. Ein paar der Tweets sind mit dem Park-Girl-Video verlinkt.

»Warte, bis erst dein Auftritt bei der Gerichtsverhandlung die Runde macht«, lacht Kit. »Das Internet wird unter den Klicks zusammenbrechen.«

»Ihr solltet euch weniger Gedanken über das Internet als vielmehr über die normale Presse machen«, wendet Mr Butts mürrisch ein. »Ich garantiere euch, in fünf Minuten quillt der Bürgersteig vor dem Central Booking über von Reportern und Fotografen, die euch in Stücke reißen wollen. Ihr solltet zusehen, dass ihr hier verschwindet, bevor sie hier sind.«

»Guter Vorschlag.« Kit ergreift wohlwollend Mr Butts Hand. »Danke, dass Sie uns vertreten haben, Sir. Sie haben bei unserer Vernehmung zwar nur ein Wort gesagt, ›schuldig‹, aber Sie haben es laut und deutlich und mit dem nötigen Nachdruck ausgesprochen. Ich bin da ganz bei Ihnen,

Inkompetenz sollte nicht durch Unverständlichkeit kompensiert werden.«

Mit düsterer Miene lassen wir unseren Pflichtverteidiger neben der Topfpalme stehen und stürmen durch die Tür nach draußen in den warmen Aprilabend.

»Freiheit!«, ruft Kit und führt ein kleines Tänzchen auf den Marmorstufen auf. »Los, spielen wir Schach!«

»Nein!«, widerspreche ich. »Was ich jetzt brauche, ist ein Burger so groß wie mein Kopf.«

Anna und die Kiebitze wollen direkt nach Hause, also verabschieden wir uns von ihnen und gehen unserer eigenen Wege.

Kit nimmt mich mit in ein Burger-Restaurant namens *Pausenraum*, ein kleiner Laden, eingequetscht zwischen einem Kautionsbüro und einer Akupunkturpraxis.

Große Tische, gedämpftes Licht, kahle Backsteinwände. Ich bestelle einen Haus-Burger XL mit Pommes, Zwiebelringen und einem Krug Granatapfellimonade. Kit bestellt ein Hotdog mit Chili, Käse und Jalapeños. Meine Speicheldrüsen sind schon jetzt am Durchdrehen.

»Eins will ich noch wissen, Leah«, sagt Kit. »Hast du Anna absichtlich stolpern lassen?«

»Klar.«

Kit schüttelt lachend den Kopf. Er greift in seine Tasche und holt ein Buch hervor. »Ich glaube, das ist deins«, sagt er. »Du hast es heute Morgen, als du so plötzlich aufgebrochen bist, auf dem Schachtisch liegen lassen.«

»Reshevsky!« Ich greife nach dem Buch. »Danke, Mann! Ich dachte, das sehe ich nie wieder.«

Kit schüttelt mit gespieltem Unmut den Kopf. »Wenn dir jemand ein Geschenk macht, solltest du besser darauf aufpassen.«

Die Limonade kommt, und ich fische eine Handvoll Eis aus dem Krug und halte es mir an mein schmerzendes Gesicht.

»Ich find's nett hier«, sagt Kit. »Das Central Booking wird es zwar nicht auf die Top-Ten-Liste bei TripAdvisor schaffen, aber um ein Date mit dir zu bekommen, hat sich der Abstecher allemal gelohnt.«

»Das ist kein Date.« Ich beuge mich über den Tisch, um ihm einen Eiswürfel in den Ausschnitt seines T-Shirts zu stecken. Er krümmt sich zusammen und versucht kreischend, mich davon abzuhalten.

»Einmal Haus-Burger, einmal Hotdog mit Jalapeños«, verkündet die Bedienung und knallt unser Essen auf den Tisch.

Wir trennen uns und werden wieder ernst. »Sorry«, murmelt Kit. »Mein Date war gemein.«

Die Bedienung zuckt mit den Schultern und geht wieder. Der Duft nach Rindfleisch, Spiegelei und Zwiebelringen, der mir in die Nase steigt, macht mich selig.

»Ich will, dass du heute Abend mit mir in den Elephant Club kommst«, sage ich. »Ich will keine ganze Woche mehr warten.«

Kit sieht mich mit einem schwachen Lächeln an. Er nimmt einen Bissen von seinem Hotdog, kaut und schluckt ihn langsam hinunter, bevor er mir antwortet.

»Schachboxen ist bescheuert«, sagt er schließlich.

»Woher willst du das wissen, wenn du es dir noch nie angesehen hast?«

»Nerds, die sich prügeln. Mehr ist es nicht.«

»Das stimmt nicht«, widerspreche ich mit vollem Mund. »Es klingt nach dem perfektesten Kampf, den sich zwei menschliche Wesen liefern können. Das ultimative Kräftemessen von Gehirn und Muskeln. Außerdem musst du mitkommen, ob du willst oder nicht, denn ohne mich würdest du jetzt nicht hier sitzen und in einen Jalapeño-Hotdog beißen. Du wärst im Knast, würdest widerliche Sandwiches runterwürgen und den ersten von neunzig Strichen in die Wand kratzen.«

»Ohne dich wären wir gar nicht erst verhaftet worden. Ich hatte dir gesagt, du sollst nicht gegen Roderick Wilde spielen, aber du hast mich ignoriert.«

»Pssst!« Ich schiebe ihm eine Gabel Pommes in den Mund. »Du kommst mit mir in den Elephant Club, und wir schauen uns Schachboxen an. Keine Widerrede.«

Kit kaut kleinlaut seine Pommes, dann hebt er den Blick zur Decke und schreit aus vollem Hals: »DIE DAME OHNE GNADE HAT MICH IN IHREM BANN!«

Die Bedienung lässt vor Schreck einen Stapel Teller fallen. Dann schmeißt sie uns raus wegen Hausfriedensbruch.

FÜNFUNDZWANZIG DINGE ÜBER KIT

Wir nehmen die U-Bahn bis Hell's Kitchen. Auf dem Weg bis zum Elephant Club unterhalten wir uns, und ich erfahre jede Menge interessantes Zeug über Kit.

1. Er ist sechzehn Jahre alt.
2. Er hat eine sehr große Familie: Vater, Mutter, drei Brüder und zwei Schwestern.

3. Sie wohnen in einer Mietwohnung über einer chinesischen Nudelbar in West Harlem.
4. Wegen des extremen Geruchs der scharfen Rinderbrühe müssen sie selbst im Sommer die Fenster geschlossen halten.
5. Kits Großeltern waren sowohl mütterlicher- als auch väterlicherseits Iren.
6. Seine Eltern wanderten 1995, noch vor seiner Geburt, nach Amerika aus.
7. Sein Großvater Seamus McTarnsay war in Irland ein berühmter Dichter.
8. Die McTarnsays waren schon immer Dichter.
9. Sie waren auch schon immer Schachspieler. Seamus McTarnsay spielte Briefschach mit Menschen auf der ganzen Welt. Das Porto kostete ihn ein Vermögen.
10. Kits Eltern spielen beide. Sie haben es Kit mithilfe der Website chessat3.com beigebracht, als er drei Jahre alt war.
11. Er hat noch nie *Star Wars* gesehen.
12. Er hat noch nie ein Superbowl-Finale gesehen.
13. Er hat noch nie eine Folge von *America's Got Talent* gesehen.
14. Wenn er nicht Schach spielt, lernt er zum Spaß Gedichte auswendig.
15. Er hat keine Ahnung, wie viele Gedichte er schon auswendig kann.
16. Sein derzeitiges Lieblingsgedicht ist *Dejection* von Coleridge.
17. Er geht auf die Park East High School.

18. Früher hatte er in den Ferien einen Stand im Washington Square Park, an dem er für wenig Geld Gedichte verkaufte.
19. Verliebte Kunden bezahlten ihn dafür, dass er Liebesgedichte für sie schrieb.
20. Als Kit Nathan Banks im Park Schach spielen sah, wurde im klar, dass er damit mehr Geld machen kann als mit Liebesgedichten.
21. Vor zwei Jahren gründeten sie die *Poisoned Pawns*.
22. Sie spielen nur in den Ferien.
23. Kit McTarnsay ist ein Anagramm von ARTY STICKMAN.
24. Sein voller Name Christopher McTarnsay ist ein Anagramm von STERN MATRIARCH PSYCHO.
25. Kits großer Traum ist es, um die Welt zu reisen, Schach zu spielen und Gedichte zu schreiben. Eindeutig ein Romantiker.

ELEPHANT CLUB

Über den Bürgersteig windet sich eine lange Menschenschlange vom Eingang des Elephant Clubs bis zu einer Autovermietung am Ende des Blocks. Die Leute albern herum, machen Selfies und sind vor Aufregung ganz zappelig.

Kit und ich stellen uns hinten an und schieben uns vorbei an einem großen Plakat, das den heutigen Schachboxwettkampf angekündigt, langsam vorwärts. Es stehen sechs Livekämpfe auf dem Programm, einschließlich eines Titelkampfes zwischen Zach »dem Zerstörer« Baker und Igor »Adlerauge« Iwanowitsch. Es gibt auch einen Frauenkampf. Sydney »die Schockwelle« Campbell gegen Padmini »die Stechmücke« Khan.

In meinen Ohren pocht das Blut. Ich kann es kaum erwarten, diesen seltsamen Mischsport live zu sehen, und habe das seltsame Gefühl, dass ich kurz davor bin, meinem Schicksal zu begegnen.

Endlich stehen wir vor dem Eingang, aber zwei Türsteher, unter deren maßgeschneiderten Hemden sich die Bizepse wölben, versperren uns den Weg.

Fasziniert starren sie mein Gesicht an. »Die da sieht aus, als hätte sie schon ein paar Runden gegen Sydney Campbell hinter sich«, witzelt der eine.

»Tut mir leid, Süße«, sagt der andere, »aber das hier ist ein Nachtclub. Man muss einundzwanzig sein, um reinzukommen.«

»Ich *bin* einundzwanzig.«

»Und was ist mit dir?« Er wendet sich an Kit.

»Einundzwanzig«, sagt Kit, aber dann muss der Idiot die Lüge auch noch ausschmücken. »Wir sind beide gestern einundzwanzig geworden.«

»Gestern? Beide?«

»Wir sind Zwillinge. Das hier ist ein Geburtstagsgeschenk.«

»Ihr seht nicht aus wie Zwillinge.«

»Ich weiß.« Kit läuft puterrot an. »Ich meine ja auch nicht, dass wir beide Zwillinge sind, also schon, aber eben die Zwillinge von anderen Zwillingen.«

»Habt ihr eure Ausweise dabei?«

»Nein.«

»Dann macht 'ne Fliege.«

»Okay.«

Wir beide sind so gut darin rauszufliegen, dass wir eigentlich eine Medaille dafür verdient hätten. Schweigend gehen wir die Straße entlang, bis ich nicht mehr an mich halten kann und meiner Enttäuschung Luft mache.

»Geburtstagsgeschenk? Dein Ernst?«

Kit hebt die Hände, als würde ich mit einer Knarre auf ihn zielen. »Tut mir leid. Ich bin nicht gut im Lügen. Und der Typ hätte uns ohnehin nicht geglaubt, egal, was wir gesagt hätten.«

»Wir sollen Zwillinge sein, aber kein Paar? Warum sollten wir dann am selben Tag …?«

»Ich hab doch gesagt, dass es mir leidtut. Lass uns irgendwohin gehen und einen Milchshake trinken. Geht auf mich.«

»Nein, wir probieren es an der Rückseite des Gebäudes. Vielleicht gibt es eine andere Möglichkeit, in den Club zu kommen.«

Kit weiß, sich mit mir zu streiten ist mindestens genauso sinnlos wie mit den Türstehern am Eingang des Clubs. Er folgt mir auf die Rückseite des Blocks, wo wir in eine schlecht beleuchtete Gasse voller Feuerleitern und Klimaanlagen abbiegen. Wir finden einen Notausgang, der zum Club gehören könnte, nur leider gibt es keinen Türgriff. Und auch keine andere Möglichkeit reinzukommen.

Schweren Herzens trotten wir durch die Gasse zurück in Richtung der Autovermietung. Ich hatte eine Verabredung mit dem Schicksal, aber das Schicksal hat mich mal wieder sitzen gelassen, wie immer.

»Milchshake?«, fragt Kit.

»Sieht ganz so aus.«

Die Fassade der Autovermietung ist mit einem Gerüst versehen, das über drei Stockwerke bis zum Dach reicht. Plötzlich habe ich einen Matt-in-drei-Zügen-Geistesblitz. Ich öffne die Karten-App auf meinem Handy und schalte auf das Satellitenbild.

»Was ist?« Kit reckt den Hals, um zu sehen, was ich da mache. »Wir brauchen keine Karte, Leah. Ich kenne einen Laden in der 42th Street, die haben Cookie-Dough-Milchshakes so groß wie der Pokal der Junioren-Schachweltmeisterschaft. Den finde ich mit verbundenen Augen.«

Ich zoome auf den Elephant Club und halte Kit das Display unter die Nase. »Halt die Klappe, und sieh dir das an. Der Elephant Club hat eine Bar auf dem Dach.«

»Und?«

»So kommen wir rein. Wir müssen nur das Gerüst hochklettern. Über die Dächer kommen wir in die Bar und durch die Bar in den Club.«

»Machst du Witze? Man kann die Leitern von der Kreuzung aus perfekt sehen. Sobald wir drei Meter über dem Boden sind, wählen Hunderte von Leuten den Notruf. Außerdem dachte ich, du hättest Höhenangst.«

»Hab ich auch. Das heißt, wenn ich da rauf kann, kannst du es auch. Komm schon, Kit. Ich will das wirklich sehen.«

Kit schüttelt den Kopf und geht weiter. Ich laufe ihm nach und rede auf ihn ein, wie auf einen kranken Gaul, aber er lässt sich nicht erweichen. Nein, er klettert auf kein Gerüst. Nein, er rennt nicht über Dächer. Und nein, er interessiert sich immer noch nicht für Schachboxen. Auch dann nicht, wenn wir die Sache als Date betrachten.

»Ich versteh dich nicht, Leah«, sagt Kit. »Du scheinst auf

einem gottverdammten Adrenalin-Trip zu sein, der von Minute zu Minute abgedrehter und gefährlicher wird. Reichen dir illegales Schachspiel und ein Gefängnisaufenthalt nicht? Muss für dich selbst bei einem Brettspiel Blut fließen?«

»Ich lebe nur mein Leben«, fauche ich. »Carpe diem. Pflückt Rosenknospen, solange es noch geht. Du bist doch hier der Dichter, der sich mit so was auskennt.«

Er verschränkt die Arme und sieht mich mit seinen sanften, schielenden Augen an. »Dein Dad ist nicht im All, Leah, habe ich recht?«

Bam! Der Schlag kam völlig unerwartet. Keine Chance, dagegenzuhalten oder mich zu verteidigen.

»Wer sagt das?«

»Die Website der NASA. Auf der Internationalen Raumstation ist derzeit nur eine Person aus den USA, und das ist eine Frau.«

»Mein Dad ist auf dem Rückweg.«

Schweigen.

»Du musst darüber reden«, sagt Kit sanft. *»Gram, der nicht spricht, presst das beladene Herz, bis dass es bricht.«*

»Zitierst du jetzt Hamlet?« Ich gehe auf ihn zu und packe ihn am Hals. »Sag mir, dass das nicht aus Hamlet war.«

»Macbeth«, krächzt Kit.

Ich stoße ihn hart von mir, drehe mich um und gehe weg. Ich kann mir gut vorstellen, wie schockiert und verletzt er jetzt aus der Wäsche guckt. Wie damals, als ich ihm vor dem Tattoo-Studio eine reingehauen habe. Aber das ist mir, ehrlich gesagt, scheißegal. Er ruft mich zurück, aber ich ignoriere ihn und gehe weiter in Richtung Autovermietung. Mein

Mund ist trocken. Ich schwitze an den Händen und zittere wie ein Heroinjunkie in den Tombs. Ich muss jetzt in diesen Club. Ich brauche eine laute Menge, in der ich mich verlieren kann.

HÖHENANGST

Kit hatte recht. Die Leitern sind von der Kreuzung aus gut zu sehen. Der sicherste Weg ist wohl, von den Leitern wegzubleiben und innen am Gerüst hochzuklettern, zwischen Stangen und Wand. Aber zuerst muss ich irgendwie über den Bauzaun kommen, der den unteren Teil des Gerüsts umgibt.

Ein großer Müllcontainer direkt neben dem Zaun ist meine Eintrittskarte. Ich klettere auf den Container, ziehe mich am Bauzaun hoch und lasse mich auf der anderen Seite hinuntergleiten. An der ersten Ebene des Gerüsts sind Schilder mit deutlichen Warnungen angebracht. BETRETEN STRENGSTENS VERBOTEN! steht auf einem, auf einem anderen ZUWIDERHANLUNGEN WERDEN STRAFRECHTLICH VERFOLGT. Bei der Vorstellung, heute Abend noch einmal in den Tombs zu landen, wird mir schlecht. Aber um umzukehren, bin ich auf der falschen Seite des Zauns. Einen Weg zurück auf die Straße gibt es nicht.

Ich presse mich mit dem Rücken gegen die Wand, umklammere mit beiden Händen das kalte Eisengerüst und fange an, mich in der fünfzig Zentimeter breiten Spalte zwischen Gerüst und Wand nach oben zu schieben. Ich bewege mich schnell. Mit jedem Zug komme ich sechzig Zentimeter höher. Die unebene Backsteinfassade des Gebäudes gibt meinen Füßen Halt, wenn ich die Hände an den Gerüststangen neu platziere. *Nicht nach unten sehen. Nicht nach unten sehen. Nicht nach unten sehen.*

Zwischen dem ersten und dem zweiten Stockwerk blockiert ein Betonvorsprung meinen Weg, sodass mir nichts anderes übrig bleibt, als mich auf die andere Seite der Stange zu schwingen und mich nur daran weiter hochzuziehen. Da ich mich nicht mehr abstützen kann, ist es deutlich schwerer, vorwärtszukommen. *Durchhalten!*, treibe ich mich selbst an. Meine Arme brennen. Meine Hände sind rutschig vom Schweiß, aber irgendwie schaffe ich es, an dem Betonvorsprung vorbeizukommen. Ich hieve mich auf eine Querstrebe, um wieder zu Atem zu kommen, und da sehe ich sie, ein paar Meter über mir auf dem Gerüst.

Eine Alarmanlage.

Ich habe keine Ahnung, um was für eine Art von Alarmanlage es sich handelt, vielleicht wird sie durch Erschütterungen im Gerüstrahmen ausgelöst oder durch Bewegungsmelder. Hätte ich mir eigentlich denken können, dass das Gerüst gesichert ist. Wer lässt schon Metall im Wert von Tausenden von Dollar ungeschützt mitten in Hell's Kitchen herumstehen? So irre ist wirklich niemand.

Kit hatte recht. Die Kletterpartie war eine ziemlich bescheuerte Idee. Auf der Querstrebe hockend, die Beine in der Luft baumelnd, steigt Panik in mir auf. *Geh wieder runter*, rät mir meine innere Stimme. *Nur ein kompletter Vollpfosten lässt sich an einem Tag gleich zweimal verhaften.* Ich schiebe mich von der Stange und gebe mein Gewicht wieder an meine Arme ab.

Eigentlich wollte ich mich wieder hinuntergleiten lassen,

tue es aber nicht. Stattdessen klettere ich in einem Affentempo nach oben in Richtung Alarmanlage. In meinem Kopf dröhnt es wie in einem Rennwagen, der den Motor aufheulen lässt.

Blow the farm on the Powerball
Molotov Me will sabotage it all!

Die Hände wieder am Gerüst, die Füße an der Wand, arbeite ich mich Stück für Stück weiter nach oben. Links von mir blinkt mich ein am Gerüst festgeschraubter Bewegungsmelder an. Ich starre ihn an, und ein greller Alarmton setzt ein.

This pleasure dome is doomed to fall
Molotov Me will sabotage it all!

Das ohrenbetäubende Plärren des Einbruchalarms verleiht meinen Muskeln neue Power. Ich kämpfe mich am zweiten und dritten Stock vorbei bis ganz nach oben und hieve mich aufs Dach.

Fly high, Molotov Me!
Sky high, Molotov Me!

ÜBER DIE DÄCHER

Ich rolle mich über die Brüstung aufs Dach. Endlich bin ich wieder auf festem Boden. Vor mir breiten sich Rohre, Lüftungsschächte, Klimaanlagen und Dachluken aus. Unter mir heult die Alarmanlage.

Die Dachluke öffnet sich, und zwei Sicherheitsbeamte in Uniform tauchen auf. Schnell krieche ich hinter den Kasten einer Klimaanlage und kauere mich zusammen. Mit angespannten Muskeln beobachte ich die Männer, wie sie über das Dach in meine Richtung kommen. Sie halten Taschenlampen in den Händen, in ihren Gürteln stecken Waffen.

Mir bleibt keine Wahl. Ich stehe auf, nehme die Hände über den Kopf und trete ins Licht der sich kreuzenden Taschenlampen. Ein normaler Mensch würde das jetzt tun. Ich hingegen (bin schließlich ein gewissenloses Arschloch) ziehe mir die Kapuze über den Kopf, rolle mich in den Schatten eines dicken Eisenrohrs und fange an, auf dem Bauch übers Dach zu robben. Aus den Augenwinkeln sehe ich, wie die Sicherheitsmänner über die Brüstung spähen und mit den Taschenlampen das Gerüst ableuchten.

Fly high, Molotov Me!
Sky high, Molotov Me!

In der richtigen Stellung kann ein Bauer, der freie Bahn zu einer Umwandlung hat, noch nicht einmal von zwei Springern aufgehalten werden. Schafft er es, das andere Ende des Bretts zu erreichen, ohne geschlagen zu werden, wird der bescheidene Bauer zu einem Läufer, Springer, Turm oder (in den meisten Fällen) zu einer Dame.

Mit klopfendem Herzen robbe ich über eine niedrige Betonmauer aufs Nachbardach und laufe, über Lüftungskästen und Luken springend, los.

»Hey, du da! Bleib stehen!«

Als ich mich umdrehe, blendet mich ein Lichtstrahl. Sie haben mich entdeckt.

Ich richte mich auf und laufe volles Tempo auf eine hohe Mauer zu, von der ich annehme, dass es sich um die rückwärtige Mauer der Dachterrasse des Elephant Clubs handelt.

Um darüber zu springen, ist die Mauer eindeutig zu hoch. Ich muss darum herumlaufen. Ich sprinte an den Rand des Gebäudes und springe auf die Brüstung. Dort presse ich die Hände flach gegen die Mauer, und meine Fingerspitzen graben sich in den Mörtel der flachen Mauerfugen. Auf der anderen Seite höre ich Leute reden und lachen, die sich vor der Show noch einen Drink gönnen.

»Stopp! Stehen bleiben! Keinen Schritt weiter!«

Ich ignoriere den Befehl der Wachmänner und schiebe mich unsicher um die Ecke der Mauer. Die Brüstung unter meinen Füßen wird immer schmaler, bis sie nur noch fünf Zentimeter breit ist. Auf Zehenspitzen presse ich meinen gesamten Körper eng an die Mauer und schiebe mich seitlich Zentimeter für Zentimeter vorwärts. Ich wage kaum zu atmen, geschweige denn nach unten zu sehen. Schon ein kleiner Windstoß könnte mich in den Abgrund fegen.

Mein Herz hämmert immer schneller, bis ich das Gefühl habe, es durchschlägt meinen Brustkorb. Meine Rippen und Lungen krampfen sich zusammen.

Und dann kommen die Gedanken.

Ich werde ausrutschen und fallen. Ich falle runter und sterbe. Ich hätte mit Kit gehen und diesen verdammten Milchshake trinken sollen. Ich sollte jetzt, in meinen Krokodil-Onesie gekuschelt, zu Hause sein. In Pune hätte ich d5 spielen und Sivenko die Läufer tauschen lassen sollen. Ich hätte bei Dad bleiben sollen, anstatt nach Rhode Island zu fahren.

»Bleiben Sie, wo Sie sind, Ma'am.« Der Wachmann hat einen anderen Ton angeschlagen. »Halten Sie durch. Wir kommen und holen Sie.«

Ich stelle mir vor, wie ich meine schmerzenden Zehenspitzen entlaste, elegant von der Kante rutsche und hinabtauche in die kühle Nachtluft.

Ich falle nicht, aber ich muss kotzen.

Ich muss nicht kotzen, aber ich falle.

Ich falle nicht. Ich kann mich halten.

Ich stelle mir vor, wie ich die Panik aus meinem Kopf in meinen Bauch zwinge und sie dort einsperre, damit sie nicht wieder hochsteigen kann. Ich stelle mir vor, wie ich mich auf den Zehenspitzen halte und noch fünfzehn qualvolle Zentimeter weiter nach links schiebe.

Denk an Reshevsky, sagt meine innere Stimme. *Meine Stärke besteht in meinem Kampfgeist, meinem starken Willen zu gewinnen und einer hartnäckigen Verteidigung, sobald ich in Schwierigkeiten gerate.*

Die Dachterrasse des Elephant Club ist von einem brusthohen Eisengeländer umgeben. Ich stelle mir vor, wie ich meine linke Hand nach diesem Geländer ausstrecke. Stelle mir vor, es fest zu packen. Stelle mir vor, mich hinüberzuziehen und darüber zu springen. In Sicherheit.

Ich kann es mir vorstellen, also kann ich es auch tun.

Ich lande in einer schwach beleuchteten Ecke der Bar, in meinen Ohren dröhnt Favela Funk.

Zwei Tussis, die mir den Rücken zudrehen, schießen ein

Selfie. Sie zoomen ihr Foto und schauen mit einer übertriebenen Geste zweimal hin, bevor sie herumwirbeln und mich mit offenem Mund anstarren. Die gleichen bauchfreien Oberteile, die gleichen Cocktails, das gleiche ungläubige Gesicht.

»Wo kommst du denn her?«, fragt die eine.

»Du tauchst hier auf wie aus dem *Nichts*«, fügt die andere hinzu.

Ich nehme ein Glas mit Rootbeer von einem Tisch in der Nähe. »Keine Ahnung, wovon ihr redet«, entgegne ich und dränge mich durch die Menge zu den Treppen.

FIGHT CLUB

Ich rutsche zwei Treppengeländer hinunter, öffne eine schwere Brandschutztür und finde mich in einer brodelnden Menschenmenge wieder. Die Leute stehen Schulter an Schulter, lachen, streiten, tanzen oder brüllen sich gegenseitig bedeutungslosen Schwachsinn ins Ohr. Wir befinden uns auf einer Art Zwischenetage des Clubs, auf einer dreckigen, hufeisenförmigen Galerie mit Blick auf einen hell erleuchteten Boxring, in dem man einen Schachtisch und zwei Stühle aufgestellt hat.

Mein Handy plingt. Es ist eine Nachricht von Kit.

Leah, wenn du reden willst, bin ich jederzeit für dich da.

Ich schalte das Handy aus und schiebe es in die Hosentasche. Reden wird eindeutig überbewertet.

Vor dem Schachtisch steht eine Frau, die in einem paillettenbesetzten Raumanzug *Fly Me to the Moon* singt. Links vom Ring kauern über ihren Laptops ungefähr ein Dutzend

Funktionäre, hinter ihnen geht ein angegrauter Großmeister auf und ab, in dem ich Marcus Crockett, einen der stärksten Schachspieler New Yorks erkenne. Mit dreizehn habe ich bei den Brooklyn Open gegen ihn gespielt und ihn in einem teuflischen Läuferendspiel geschlagen. Die Zeitungsartikel habe ich aufgehoben, als Beweis.

»Hey«, sagt eine heisere Stimme.

Ich drehe mich um, und neben mir steht der Typ aus dem Park, der mir angeboten hatte, mein Bodyguard zu sein. Er trägt eine silberne Halskette und ein zu enges T-Shirt.

»Oh«, sage ich. »Hi, Sportsfreund.«

»Travis«, sagt er. Besorgt mustert er die blauen Flecken in meinem Gesicht. »Was ist denn mit dir passiert?«

»Geht schon.«

»Ich hatte dich gewarnt. Parkspieler ziehen Ärger an wie ein Magnet. Und, hatte ich recht?«

»Ja, hattest du. Herzlichen Glückwunsch. Aber einen Bodyguard brauche ich trotzdem nicht.«

Die Pseudoastronautin hört auf zu singen, breitet die Arme aus und springt ins Publikum. Lauter Jubel bricht aus, während sie auf den Händen der Menge durch den Saal surft.

»Du siehst nicht aus, als ob du schon einundzwanzig wärst«, sagt Travis. »Wie bist du reingekommen?«

»Bin über das Gerüst an der Rückseite geklettert. Und du?«

»Ich kenne hier so gut wie jeden. Das hier ist mein Sport.«

»Echt jetzt?« Zum ersten Mal sehe ich ihn mir richtig an. »Du bist Schachboxer?«

Travis nickt. »Am 10. Juli werde ich da unten im Ring stehen. Ist mein fünfter Kampf.«

»Wie liefen die ersten vier?«

»Zwei davon habe ich durch K. o. gewonnen. Ich bin hier der beste gelistete Mittelgewichtsboxer. Das sagen alle.«

Und der eingebildetste, wie es scheint. »Und was war bei den anderen beiden Kämpfen?«, will ich wissen.

»Nach Punkten hätte ich gewonnen, aber meine Schachkünste haben mich im Stich gelassen.« Er sieht zur Seite. »Deshalb wollte ich ja deine Hilfe.«

Ein zweiter Scheinwerfer wird eingeschaltet und lässt eine metallene DJ-Box erstrahlen, die über unseren Köpfen hängt. Mehr Favela Funk dröhnt über die Menge hinweg, die nach oben gewandten Gesichter blitzen im Stroboskoplicht, die Luft flirrt von fiebriger Erwartung.

»Ladies and Gentlemen«, dröhnt eine Stimme aus der Lautsprecheranlage, »heißen Sie mit mir den Gastgeber des heutigen Abends willkommen, *Marcus Crockett*!«

Ein Wogen geht durch die Zuschauer, und alle versuchen, noch näher an den Boxring heranzukommen. Ich lasse mich von der Welle erfassen und drängle mich bis ganz nach vorne durch. Travis folgt mir.

Marcus Crockett springt in den Ring und ruft »Yeah!« und »Zeigt's mir!« und ähnlichen Mist. Dann stellt er den Ringrichter vor, einen drahtigen Kerl, dessen kahler Schädel im Scheinwerferlicht glänzt.

Crockett kündigt den Mittelgewichtskampf der Frauen an und fordert das Publikum auf, Sydney »die Schockwelle« Campbell zu begrüßen. Die Menge tobt und applaudiert.

Aus der Box über unseren Köpfen dröhnen die Anfangsakkorde von *Lose Yourself* und eine prunkvoll gekleidete Gestalt schreitet den Mittelgang entlang auf den Ring zu, tänzelt in die rote Ecke und streift die Kapuze vom Kopf. Sie ist schwarz, hat hohe Wangenknochen, kurze Rastazöpfchen und zieht eine Fresse, mit der sie einen Ochsen in die Flucht schlagen könnte.

»Ist bei der Army«, schreit Travis mir ins Ohr. »Hat sich mit siebzehn verpflichtet und schon im Irak und Afghanistan gedient. Hat die US Armed Forces Chess Open drei Mal in Folge gewonnen. Und jetzt macht sie das hier. Wir trainieren in der gleichen Boxhalle.«

Sydneys Gegnerin des heutigen Abends ist eine indische Schachboxerin namens Padmini »die Stechmücke« Khan. Bollywoodmusik plärrt aus den Boxen, und die Stechmücke tanzt den Gang entlang in den Ring.

Ich frage Travis, weshalb sie »die Stechmücke« genannt wird. Er grinst. »Weil man sie so schwer erwischt. Padmini ist eine der beweglichsten Boxerinnen, die ich je gesehen habe. Ihre Gegnerinnen kommen einfach nicht an sie ran. Das macht sie wütend und angreifbar, und bevor sie sich versehen, ist sie da und saugt ihnen das Blut aus.«

»Wie spielt sie Schach?«

»Brutal. Wenn man sie so sieht, würde man es nicht glauben, aber sie ist eine der aggressivsten gelisteten Spielerinnen.«

Padmini Khan hüpft auf den Fußballen durch den Ring und setzt sich Sydney Campbell gegenüber an den Schachtisch. Die beiden stülpen sich Ohrenschützer über, um die Kommentare auszublenden, und Marcus Crockett startet die Uhren. Es geht los.

Die beiden Frauen spielen schnell und souverän herunter. Nur ihre bandagierten Hände weisen auf die körperliche Gewalt hin, die bald folgen wird. 1 e4 e5 2 Sf3 Sc6 3 Lb5. Die Amerikanerin spielt einen Marshall-Angriff. Die Inderin verteidigt solide. Fürs Publikum wird die Partie auf zwei riesigen, seitlich angebrachten Bildschirmen übertragen. Für Anfänger und Patzer kommentiert Marcus Crockett. Beide Frauen machen einen suboptimalen Zug nach dem anderen, aber nach etwa vier Minuten ist die Stellung ungefähr ausgeglichen.

»Zweite Runde«, brüllt Travis in mein Ohr. »Boxen.«

Umbauhelfer huschen durch den Ring und lassen Schachbrett, Tisch und Stühle verschwinden. Ein Nummerngirl stolziert arschwackelnd hin und her, während sich die Kontrahentinnen die Boxhandschuhe über die bandagierten Hände streifen. Ich bin überrascht, dass sie keinen Kopfschutz tragen.

Der Ringrichter gibt den Boxerinnen ein Zeichen zusammenzukommen, und sobald der Gong ertönt, verwandelt Sydney Campbell sich in einen Wirbelwind aus Jabs und Crosses. Aber nicht ein Schlag landet bei Kahn, die tänzelnd um ihre Gegnerin herumhüpft und die Amerikanerin so dazu bringt, immer wilder auszuholen.

»Gute Beinarbeit«, murmelt Travis.

Die Amerikanerin holt mit dem rechten Arm aus und schlägt einen Haymaker, der Khans Kopf nur um Haaresbreite verfehlt. Die Inderin ergreift ihre Chance und antwortet mit einem entschlossenen Aufwärtshaken. *Bam!*

Mit zerknitterter Wange taumelt Campbell zur Seite. Der Gong für die Schachrunde erklingt.

»Konzentrier dich, Syd!«, brüllt Travis über die wogende Menge hinweg.

Tisch, Stühle und Schachbrett tauchen wieder auf, und die Kämpferinnen nehmen ihre Plätze ein. Ihre Brustkörbe bewegen sich hektisch auf und ab.

»Das ist beim Schachboxen das Schwierigste überhaupt«, erklärt mir Travis ins Ohr. »Sich hinsetzen und in Ruhe den nächsten Zug überdenken, wenn man gerade einen Schlag gegen den Kopf eingesteckt hat.«

Sydney Campbell starrt finster auf das Brett und zieht ihren e-Bauern. Khan rochiert. Campbell will nach der Dame greifen, überlegt es sich aber noch einmal und zieht die Hand wieder zurück. Ihr Königsbauer hat sich zu weit vorgewagt, ihre Selbstsicherheit schwindet.

»Ich könnte das auch«, rufe ich Travis zu.

Er sieht mich an. »Hast du schon mal geboxt?«

»Ich habe einen Sandsack zu Hause in meinem Zimmer«, sage ich. »Ich kann richtig hart zuschlagen.«

Er runzelt die Stirn. »Ein bisschen mehr sollte man schon draufhaben.«

4. Runde. Boxen. Wieder tänzelt Khan gerade so außerhalb von Sydneys Schlagdistanz durch den Ring und fällt dann plötzlich über sie her. Sie malträtiert ihre Gegnerin mit zwei Jabs und einer rechten Geraden. Die Menge grölt.

Travis legt die Hände an den Mund. »Zu statisch, Syd!«, ruft er. »Beweg deinen Oberkörper!«

Die Stechmücke schickt die Amerikanerin mit einem weiteren Aufwärtshaken zu Boden. Bei vier steht sie wieder auf, aber sie wirkt groggy und unkonzentriert.

»Zu alt, zu langsam«, bemerke ich. »Wäre sie zehn Jahre jünger, würde sie diese Mücke in weniger als fünf Sekunden plattklatschen.«

»Du meinst, wenn sie so alt wäre wie du?«

»Genau.«

Der Gong ertönt, und das Schachbrett wird gebracht. Campbell lässt sich auf einen Stuhl fallen und schüttelt den Kopf. Es fällt ihr sichtlich schwer, sich auf die Figuren, die vor ihr stehen, zu konzentrieren.

Travis sieht mich von der Seite an. »Tanzt du?«, will er wissen.

»Nein, warum?«

»Khan war Kathak-Tänzerin, bevor sie mit dem Boxen anfing. Deshalb ist ihre Beinarbeit so gut. Ich dachte, wenn du gerne tanzt ...«

»Tue ich nicht.«

Ich wende mich wieder dem Schachspiel zu. Der nächste Zug der Amerikanerin, die geistig umnebelt zu sein scheint, ist ein grober Patzer. Marcus Crockett zieht die Luft durch die Zähne und beginnt, aufgeregt zu brabbeln. Khan zieht schnell. Sie spürt, dass sie kurz davor ist, zu gewinnen. Aber bevor sie den tödlichen Zug machen kann, ertönt der Gong.

»Die nächste Boxrunde wird brutal«, sagt Travis. »Sydney weiß, dass Kahn sie auf dem Brett matt setzen wird, und sie sie in den nächsten drei Minuten k. o. schlagen muss. Sie wird aus ihrer Ecke kommen wie eine wild gewordene Furie.«

Wild geworden trifft es ziemlich genau. Sobald der Gong ertönt, schießt Campbell aus ihrer Ecke und stürmt auf ihre Gegnerin zu wie ein Stier bei der Hatz in Pamplona. Sie steckt zwei Jabs der Stechmücke weg und erwischt sie mit einem wundervollen linken Haken. Als die Inderin rückwärts taumelt, setzt Campbell nach und verpasst ihr einen harten Schlag gegen den Körper.

Ein barbarisches Aufheulen der Menge. Khan hängt in den Seilen und hält sich die Handschuhe vor das Gesicht. Sie versucht, sich seitlich unter den Schlägen wegzuducken, aber der Körpertreffer hat sie langsamer gemacht. Campbell drischt mit einer Sechsfachkombination so brutal auf sie ein, dass ich zusammenzucke.

Khans Haar hat sich gelöst. Sie blutet aus der Nase, und ihr rechtes Auge beginnt zuzuschwellen. Wieder landet sie in den Seilen, aus denen sie direkt in einen harten linken Haken hineinkatapultiert wird.

»Du hast sie, Syd!«, schreit Travis, als die Stechmücke aus Uttar Pradesh zu Boden geht.

Bei sieben hat Khan sich wieder auf die Beine gehievt, aber sie schwirrt längst nicht mehr so elegant hin und her wie zu Beginn. Man hat ihr die Flügel gestutzt. Ihr Elan ist verschwunden. Sie ist verletzt, hat Angst und spielt auf Zeit.

»Mach sie fertig, Sydney!«, höre ich mich selbst schreien.

Kameras blitzen. Die Musik dröhnt. Um mich drängt sich die aufgeheizte, euphorische Menge. Mehr als alles andere möchte ich selbst in diesem Ring sein, tänzeln, schlagen, geschlagen werden.

In den letzten dreißig Sekunden gehen beide Frauen noch einmal voll in die Offensive und kämpfen auf Augenhöhe gegen die Deckung der jeweils anderen an. Schlag um Schlag tragen sie es aus, bis zum bitteren Ende. Bis nur noch eine steht. Sydney krümmt sich zusammen, duckt sich unter einem harten linken Haken weg und kommt mit einem perfekten linken Aufwärtshaken gegen Kahns Kiefer wieder hoch.

Die Stechmücke geht zu Boden, und kommt nicht wieder hoch.

Marcus Crockett ergreift die Hand der Soldatin und reißt ihren Arm hoch in die Luft. Auf ihrem geschundenen Gesicht breitet sich ein seliges Lächeln aus.

Ich gröle und stampfe mit der Menge. Es ist ein Gefühl wie vor dreizehn Jahren, als ich zu Hause im Spielschrank zufällig ein Schachspiel gefunden habe und fasziniert die Plastikfiguren betrachtete. Ich spiele Schach, seit ich vier war. Ich übe Schattenboxen, seit ich sieben war. Mein Dad und ich wussten beide, dass ich eines Tages Weltmeisterin sein würde. Natürlich dachten wir dabei an klassisches Schach. Aber vielleicht haben wir uns ja getäuscht.

Weltmeisterin im Schachboxen. Dad wäre stolz auf mich.

Das Schicksal trommelt so kräftig mit der Faust gegen meine Tür, dass das Holz splittert.

Ich drehe mich zu Travis um und überschreie den Lärm der Menge. »Wo trainierst du?«

»Berts Boxcenter«, sagt er. »Wenn du willst, kann ich dich morgen mitnehmen.«

STOCKHOLM-SYNDROM

Als ich nach Hause komme, ist es bereits nach Mitternacht, aber meine Mom ist noch wach. Sie hat auf mich gewartet. Sobald sie meine Schritte im Flur hört, kommt sie mit diesem wütenden *Weißt-du-eigentlich-wie-spät-es ist?*-Blick aus ihrem Zimmer geschossen.

Dann sieht sie die Blutergüsse in meinem Gesicht.

»Leah! Was ist passiert? Geht es dir gut?«

Ich habe mit dieser Reaktion gerechnet und meine Geschichte bereits einstudiert. Ich erzähle Mom, dass es ein Unfall war. Als ich heute Nachmittag im Gonuts Donuts ein Tablett aus der Backstube nach draußen tragen wollte, kam die Schwingtür zurückgeflogen und hat mich im Gesicht getroffen.

»Komm mit«, sagt sie und läuft in die Küche. »Du brauchst Eis. Sehr viel Eis.«

Zwei Minuten später liege ich auf dem Bett, und Mom drückt mir zwei riesige Beutel gefrorene Erbsen auf die Blutergüsse, während sie mich mit »mein armes Kleines« und anderen peinlichen Liebkosungen überschüttet.

»Erzähl mir, was passiert ist«, murmelt sie. »Und komm mir nicht wieder mit der Schwingtür. Ich weiß, dass das Humbug ist.«

»Was? Woher?«

»Als du nicht nach Hause gekommen bist, habe ich im Donutladen angerufen. Die haben gesagt, du hättest den Job gestern gekündigt.«

Typisch Mom, ruft sofort meinen Boss an, wenn ich mal ein paar Minuten zu spät nach Hause komme. Mir bleibt nichts anderes übrig, als reinen Tisch zu machen und ihr die Wahrheit zu sagen. Als ich ihr erkläre, ich hätte gekündigt, um im Park Schach zu spielen, verfinstert sich ihre Miene zusehends. Aber als ich dann zu meiner Verhaftung und dem

Gefängnisaufenthalt komme, reißt sie die Augen ganz weit auf, und an der Stelle, als Psycho-Carmen mich zusammenschlägt, fällt ihr auch noch die Kinnlade runter. Sie sieht aus wie die Comicvariante eines Munch-Gemäldes. Und da ich nach dieser Beichte ohnehin nichts mehr zu verlieren habe, lege ich gleich noch einen obendrauf und verkünde ihr, dass ich Schachboxen will.

»Schachboxen ist der ideale Sport für mich«, erkläre ich. »Ich werde morgen mit dem Training anfangen.«

»Nein, wirst du nicht«, faucht Mom. »Du hast Hausarrest.«

»Wie lange?«

»Für immer.«

Mom drückt mir weiter die gefrorenen Erbsen ins Gesicht, aber mit dem Armes-Kleines-Gesäusel ist Schluss. Sie müsse sich für mich schämen, beklagt sie sich, und dass ich seit Dads Tod völlig aus der Spur geraten wäre und ihr das Leben mit jedem Tag schwerer machen würde. Sie redet und redet und drückt mir den eiskalten Beutel dabei so fest ins Gesicht, dass eine Naht Platz und ich eine Erbsendusche bekomme.

Zu einer anderen Zeit in einem anderen Leben hätten wir uns über die Sache mit den Erbsen totgelacht. *Es regnet Erbsen! Halleluja! Erbsenbad statt Bällebad, warum nicht? Schnell, hol die Kamera! Bitte lächeln, Prinzessin auf der Erbse!*

Aber es ist heute Abend, und es sind wir beide, und es gibt nichts zu lachen. Schon gar nicht für mich. Mir ist eher zum Heulen. Noch bevor die Erbsen aufgehört haben, durchs Zimmer zu kullern, springe ich auf und brülle meine Mutter an.

»Ja, du hast recht. Ich bin aus der Spur geraten. Aber aus der Spur zu geraten, war das Beste, das ich je getan habe!

Siehst du denn nicht, wie bescheuert die Spur ist, auf die du mich gesetzt hast? Verstehst du nicht, was du mir damit angetan hast? Unterricht zu Hause, seit ich vier war. Fünf Stunden Schach täglich. Training. Hotels. Flugzeuge. Immer dieser Druck. Dieses Gefühl, dich zu enttäuschen. Deine Spur war Scheiße! Dad wusste das, aber er ist nicht mehr bei uns.«

Moms Wangen zittern vor Zorn. »Schieb jetzt nicht alles auf mich, Leah! Dein Vater und ich haben das gemeinsam entschieden. Wir haben gesehen, wie sehr du Schach liebst, und haben getan, was in unserer Macht stand, damit du so weit kommen konntest, wie du wolltest.«

»Wie *du* wolltest!«

»Das ist einfach nicht wahr!« Mom packt mich am Handgelenk und zerrt mich grob in ihr Schlafzimmer. Sie greift nach einem Karton voller Erinnerungsstücke hinten in ihrem Schrank und zieht ihn mit einem so heftigen Ruck heraus, dass sich sein Inhalt auf den Teppich ergießt. »Sieh dir das an«, sagt sie und hebt ein altes Schulmäppchen auf. »›Ich Herzchen Schach‹. Das habe nicht ich geschrieben, Leah. Das warst du.«

»So was passiert«, murmle ich. »Manche Menschen verlieben sich in ihre Geiselnehmer. Das nennt sich Stockholm-Syndrom.«

»Und was ist damit?« Sie hebt ein grobpixeliges Polaroidfoto auf, das ein Mädchen mit unordentlichen Zöpfen an einem riesigen Schachbrett zeigt.

»Das bist du bei der Schachweltmeisterschaft der Junioren. Sieben Jahre alt. Siehst du, wie du lächelst, Leah? Sieht so das Lächeln einer Geisel aus?«

»Kinder lächeln immer«, antworte ich genervt. »Sie lächeln in Flüchtlingslagern, in Waisenhäusern, sogar bei der Schachweltmeisterschaft der Ju…«

»Du hast uns angebettelt, dass wir dich für dieses Turnier anmelden, Leah. Nicht wir wollten, dass du hingehst. *Du* wolltest dahin. Es fand in Europa statt, weshalb ich strikt dagegen war. Viel zu weit weg und viel zu teuer. Du hast gebettelt und geweint, und schließlich hat dein Vater nachgegeben und zwei Flüge nach Neapel gebucht, einen für dich und einen für sich. Er hat sich eine Woche freigenommen und deshalb fast seinen Job an der Uni verloren. Er war so aufgeregt wegen dieser Reise, Leah. Er hat darüber geredet, als würde es der spektakulärste Vater-Tochter-Ausflug aller Zeiten werden.«

»Hör auf damit, Mom.« Inzwischen sind wir beide am Heulen.

»Und er hatte recht. Es war spektakulär. Es war dein erstes internationales Turnier, und du bist direkt an die Spitze gestürmt. In der Kategorie der Unterzehnjährigen hast du alle meilenweit hinter dir gelassen. Viktor Nurejew hat dich im Finale gesehen und zu deinem Vater gesagt …«

»Ich weiß, was er gesagt hat, okay? Ich war dabei. Er hat zu Dad gesagt, noch nie hätte er ein Kind gesehen, mit einem so natürlichen Gespür für das Spiel. Jippijajey!«

»Das ist nicht alles, was er gesagt hat, Leah. Er hat deinem Dad auch gesagt, er solle dafür sorgen, dass du einen guten Schachtrainer bekommst.«

»Das hat Nurejew gesagt? Kann ich mich nicht dran erinnern.«

»Hat er aber. Dein Vater war komplett aus dem Häuschen, als ich euch am Flughafen abgeholt habe. Voller Begeisterung, klar, aber auch besorgt. Er war sich ziemlich sicher, dass wir uns keinen Schachtrainer würden leisten können.«

»Daran erinnere ich mich nicht.«

»Er fand es großartig, dass du so gut im Schach warst, Leah. Er war so stolz auf das, was du in Neapel geschafft hast. Er hat gespart, wo er nur konnte, um deinen Unterricht und die Turniere bezahlen zu können.«

Ich blicke auf die über den Boden verstreuten Schachreliquien meiner Kindheit und habe das Gefühl, in meiner Lunge steckt etwas, dass mir das Atmen schwer macht. »Was willst du mir damit sagen, Mom? Dass ich ihn enttäusche, weil ich mit dem Turnierschach aufgehört habe?«

»Nein.«

»Dass ich sein Andenken beschmutze.«

»Natürlich nicht.« Mom sieht mich durch einen Schleier aus Tränen an. »Wir wollten nur, dass du dein Potenzial ausschöpfst. Das ist alles.«

»Und was, wenn mein größtes Potenzial in den Parkpartien oder im Schachboxen liegt?«

Mom presst die Kiefer aufeinander. »Dann erspare ich dir viel Leid und Schmerzen, indem ich dir jetzt Hausarrest gebe. Ich meine es ernst, Leah. Es ist zu deinem Besten. Du wirst das Haus bis auf Weiteres nicht verlassen.«

ERSTICKT

Im Schach hat die Sicherheit des Königs höchste Priorität. Er muss um jeden Preis geschützt werden. Man verbarrikadiert ihn in einer Ecke des Spielbretts, stellt ihm einen dicken, fetten Turm als Leibwache an die Seite und eine Reihe furchtloser Bauern davor, die ihn abschirmen. Selbst die schlimmsten Patzer rochieren möglichst früh in einer Partie oder bereuen ziemlich schnell, dass sie es nicht getan haben.

Dennoch ist Vorsicht geboten. Der wertvolle König braucht auch Luft zum Atmen. Rücken seine Beschützer ihm zu dicht auf die Pelle, kann ihn schon ein bescheidener Springer zur Strecke bringen.

Man nennt das auch *ersticktes Matt*. In der richtigen Stellung kann man es mit nur vier Zügen, normalerweise einem Doppelschach und einem Damenopfer, erzwingen. Man stopft dem Gegner den eigenen Turm in den Rachen und lässt ihn daran ersticken. Eine faszinierende und elegante Art zu gewinnen. Und eine tragikomische Art zu verlieren.

Die Vorstellung, von den eigenen Figuren erstickt oder von seinen Beschützern zum Tode verurteilt zu werden, ist ein Albtraum. Habe ich recht? Aber keine Sorge, in einem Turnier ist mir das noch nie passiert, und wird es auch nie. Ein ersticktes Matt erkenne ich aus hundert Metern Entfernung.

Aber es gibt auch andere Möglichkeiten zu ersticken, nicht nur auf dem Schachbrett. Turm, Bauer, Mutter, Trainer, da sind viele, die dir die Luft zum Atmen abschnüren können, und plötzlich fällst du um und bist tot.

DER DEAL

Ich rufe Travis an und erkläre ihm, dass ich nicht mit ins Boxcenter kommen kann, weil ich Hausarrest habe. Ich fühle mich wie Rapunzel, nur, dass ich kurze Haare und einen hohen IQ habe und unsere Wohnung sich im Erdgeschoss befindet.

»Wie lange hast du Hausarrest?«, will Travis wissen.

»Meine Mom sagt für immer.«

»Scheiße.« Kurzes Schweigen, dann meint er: »Du hast doch einen Sandsack im Zimmer, richtig? Ich könnte dir über Skype Boxunterricht geben. Dir zeigen, wie du stehst, wie du schlägst, und so weiter. Und wenn deine Mom sich wieder beruhigt hat und dich rauslässt, kannst du ins Training kommen, und wir besorgen dir einen Sparringspartner.«

»Klingt gut.« Ich lasse mich mit dem Rücken aufs Bett fallen. »Und was willst du als Gegenleistung?«

»Ich will, dass du mich im Schach auf tausendneunhundert bringst.«

»Beim letzten Mal waren es noch tausendachthundert.«

»Ich habe große Ziele.«

Ich überlege kurz, aber viel zu überlegen gibt es da eigentlich nicht. Ich helfe ihm beim Schach. Er hilft mir mit dem Boxen. Und wir werden beide krasse Schachboxer.

»Okay, Sportsfreund«, sage ich. »Deal.«

Wir reden noch ein bisschen, und ich stelle ihm ein paar Fragen, um sicher zu sein, dass er kein Psycho ist.

Es zeigt sich, dass über sich selbst zu reden, eine von Travis Lieblingsbeschäftigungen ist. Und es zeigt sich auch, dass er kein Psycho ist, zumindest nicht mehr als ich.

Was nicht wirklich beruhigend ist.

FÜNFUNDZWANZIG DINGE ÜBER TRAVIS

1. Er ist siebzehn Jahre alt.
2. Er lebt im dritten Stock eines Wohnblocks in Hell's Kitchen.
3. Er geht auf die Beacon Highschool.
4. Er spricht seine Eltern mit Vornamen an und sagt Denise und Reggie anstatt Mom und Dad.
5. Seine Schwester Brianna ist Cheerleader bei den New York Knicks.
6. Er spielt Schach, seit er elf war, und boxt, seit er vierzehn war.
7. Seine Bilanz im Boxen ist dreizehn Siege gegen vier Niederlagen.
8. Die Niederlagen hat er alle gleich zu Beginn seiner Boxkarriere eingefahren.
9. Als er im letzten Jahr zu den Erwachsenen wechselte, bekam er keine Kämpfe mehr. Die Älteren wollten ihre Karrieren nicht aufs Spiel setzen, indem sie gegen einen Teenager boxten, und die Gleichaltrigen wollten nicht mit ihm in den Ring, weil sie Angst vor seinem linken Haken hatten.
10. Er hat einen sensationellen linken Haken. Das sagen alle.
11. Er ist ein Junge in einer Männerwelt. Das sagen auch alle.
12. Wenn er getroffen wird, motiviert ihn das. Für jeden Schlag, den er einsteckt, teilt er zwanzig aus.
13. Vom Schachboxen hat ihm jemand in der Schule erzählt.
14. Er macht das jetzt seit sechs Monaten.
15. Es ist nur noch eine Frage der Zeit, bis er Mittelgewichtschampion im Schachboxen ist.

16. Er besitzt einen superseltenen Wettkampfausweis für den Elephant Club.
17. Er liest gerne.
18. Es fällt ihm schwer, sich an irgendetwas von dem, was er in letzter Zeit gelesen hat, zu erinnern.
19. Den Titel des Bobby-Fischer-Buchs, das ich ihm empfohlen hatte, hat er auch vergessen.
20. Er steht jeden Morgen um fünf Uhr auf und geht eine Stunde laufen.
21. Danach macht er 100 Push-ups, 100 Sit-ups, 50 Pull-ups und 50 Bar-Dips.
22. Jetzt leidet er zwar, aber dafür wird er für den Rest seines Lebens ein Champion sein.
23. In der sechsten Klasse hat er sich beim Fußballspielen an der Kniescheibe verletzt, die sich bis an die Seite seines Beins verschoben hat. Er hat nicht einmal geweint.
24. In der neunten Klasse hat er sich bei einem Junioren-Titelkampf das linke Trommelfell ruiniert. Auch da hat er nicht geweint. Er hat weitergemacht und den Kampf nach Punkten gewonnen. Jetzt ist er auf dem linken Ohr taub.
25. Morgen Abend gibt er mir über Skype meine erste Boxstunde.

WENN DIE FREIHEIT VERSAGT

Als ich das Telefonat beende, wartet schon eine Nachricht von Kit auf mich.

Sorry, dass ich Macbeth zitiert habe.

Sorry, dass ich sauer geworden bin, schreibe ich zurück.

Komm in den Park für eine Partie Schach, antwortet er.

Und ich antworte: **Kann nicht. Hausarrest.**

Woraufhin er schreibt: **Wofür nützt der Pflug oder das Segel oder das Land oder das Leben, wenn die Freiheit versagt.**

SKYPE

Ich klemme mein Handy zwischen *Eröffnungsrepertoire für Schwarz* und *Meine 60 denkwürdigen Partien*, die Mom vor einer Weile zusammen mit all meinen anderen Schachbüchern wieder zurück ins Regal gestellt hat, rücke mein Bluetooth-Headset zurecht und richte die Frontkamera auf den Boxsack. Der Benzingeruch, der über den Büchern hängt, lässt mich die Nase rümpfen.

Skype klingelt, und Travis erscheint auf dem Handydisplay. Er trägt eine blaue Boxweste, und seine massigen Schultern glänzen, als hätte er sein Workout schon hinter sich.

»Hey.« Über die Kopfhörer ist seine Stimme extrem laut. »Bist du bereit?«

»Klar, Mann.«

»Na, dann legen wir mal los. Zieh dir die Handschuhe an, und stell dich vor den Sandsack. Schlag noch nicht zu, bleib einfach stehen, die linke Schulter vorn, Hände vor dem Gesicht. Ja, genau so. Nimm das Kinn ein wenig runter, geh leicht in die Knie und schau über deine Handschuhe auf den Sack. Gut so. Und jetzt zeig mir deinen Jab.«

Ich schütze mein Gesicht mit der rechten Hand und dresche mit der linken in den Sack. *Boff.*

»Du musst dich locker machen«, sagt Travis. »Spann die Faust erst kurz, bevor du triffst, an.«

Ich führe den Schlag noch einmal aus, dieses Mal mit einer lockeren Faust. *Baff.*

»Sehr schön«, sagt Travis. »Hast du den Unterschied gehört? Und jetzt versuch, die Faust zu drehen, kurz bevor sie landet, sodass die Handfläche nach unten zeigt.«

Ich schlage wieder zu. *Klatsch.*

»Nicht schlecht«, meint Travis. »Und jetzt schneller. Ausholen, Faust ballen, wieder zurückziehen. Stell dir vor, du klaust einen Laib Brot.«

Ich schlage noch einmal zu. *Krack.*

»Noch mal.«

Krack.

»Noch mal.«

Krack.

»Wer hätte das gedacht?«, kichert Travis. »Du bist die geborene Brotdiebin. Also, hör zu. Dieser Jab wird deine wichtigste Waffe sein. Er ist der längste und schnellste Schlag in deiner Waffenkammer, verbraucht am wenigsten Kraft und macht dich am wenigsten angreifbar. Außerdem beginnt so gut wie jede Kombination mit einem Jab. Du versuchst, deinen Gegner damit aus dem Konzept zu bringen, um einen härteren Schlag zu landen. Schau mal her.«

Er stellt sich seitlich zur Kamera und verpasst seinem nicht vorhandenen Angreifer fünf kraftvolle Gerade.

»Sieht gut aus«, sage ich.

»Einer der besten Jabs in ganz New York«, brummt Travis. »Das sagen alle.«

TRAINING

Habe zwei Wochen nichts geschrieben. Habe immer noch Hausarrest. Bin immer noch am Trainieren.

Während der letzten zwei Wochen habe ich praktisch jeden Abend mit Travis geskypt. Er bringt mir bei, wie ich mich bewegen, mein Gewicht verlagern und die Füße drehen muss. Er jagt mich durch eine Trainingseinheit nach der anderen und tadelt mich, wenn ich meine Deckung vernachlässige.

Im Gegenzug helfe ich Travis mit dem Schach. Ich erkläre ihm, wie er die Stärken und Schwächen einer Stellung ausmachen und einen entsprechenden Plan entwickeln kann. Ich zeige ihm, wie er eine starke Bauernstruktur aufbaut, die besten Vorposten für Springer und Läufer findet oder ein Mattnetz webt. Ich erkläre ihm den Unterschied zwischen Strategie und Taktik und gebe ihm Aufgaben, um beides zu verbessern.

Es nervt, wenn Travis nicht auf das hört, was ich ihm sage, aber er macht trotzdem Fortschritte. Wir trainieren wie die Verrückten, und nach einer abgeschlossenen Trainingseinheit entspannen wir und träumen von unserem zukünftigen Ruhm im Schachboxen der Männer beziehungsweise Frauen.

»Wetten, dass ich noch vor dir einen Titel gewinne«, sage ich eines Abends zu ihm.

»Da wäre ich mir mal nicht so sicher«, lacht er. »Ich glaube nicht, dass eine Teilnahme über Skype zulässig ist.«

DIESE NORDKOREANER

In dieser Wohnung weiß man nie, wann der nächste Krieg ausbricht. Heute Abend zum Beispiel. Ich bin mitten in meinem Boxtraining, als meine Mom ins Zimmer kommt. Weil ich Ohrstöpsel in den Ohren habe, höre ich sie nicht klopfen, sehe aber aus den Augenwinkeln, wie sie plötzlich mit einem großen Glas Gin in der Hand im Türrahmen lehnt und mir zusieht, wie ich den Sandsack verprügle. Das Handy auf dem Regal sieht sie nicht. Sie hat keine Ahnung, dass ich gecoacht werde.

Ich nehme die Ohrstöpsel raus und drehe mich zu ihr um. »Hi, Mom.«

Sie wirft einen finsteren Blick auf den schweren Sandsack, der an seiner Kette immer noch sachte hin- und herschaukelt. »Blödes Ding«, sagt sie.

»Der ist nicht blöd. Dad hat ihn mir gekauft.«

»Wir haben ihn gekauft, damit du deine Ausdauer fürs Schachspielen verbessern kannst, nicht, damit du tatsächlich anfängst zu boxen.« Mom kräuselt missbilligend die Lippen. »Es ist einfach nur barbarisch. Sich gegenseitig so lange auf den Kopf zu schlagen, bis einer nicht mehr aufsteht. Man sollte das verbieten.«

Ich ziehe die Handschuhe aus und setze mich auf die Bettkante. Ich habe auf dieses Gespräch gewartet, und wir können es genauso gut jetzt führen wie sonst irgendwann. »Boxen ist nur in zwei Ländern verboten, Mom. Weißt du, in welchen?«

Mom lässt den Gin in ihrem Glas kreisen. Die Eiswürfen klirren und klackern. »Schweden?«, rät sie schließlich. »Norwegen?«

»Nordkorea und Iran.«

Sie hält keine Sekunde inne, um darüber nachzudenken,

sondern meckert einfach weiter. »Die haben recht, diese Nordkoreaner. Weißt du, dass letzte Woche in Colorado ein Mann im Ring gestorben ist? Sie haben auf CNN darüber berichtet.«

»CNN hat darüber berichtet, weil es so verdammt selten vorkommt. Fünfzig Mal seltener als ein tödlicher Unfall beim Bergsteigen und hundert Mal seltener als tödliche Unfälle beim Pferderennen.«

»Kein Grund, laut zu werden, Leah. Das mag sein, aber ich rede ja nicht nur von Todesfällen, ich rede auch von Gehirnerschütterungen. Kopfverletzungen. Hirnschäden.«

»Dieselben Zahlen wie beim American Football«, entgegne ich. »Trotzdem redet niemand davon, die National Football League zu verbieten, oder?«

Mom sieht mich böse an und nimmt noch einen Schluck von ihrem Drink. »Sollten sie aber«, lallt sie. »Beides verbieten. Würden uns allen einen Gefallen damit tun.«

»Schon klar.« Ich werfe einen Blick auf ihr Glas. »Du weißt schon, was mehr Hirnschäden verursacht als Boxen und Football zusammen, Mom, oder?«

»Hier geht es nicht um mich«, zischt sie. »Nicht um …«

Sie schluckt den Rest ihrer Worte runter und flüchtet, grummelnd und schniefend wie ein Warzenschwein, in den Flur. Ich schließe die Tür und stecke meine Ohrstöpsel wieder in die Ohren.

»Du solltest netter zu ihr sein«, sagt Travis. »Sie macht sich Sorgen um dich.«

»Halt die Klappe, Sportsfreund.« Ich schlage eine allmächtige Gerade, die den Sandsack an seiner Kette knirschen und ächzen lässt. »Wenn ich eine Familienberatung brauche, lasse ich es dich wissen.«

SCHLAFLOS

Zwei Uhr morgens, und ich kann immer noch nicht schlafen.

Es ist nicht die Hitze, die mich wachhält. Es sind meine Schuldgefühle.

Eigentlich habe ich so gut nie wie wegen irgendetwas Schuldgefühle, trotzdem bin ich mir ziemlich sicher, dass das der Grund ist. Ich weiß, dass Mom gestern Abend total fertig war, aber mir war das völlig egal. Sogar Travis hat mich darauf angesprochen, und der hat ungefähr soviel Feingefühl wie Jar Jar Binks.

Dabei kennt Travis nur die Hälfte der Geschichte. Es war mir nicht nur egal. Es hat mir gefallen, sie weinen zu sehen.

Warum?

Keine Ahnung.

Vielleicht, weil ich in diesem Haus nicht die Einzige sein möchte, die immer noch weint?

Vielleicht, weil ich ihr immer noch übel nehme, wie sie mich behandelt hat, nachdem Dad gestorben war?

Vielleicht, weil ich ein gewissenloses Arschloch bin?

Oder vielleicht auch alles zusammen ...

UNFALL-AMY

Zwei Uhr fünfzehn, und ich bin immer noch wach.

Ich habe Durst. Also stehe ich auf und gehe in die Küche, um mir ein Glas Wasser zu holen. Als ich das Licht einschalte, sehe ich zu meiner Überraschung Mom auf dem Küchenboden sitzen. Sie lehnt mit dem Rücken am Kühlschrank, und ihre Augen sind rot und verquollen, als hätte sie lange geweint.

Als das Licht angeht, springt sie viel zu schnell auf, rutscht auf dem Vinylboden aus und fällt auf die Seite wie der König eines Patzers.

Vor ein paar Jahren hätten wir über einen bühnenreifen Stolperer wie diesen noch gelacht. Als ich klein war, kuschelten wir uns immer alle drei aufs Sofa, um uns die *George Lopez Show* anzusehen. Unsere Lieblingsfigur war Unfall-Amy, die tollpatschige Fabrikarbeiterin. Jedes Mal, wenn sie in einen vollen Eimer trat oder von einem Gabelstapler aufgegabelt wurde, fing Dad an zu lachen, bis ihm die Tränen kamen. Dann fingen Mom und ich auch an, und das Sofa hörte gar nicht mehr auf zu wackeln. Manchmal spielten wir Amys Missgeschicke sogar nach, nur, um weiterlachen zu können.

Jetzt lacht niemand. Mom kommt mühsam auf die Knie, vergräbt das Gesicht in den Händen und bricht in Tränen aus. Am liebsten würde ich direkt zurück in mein Zimmer gehen und mich in meinem Bett verkriechen, aber so kann ich sie nicht einfach alleine zurücklassen. Ich bin vielleicht ein gewissenloses Arschloch, aber ein Unmensch bin ich nicht.

Ich knie mich vor Mom auf den Boden, schlinge die Arme um ihren Hals und bleibe unbeholfen so sitzen, während sie sich an meiner Brust ausweint.

»Ich vermisse deinen Vater«, sagt sie.

»Ich weiß«, flüstere ich. »Ich vermisse ihn auch.«

Wir lehnen uns zurück an den Kühlschrank und sitzen einfach nur Seite an Seite da und starren geradeaus, wie

Zombies. Ein typischer Fall von Katharsis. Die rechte Schulter meines *Weck-mich,-wenn-ich-ein-Einhorn-bin*-Schlaf-T-Shirts ist durchweicht von Tränen und klebt an meiner Haut. Wer hätte gedacht, dass Mom so große Salzwasserreserven hat?

Sie wirft einen finsteren Blick auf den Schmutz und Staub, der uns umgibt. »Ich sollte morgen mal den Boden wischen.«

»Das kann ich ja machen«, höre ich mich sagen.

Sie legt mir eine Hand aufs Knie und nimmt sie schnell wieder weg. Wahrscheinlich hat sie gespürt, wie ich zusammengezuckt bin. »Ich habe heute mit einer Kinderpsychologin gesprochen«, sagt sie.

»Ich bin kein Kind.«

»Sie heißt Daphne Piano.«

»Bescheuerter Name.«

»Sie war sehr nett, Leah. Sie will dir helfen.«

»Für wie viel? Achtzig Dollar die Stunde? Klar will die mir helfen.«

Mom wischt sich mit dem Ärmel ihres Sweatshirts die Augen trocken. »Sie hat gute Bewertungen auf ihrer Website.«

Den Kommentar zu dieser letzten Bemerkung spare ich mir. Er hängt in der Luft, verliert sich dann aber unausgesprochen in der Küche. Von der Straße dringen das betrunkene Klackern hoher Absätze und geträllerte Fetzen eines schmalzigen Suki-Jones-Songs zu uns hoch: *Your white hat fell in the dirt, your ham hands can't fix my hurt ...*

»Halb drei«, sagt Mom mit einem Blick auf die Küchenuhr. »Sieh zu, dass du noch etwas Schlaf bekommst.«

»Ich mache dir einen Vorschlag«, sage ich. »Ich gehe zu einer Sitzung mit Daphne Piano ...«

»Danke, Leah!«

»Und direkt danach für eine Stunde zum Boxtraining.«

»Auf gar keinen Fall.«

Ich fülle mein Wasserglas und gehe zur Tür. »Nacht, Mom«, verabschiede ich mich. »In diesem Fall kannst du Dr. Daphne morgen früh anrufen und ihr sagen, sie kann mir gestohlen bleiben.«

KUCKUCK

Wie ich, musste sich der große Bobby Fischer ständig anhören, er solle mal zum Psychiater gehen. Aber im Gegensatz zu mir brauchte der große Bobby Fischer wahrscheinlich tatsächlich einen.

1. Mit neun Jahren füllte er seine Schulhefte mit Zeichnungen von abgetrennten Köpfen.
2. Mit zwölf spielte er gegen seinen Mentor, GM Reuben Fine, regelmäßig Freundschaftspartien. Als Fine ihn bei einer dieser Partien beiläufig fragte, wie es in der Schule laufe, flippte Bobby komplett aus. »Du hast mich abgelenkt!«, schrie er Fine an und sprach danach nie wieder ein Wort mit ihm.
3. Mit fünfzehn verlor er im ehemaligen Jugoslawien gegen Michail Tal. Als Bobby wutentbrannt nach draußen stürmte, lief der fiese alte Tal ihm, mit den Händen flatternd, hinterher und rief: »Kuckuck! Kuckuck!« Bobby brach in Tränen aus, rannte in sein Zimmer und gab vor, sich erkältet zu haben. Sein Zimmergenosse Bent Larsen

musste ihm Tarzan und Micky-Maus-Geschichten vorlesen, bis er sich wieder beruhigt hatte und das Turnier zu Ende spielen konnte.

4. Bobby war der festen Überzeugung, im Jahr 1972 würde es mit der Welt zu Ende gehen. Tat es aber nicht. Dafür schlug er Boris Spassky und wurde Weltmeister.
5. Er nahm jedes Hotelzimmer, in dem er untergebracht war, komplett auseinander, weil er es nach CIA-Wanzen durchsuchte.
6. Weil er Angst hatte, sowjetische Agenten würden über das Metall störende Radiosignale in sein Gehirn senden, ließ er sich von einem Zahnarzt alle Füllungen entfernen. Seine hohlen Zähne verrotteten nach und nach in seinem Mund.
7. Obwohl alle ihm dazu rieten, weigerte sich Bobby, einen Psychiater aufzusuchen. »Der Psychiater müsste *mich* bezahlen«, sagte er, »für das Privileg, mit meinem Gehirn arbeiten zu dürfen.«

GUTER SCHIRM

Der Trainer schaut noch genauso oft bei uns vorbei wie zu der Zeit, als er noch mein Tutor war, wenn nicht öfter. Mom scheint es zu gefallen, wenn er bei uns abhängt, aber ich finde es einfach nur schräg. Als ob es nicht schlimm genug wäre, dass ich ihm dabei zusehen muss, wie er Scrabble spielt und dabei mit offenem Mund Beef Jerkys kaut, hat er mich vor Kurzem auch noch gebeten, ihn nicht mehr Trainer, sondern Clint zu nennen. Was ich auf keinen Fall tun werde. Er sieht nicht mal aus wie ein Clint.

Das Einzige, über das der Trainer und ich uns je unterhalten haben, war Schach. Dafür hat Mom ihn bezahlt. Und nun, da wir nicht mehr über Schach reden können, stehen wir da, lassen unsere Fingerknöchel knacken und halten peinlichen Small Talk, wie zwei Ex-Vampire, die krampfhaft versuchen, nicht über Blut zu sprechen.

Wir reden auch nicht über Dad, bis ich ihm eines Abends die Tür öffne, und sehe, dass er Dads Schirm in der Hand hält.

»Ich bringe den hier nur zurück«, murmelt er und lehnt ihn in eine Ecke. »Als ich gestern Abend ging, hat es geregnet, und deine Mom sagte ...«

Er spricht nicht zu Ende, aber so leicht kommt er mir nicht davon. »Was hat meine Mom gesagt?«

»Dass ich ihn mir ausleihen könne.« Er späht über meine Schulter. »Ist sie da?«

»Das ist Dads Schirm.«

»Es ist ein guter Schirm.«

»Er gehört Dad.«

»Ja.« Der Trainer drückt sich an mir vorbei in den Eingangsbereich. »Ist ein original GustBuster. Dein Vater wusste, worauf es bei einem Schirm ankommt. Stahlrahmen und gute Nieten, die den Streben Stabilität geben, siehst du? Kein Vergleich mit meinem Schirm. Den stülpt es beim kleinsten Windstoß um. Mein guter alter Dad sagte immer: *Wir können es uns nicht leisten, billiges Zeug zu kaufen.* Aber habe ich irgendetwas von ihm gelernt? Natürlich nicht. Ich kaufe immer noch die billigen Dinger.«

»Schläfst du mit meiner Mom?«

»Angenehm handlicher Griff«, blubbert der Trainer weiter und tut, als ob er die Frage nicht gehört hätte. »Aber mal ehrlich, wer gibt schon ein Vermögen für einen Schirm aus? Am Ende lässt man ihn dann doch in einer Bar liegen, oder im Taxi, oder in der U-Bahn, oder …«

»Schläfst du mit meiner …?«

»Leah, wie kannst du nur?«, schreit Mom. Sie kommt, mit ihrem Glätteisen fuchtelnd, den Flur entlanggestürmt.

»Hallo, Joanne«, nuschelt der Trainer. »Wir unterhalten uns über Schirme. Ich wollte gerade wieder gehen.«

»So ein Humbug«, sagt Mom. »Du bleibst zum Abendessen. Ich habe im Kühlschrank noch einen Rest Hackbraten.«

Mom trägt ihr bestes Kleid, aus smaragdgrünem Velours mit Herzausschnitt. Der in der Mikrowelle aufgewärmte Hackbraten schmeckt fad und trocken, aber der Trainer kämpft tapfer gegen das Schweigen an, indem er nicht aufhört, ihn zu loben. Mom ist immer noch sauer, wegen dem, was ich zu ihm gesagt habe, und ich bin immer noch sauer, weil er einfach so mit Dads Schirm durch Greenwich Village spaziert ist.

Nach dem Essen steht Mom vom Tisch auf, um auf die Toilette zu gehen. Bevor sie den Raum verlässt, durchbohrt sie mich noch mit einem scharfen *Benimm-dich!*-Blick.

Ich sehe aus dem Fenster. Die dunkle Wolkendecke ist aufgerissen, und das Dach des Schuppens leuchtet rostrot in der Abendsonne. Der Trainer hört auf, mit seiner Gabel zu spielen und sieht mich mit einem seltsam missbilligenden Blick an.

»Deine Mutter watschelt nicht«, sagt er.

»Was?«

»Ich habe deinen Blog gelesen, Leah. Du benutzt dieses

Wort immer wieder. *Mom watschelt mit ausgestreckten Armen auf mich zu. Mom kommt in den Donutladen gewatschelt.* Das meine ich. Was soll das, mit dem Watscheln? Es stimmt einfach nicht. Und es ist respektlos. Deine Mom ist nicht einmal übergewichtig.«

Ich kann kaum noch atmen, und mein Herz pocht wie verrückt. »Mein Blog, meine Wortwahl«, murmle ich.

»Es ist aber nicht nur das Watscheln, das mir Sorgen macht. Es ist die Art, wie du über sie redest, als wäre sie eine herzlose Rabenmutter, der nichts wichtiger ist, als dass ihre Tochter Schachgroßmeister wird, als würde sie dich kein bisschen um deiner selbst willen lieben. Das ist einfach nicht wahr, Leah. Deine Mutter ist eine wunderbare Frau, und sie liebt dich mehr, als du dir vorstellen kannst. Das Leben hat ihr schlechte Karten gegeben, aber sie versucht, das Beste daraus zu machen. Damit will ich nur sagen, du kannst nicht solche Unwahrheiten schreiben und sie dann der ganzen Welt zu lesen geben.«

Ich senke den Blick auf meine Hände. »Wie hast du meinen Blog gefunden?«

»Ich habe gestern dein Video auf chess.com gesehen. Die Blitzpartie gegen Roderick Wilde. Jemand hat den Link zu deinem Blog in seinem Kommentar angegeben.«

»Verstehe.«

»Und das ist auch so eine Sache, Leah.« Der Trainer stellt die Teller ineinander und trägt sie zum Spülbecken. »Blitzschach ist schlecht für dich. Wenn du nur noch Blitz spielst, verlernst du, eine lange Abfolge von Spielzügen vorauszuberechnen und dein FIDE-Rating sinkt ins Bodenlose.«

Ich muss mir das nicht länger anhören. Wortlos stemme ich die Hände gegen die Tischkante, schiebe meinen Stuhl zurück, stehe auf und gehe zur Tür.

»Sei's drum«, fährt der Trainer fort. »Bei ein paar deiner Züge gegen Wilde habe ich Gänsehaut bekommen. Das war die beste Partie, die ich seit Jahren gesehen habe.«

Den Türgriff in der Hand, bleibe ich stehen und drehe mich zu ihm um.

Der Trainer stülpt Spülhandschuhe über und lässt sie schnalzen. »Um ehrlich zu sein, bin ich ziemlich stolz, dass du Dame auf g3 gesehen hast, Leah. Wenn du das in einem Turnier gespielt hättest, hättest du dafür einen Schönheitspreis gewonnen, keine Frage. Aber das auch noch in einer Blitzpartie zu spielen, ist mehr als nur schön. Es ist Zauberei. Die Typen im Manhattan Club reden alle nur darüber.« Lachend schüttelt er den Kopf. »Ich hätte Dg3 in dieser Stellung nicht einmal in Betracht gezogen. Vielleicht hat dich als Baby ja der Blitz getroffen oder eine Spinne gebissen oder so was in der Art.«

Ich befeuchte meine Lippen. »Ich hatte einen guten Lehrer«, sage ich.

Mom kommt zurück und sieht direkt den Trainer an, um festzustellen, ob ich ihn verärgert habe. Er hat Hackbratensoße auf dem Hemd, sieht aber sonst ganz normal aus, fast fröhlich sogar. Sie grinst wie eine Bekloppte und schlägt Tapioka-Pudding zum Nachtisch vor.

Der Trainer spült das Geschirr und faselt etwas davon, dass Tapioka sein Lieblingsessen sei. Ich entschuldige mich und gehe in mein Zimmer. An einen Nachtisch, der aussieht wie eine Schüssel voller Kolibriaugäpfel in Sahnesoße, sollte man keine allzu großen Erwartungen haben. Außerdem habe ich gerade keine Lust auf Nachtisch.

In meinem Zimmer packe ich mir die Auferstehungssinfonie auf die Ohren und prügle meinen Sandsack windelweich. Ich schlage mit einer lockeren Faust, die ich erst kurz vor dem Auftreffen balle und drehe. In schnellerer Folge stehle ich einen Laib altes, vergammeltes Brot nach dem anderen.

DAS LEBEN GEHT WEITER

Gegen neun klopft Mom an meine Tür und öffnet sie einen Spaltbreit. »Clint ist nach Hause gegangen«, sagt sie.

»Gut«, antworte ich und verpasse dem Boxsack eine Gerade, die ich den kompletten Arm hinauf bis ins Schultergelenk spüre.

»Und nur zu deiner Information«, fügt sie hinzu. »Er und ich waren nie zusammen. Nicht so. Wir sind Freunde. Vielleicht werden wir eines Tages mehr sein als Freunde. Wenn dich das stört, tut es mir leid. Aber irgendwann kommt die Zeit, wenn der Schmerz erträglicher wird, und man feststellt, dass das Leben weitergeht.«

Das Leben geht weiter. Ha! Wie beherzt das klingt. Wie entschlossen. *Moving on up, nothing can stop me ...*

»Und außerdem«, fährt Mom fort, »tut uns beiden ein bisschen männliche Gesellschaft ganz gut.«

Ein bisschen männliche Gesellschaft. Als ob das alles ist, was Dad für uns war. Das Vorzeige-Y-Chromosom an unserem Küchentisch.

Ich beobachte Mom aus den Augenwinkeln und warte

darauf, dass sie Gute Nacht sagt und ins Bett geht. Aber sie bleibt stehen und sieht mir weiter dabei zu, wie ich gegen den Sandsack boxe.

»Ich habe Clint erzählt, dass du mit dem Boxen anfangen willst«, sagt sie schließlich. »Ich war mir sicher, er wäre der gleichen Meinung wie ich.«

»Aber?«

»Clint sagt, Boxen fördert Disziplin und Charakter.«

Ich höre auf, den Sandsack zu malträtieren, und wende mich ihr zu. »Erzähl weiter.«

»Ich weiß nicht«, seufzt sie. »Vielleicht hat er ja recht.«

»Dann kann ich also in einen Boxclub gehen?«

In Moms Gesicht spiegeln sich in schnellem Wechsel Angst und Entschlossenheit. »Unter zwei Bedingungen«, sagt sie schließlich. »Erstens, du suchst dir einen Job, einen richtigen Job, nicht Schachspielen im Park. Und zweitens, du vereinbarst mit Daphne Piano zehn Trauertherapiestunden.«

JOBSUCHE

Einen richtigen Job. Einfacher gesagt als getan.

Meine erste Adresse ist das Gonuts Donuts. Randal Johnson hatte genügend Zeit, sich zu beruhigen, und springt wahrscheinlich vor Freude in die Luft, wenn er jemanden einstellen kann, der schon weiß, wie der Laden läuft.

Als ich reinkomme, bedient Ronda am Tresen. Sobald sie mich sieht, klatscht sie in die Hände und quietscht vor Begeisterung.

Ich erkläre ihr, dass ich meinen Job wiederhaben möchte, und sie deutet auf das MITABEITER-GESUCHT-Schild, das noch an derselben Stelle hängt wie beim letzten Mal. »Mein Vater ist im Büro«, sagt sie und drückt beide Daumen. »Zeig so viel Demut, wie du nur kannst, und sag ihm, wie leid es dir tut. Viel Glück!«

Was dann folgt, ist das kürzeste Bewerbungsgespräch aller Zeiten. Es stellt sich heraus, dass auch eine Wagenladung rührseliger Geschichten nicht ausreicht, um den strengen Herrscher über Kaffee und Donuts gnädig zu stimmen.

»Was ist passiert?«, japst Ronda, als ich schon nach dreißig Sekunden wieder bei ihr am Tresen stehe.

»Dein Vater sagt, er würde mich selbst dann nicht wiedereinstellen, wenn ich der letzte Mensch auf der Welt wäre.«

Rondas Mundwinkel sacken nach unten, wandern dann aber sofort wieder nach oben. »Natürlich nicht«, tröstet sie mich. »Wenn es nur noch einen Menschen auf der Welt gäbe, müsste er ihm Donuts verkaufen, nicht ihn einstellen.«

Ich gehe um den Tresen und drücke Ronda unbeholfen an mich. »Ich habe dich vermisst«, gestehe ich ihr.

»Ich dich auch«, sagt sie und sieht mich dabei mit diesem *Kenne-ich-diese-Person?*-Blick an.

LEBER

Als ich aus dem Gonuts Donuts komme, laufe ich Kit in die Arme.

»Hey!« ruft er. »Nathan sagte, er hätte dich da reingehen sehen. Aber ich habe ihm geantwortet, das könne gar nicht sein.«

»Ich war es und bin es noch. Mom hat mich rausgelassen.«

Wir schlendern die Green Street entlang und durch das

Osttor in den Park. Durch die Bäume wirft die Sonne fleckiges Licht auf den Bürgersteig.

»Schön, dich zu sehen«, sagt Kit.

»Ja, auch schön, dich zu sehen.« Meistens sagt man das ja einfach nur so dahin, aber in diesem Fall entspricht es sogar der Wahrheit.

Kit wirkt fröhlich. Er sagt, die *Poisoned Pawns* spielten mehr denn je, um so viel Kohle wie möglich zu machen, bevor das Glücksspielgesetz der Stadt sein Update bekommt. Dann fragt er, was ich so getrieben habe, also erzähle ich ihm von meinen Boxstunden via Skype mit Travis.

Kit kickt einen Stein ins hohe Gras. »Stehst du etwa auf diesen Travis?«

»Nein!«

»Du gibst ihm Schachstunden.«

»Wir haben einen Deal.«

»Ich wette, der baut nicht mal die Figuren richtig auf.«

»Er stellt sich gar nicht schlecht an. Können wir über etwas anderes reden?«

Wir setzen uns auf der Höhe von Larry dem Vogelmann auf die Rasenfläche auf der anderen Seite des Wegs. Larry hockt auf seiner gewohnten Bank, Kopf, Schultern, Arme und Schoß bedeckt mit Tauben. Es sind mindestens fünfzig. Sie sind überall, nicht nur auf ihm, auch am Boden. Larry sitzt bewegungslos und zufrieden inmitten dieses Gewirrs aus Schnäbeln und Federn und lächelt vor sich hin wie ein mit Vögeln behangener Buddha.

»Siehst du, wie sie ihm vertrauen?«, flüstert Kit. »Ich habe mich auch ein paarmal auf diese Bank gesetzt. Augen geschlossen, Arme ausgebreitet, so still wie nur möglich. Aber die Vögel wagen sich nicht einmal in meine Nähe.«

»Wenn du mich fragst, braucht Vertrauen Zeit«, sage ich. »Hier eine Frage für dich, Kit. Wie heißt der Typ aus der griechischen Mythologie, in dessen Eingeweide die Vögel rumpicken?«

»Prometheus«, antwortet Kit wie aus der Pistole geschossen. »Er stiehlt den Göttern das Feuer, und die fesseln ihn zur Strafe an einen Felsen, wo ihm ein Adler die Leber herauspickt. Aber die Leber wächst wie von Zauberhand jede Nacht nach, sodass der Adler stets frisches Fleisch hat. *Fels, Adler, Kette, was nur je den Stolzen mag umziehn mit Weh.*«

»Shakespeare?«

»Byron.«

Ich lege mich zurück ins Gras und schließe die Augen. »Weißt du?«, flüstere ich. »Ungefähr so fühle ich mich, seit mein Dad gestorben ist. Jedes Mal, wenn ich denke, meine Eingeweide fangen an zu heilen, kommt der Kummer und pickt wieder darin herum.«

»Muss ein Scheißgefühl sein«, sagt Kit.

Ich öffne die Augen und sehe ihn an, weil ich wissen will, ob er sich über mich lustig macht. Macht er nicht.

»Willst du mal was echt Krasses hören?«, frage ich.

»Immer.« Er legt sich neben mich.

»Mein Dad ist gestorben, weil sein Körper sich selbst verdaut hat.«

Kit wird still neben mir, und ich kann seine Anspannung spüren, als würde er die Luft anhalten.

»Pankreassekret«, murmle ich. »Eigentlich verdaut es dein

Essen, aber als mein Dad krank wurde, geriet es in seinen Bauchraum und fing an, ihn von innen zu zersetzen.«

Kit greift nach meiner Hand. Er drückt sie ganz fest und sagt nichts.

»Mom und ich waren nicht bei ihm, als er starb. Wir waren auf einem Schachturnier in Rhode Island. Ich habe unglaublich gut gespielt. Rasiermesserscharf. Voll konzentriert. Habe alle Partien gewonnen. Und während ich gewonnen habe, war mein Dad im Delirium und fiel vor Schmerzen und Medikamenten immer wieder ins Koma. Wären wir bei ihm gewesen, hätten wir ihm Kraft geben können. Aber wir waren nicht da, und er ist gestorben.«

»Wann ist das passiert?« Kits Stimme ist nur ein Flüstern, als wären wir in der Kirche oder so.

»Vor zwei Jahren, drei Monaten und einundzwanzig Tagen. Eigentlich sollte ich darüber hinweg sein, stimmt's? Ich sollte mein Leben weiterleben. Freunde finden. Mein Schach verbessern. Meinen Dad stolz machen und der erste weibliche Schachweltmeister werden. Aber stattdessen bin ich an einen Felsen gefesselt und werde in Stücke gehackt. Und wenn irgendjemand mir nahekommt, sorge ich dafür, dass man ihm auch in den Arsch pickt. Mein damaliger Freund, Sergey, war auch auf dem Turnier in Rhode Island. Kurze Zeit später habe ich mit ihm Schluss gemacht, weil ich jedes Mal, wenn ich ihn ansah, daran denken musste, dass ich nicht da war, als mein Dad starb. Und meiner einzigen Nicht-Schachfreundin, Stephanie, habe ich erklärt, ich würde sie hassen, weil ihr Dad noch am Leben ist und meiner nicht. Seither habe ich sie nicht mehr gesehen. Das ist es, was der Schmerz aus einem macht, Kit. Man schlägt um sich. Vertreibt jeden. Wenn du mich fragst, sollten sie für alle, die jemanden verloren haben, eine Art Reservat bauen, mit langen Reihen von Felsen und Ketten. Dann könnte der fleischgeile Adler von einem Fels zum nächsten flattern wie ein hässlicher alter GM, der vierzig Bretter simultan spielt.«

»Puh.« Kit stößt die Luft aus. »Ich weiß nicht, was ich sagen soll.« Er stützt sich auf einen Ellbogen und sieht mich an. Oder besser, sein gerades Auge sieht mich an. Das schielende sieht über meine Schulter irgendwo anders hin. Aber Tränen hat er in beiden, das Weichei.

»Lass meine Hand los«, sage ich. »Du unterbrichst die Blutzufuhr.«

ANZEIGE

Beim Abendessen erzähle ich Mom und Clint von meinem erfolglosen Besuch im Gonuts Donuts.

»Sein Pech«, schnaubt Mom.

»Ich habe da eine Idee«, sagt Clint. »Warum gibst du nicht Schachunterricht? Seit das Wilde-Video die Runde gemacht hat, bist du in Schachkreisen eine echte Berühmtheit. Warum also nicht Profit daraus schlagen? Poste eine Anzeige im Trainer-Forum auf chess.com, und ich garantiere dir, du wirst dich vor Anfragen kaum retten können.«

Gar keine so schlechte Idee. Ich schnappe mir mein Handy und entwerfe eine Anzeige:

Ist Ihr Kind der nächste Bobby Fischer?
Leah Baxter, auch bekannt als Park Girl, Internationaler Meis-

ter mit einem FIDE-Rating von 2470 Punkten und dem Ruf einer sensationellen Angriffsschachspielerin, nimmt eine begrenzte Anzahl von Schülern.
Nach einem Jahr Unterricht mit Leah wird Ihr Kind in der Lage sein:
das Prinzip hinter seinen Lieblingseröffnungen zu verstehen,
eine Stellung zu bewerten und einen Plan zu formulieren,
faszinierende taktische Kombinationen zu spielen, die die Zuschauer umhauen und Schönheitspreise gewinnen werden,
jedes Endspiel mit der rücksichtslosen Präzision eines Killerroboters zum Abschluss zu bringen,
jeden Gegner zu schlagen und auf dem Brett verbluten zu lassen.

Clint sieht mir über die Schulter und fängt an zu lachen. »Ein bisschen aggressiv, findest du nicht?«

»Natürlich«, sage ich. »Genau das wollen diese Kiebitz-Eltern doch. Der kleine Imogen soll sich ans Turnierbrett setzen, dem kleinen Jasper freundlich die Hand schütteln, und ihn dann, sobald die Uhr tickt, bei lebendigem Leib in Stücke reißen.«

»Wo du recht hast, hast du recht«, meint Clint. »Poste die Anzeige, und wir werden sehen, was passiert.«

THEODOR

Theodor Inigo Croft ist sieben Jahre alt und wohnt in einem der eleganten Reihenhäuser in der West 87th Street in der Nähe des Riverside Drive. Seine Eltern Charles und Mary Croft besitzen einen erfolgreichen Grußkartenverlag und sind so gut wie nie zu Hause, weshalb der kleine Theodor und seine jüngere Schwester Vanessa ein Kindermädchen haben, das auf sie aufpasst. Das Kindermädchen bringt sie zur Schule, holt sie wieder ab, macht ihnen ihr Abendessen und spielt Brettspiele mit ihnen: Siedler, Carcassonne, Pandemie, Cluedo, Zug um Zug, Mastermind, Boggle, Hungry Hippos.

So gerne Theodor auch Hungry Hippos spielt, seine große Leidenschaft ist Schach. Sein Vater ist der Erste, der auf meine Anzeige antwortet, also verabrede ich mit ihm für kommenden Mittwoch ein Treffen bei ihnen zu Hause.

Als ich ankomme, nimmt mich das Kindermädchen an der Tür in Empfang und führt mich ins Wohnzimmer. Und da sitzen sie, ordentlich aufgereiht auf dem Sofa wie eines dieser bescheuerten Familienporträts: Kinder in der Mitte, Eltern rechts und links von ihnen, zu ihren Füßen zwei rostrote Bassets.

Charles und Mary springen auf, schütteln mir euphorisch die Hand und stellen mir ein paar so unglaubliche Anfängerfragen, dass ich am liebsten schreiend davonlaufen möchte. *Wie viele Eröffnungen sollte Theodor beherrschen? Wie viele Züge im Voraus wird er berechnen können? Wie lange wird es dauern, bis sie ihn in der Schulmannschaft am ersten Brett aufstellen? Wird er durch Schach zu einem guten Mathematiker? Geschäftsmann? Politiker? General? Künstler?*

Ich erkläre ihnen, dass es schwierig wäre, diese Fragen zu diesem Zeitpunkt zu beantworten, und sie nicken mit ernsten Gesichtern, als ob sie es tatsächlich verstanden hätten. Selbst die kleine Vanessa nickt wie ein angetippter Wackeldackel.

»Theodor möchte das Schulturnier gewinnen«, informiert mich Charles. »Noch nie ist es einem Zweitklässler gelungen, das Turnier für sich zu entscheiden. Ich habe ihm versprochen, du würdest ihm ein paar raffinierte Eröffnungen beibringen, mit denen er die älteren Kinder aus dem Konzept bringt.«

»Das Wichtigste ist, ihn nicht unter Druck zu setzen«, sage ich, und beide Eltern zucken zusammen, als hätte ich sie des Kannibalismus bezichtigt.

Dann folgt die feierliche Enthüllung des Familienschachspiels. Mary dimmt das Licht, während ihr Mann das Spiel holt und in die Mitte des Mahagonitisches stellt. Das durchscheinende Onyxbrett wird von unten angestrahlt, was ihm in dem abgedunkelten Raum ein majestätisches Leuchten verleiht. Zweiunddreißig Figuren aus funkelndem Kristallglas, jede einzelne von ihnen ein Prisma, welches das Licht als schillernden Regenbogen zurück in den Raum wirft. Einer der Bassets hebt den Kopf und begrüßt die strahlenden Eindringlinge mit einem bedrohlichen Knurren.

»Wie findest du es?«, haucht Mary.

»Das ist das bescheuertste Brett, das ich je gesehen habe«, entgegne ich. »Und Sie haben es falsch aufgebaut. Das Feld rechts unten muss weiß sein.«

Leicht geknickt trägt Charles das Erbstück zurück zum Schrank, und Theodor flitzt los, um für den Unterricht ein Plastikset zu holen. Solange die beiden weg sind, sieht Mary mich ziemlich schräg von der Seite an, während die kleine Vanessa mit einem stibitzten Springer durch den Raum galoppiert und *Hoppe, hoppe, Reiter* singt.

Zehn Minuten später sind Theodor und ich alleine im Zimmer, bereit, mit dem Unterricht zu beginnen.

»Tut mir leid wegen meiner Familie«, murmelt er. »Sie meinen es nur gut.«

»Du musst dich nicht entschuldigen, Theodor. Du hast großes Glück, sie zu haben.«

Der kleine Junge nickt und wischt sich die Nase mit dem Handrücken ab. »Meine Freunde nennen mich Teddy.«

DAPHNE

Daphne Pianos Büro befindet sich in einer Seitenstraße der 7th Avenue. Sie trägt eine Brille, und ihr winziges Gesicht ist umrahmt von einer gewaltigen Mähne dunkler Locken. Sie sieht aus wie eine Maus in einem Maulbeerstrauch.

Daphne reicht mir eine Tasse Kakao und versucht, mich mit einem sanften Lächeln und hirnlosen Fragen über Hobbys und Musik zugänglicher zu machen. Man sollte meinen, eine Frau, die Piano heißt, hat ein wenig Ahnung von klassischer Musik, aber als ich ihr erkläre, dass ich Mahler mag, denkt sie, ich spreche von bildenden Künstlern. Und als ich Schach erwähne, nickt sie für meinen Geschmack ein wenig zu verständig. Mom hat sie offensichtlich gebrieft, um welche Art von Durchgeknalltsein es sich bei mir handelt.

»Du musst ziemlich klug sein«, schwärmt Daphne.

»Bin ich.« Ich setze mein irrestes Grinsen auf. »*Wahnsinnig* klug.«

Daphne erklärt, wir würden in unseren Sitzungen »Trauerarbeit« leisten, was irgendwie nach einem Hindernisparcours klingt, den es zu bewältigen gilt, etwas wie ein Matschrennen oder ein Gang über glühende Kohlen. Wer es schafft, kann danach mit ausgebreiteten Armen in den Sonnenuntergang fliegen.

»Wir werden unsere Trauerarbeit auf dieses Buch hier stützen«, sagt sie und reicht es mir.

Meine gute Laune verfliegt. *Die fünf Phasen der Trauer.* Ich starre auf das ordentlich in fünf getrennte Stadien unterteilte Inhaltsverzeichnis.

1. Niedergeschlagenheit
2. Rückzug
3. Verinnerlichung
4. Wut
5. Erhebung

»Warum hat der Einband Bissspuren?« Ich halte das Buch ins Licht, damit sie es sehen kann. »Ist da jemand so wütend auf das Buch geworden, dass er reingebissen hat? Sie vielleicht?«

Daphne lehnt sich zurück. »Ich beiße keine Bücher.«

»Haben Sie es jemandem geliehen?«

»Ich habe es schon vielen Leuten geliehen.« Sie zwingt sich zu einem Lächeln. »Möchtest du es dir ausleihen?«

»Nein.«

»Warum nicht?« Daphne lächelt immer noch, aber ihre Stimme klingt herausfordernd.

Was soll ich ihr sagen? Dass ich die *Fünf Phasen* drei Monate nach Dads Tod online gelesen habe? Dass ich daran geglaubt und Hoffnung geschöpft hatte? Dass ich durch alle fünf Phasen gegangen und dann eines Tages wie aus heiterem Himmel aus der Erhebung wieder in die Niedergeschlagenheit verfallen bin? Dass mein Glaube an die fünf Phasen einen langsamen, qualvollen Tod gestorben ist, wie mein Dad? Dass ich ein eigenes Buch schreiben werde, *Die fünf Phasen des Zorns*, das zu neunzig Prozent aus Flüchen und Schimpfworten bestehen wird?

Ich bin nicht so weit, dass ich ihr das alles erzählen könnte. Noch nicht. Also zucke ich mit den Schultern und knete die Haut zwischen Daumen und Zeigefinger, bis es wehtut.

BERT

Sobald ich den Termin bei Daphne hinter mir habe, nehme ich die U-Bahn nach Hell's Kitchen. Ich treffe Travis unten am Fluss.

»Wie geht's?«, begrüßt er mich.

»Gut.« Er weiß nicht, dass ich zu einer Psychotante gehe, und ich habe auch nicht vor, es ihm zu erzählen.

Travis lächelt. »Schön, dich zur Abwechslung mal in echt zu sehen. Siehst gut aus, in dieser hohen Auflösung.«

Er flirtet mit mir. Wahrscheinlich sollte ich mich geschmeichelt fühlen. Die meisten Mädchen würden in Travis bestimmt einen ganz guten Fang sehen.

Wir gehen zu Fuß bis zur Boxhalle, einer umgebauten Tiefgarage unter einem Wohnblock, in dessen Umgebung garantiert kein Auto sicher ist. BERTS BOXCLUB steht auf dem Schild über der Tür, und dann in einer etwas kleineren Schrift BOXTRAINING SEIT 1951.

Das Treppenhaus stinkt nach Schweiß und Leder. Als wir in die eigentliche Trainingshalle kommen, ist der Geruch so stechend, dass ich würgen muss. Kein Vergleich mit den sterilen Hotel-Fitnessräumen, die ich sonst so gewohnt bin.

»Eine echte Boxhalle, in der noch auf den Sägemehlboden gespuckt wird«, sagt Travis, als er mein Gesicht sieht. »Keine Klimaanlage. Keine Handtücher. Keine Umkleideräume. Nur Gewichte, Sandsäcke und der beste Trainer in ganz New York.«

Die Trainingshalle ist erfüllt vom Lärm quietschender Turnschuhe, den dumpfen Schlägen gegen die Sandsäcke, dem Peitschen der Springseile und dem verbissenen Keuchen trainierender Menschen. In der Mitte des Raums ragt der Ring auf, heilige Stätte der Kraft und Beweglichkeit. Im Moment hüpfen ein paar Kids darin herum, die mit den Fäusten die Pratzen ihres finster dreinblickenden Coachs bearbeiten. Der Coach hat silbergraue Haare und irgendetwas stimmt nicht mit seinem rechten Augenlid. Es hängt irgendwie.

»Das ist Bert«, erklärt Travis und nickt in Richtung des alten Mannes. »Komm, ich stelle dich vor.«

Wir klettern auf die Umrandung und ducken uns durch die Seile in den Ring. Ich habe noch nie einen echten Boxring betreten, spüre aber schon jetzt dieses Kribbeln eines Déjàvus, als ob ich hierhergehöre.

»Bert, das hier ist Leah«, sagt Travis. »Sie will Boxen lernen.«

»Dann ist sie hier richtig.« Bert hält noch immer die Pratzen für die Kids in die Luft, sieht mit seinem hängenden Auge dabei aber mich an. Ein Blick, der bis tief in meine Seele dringt.

TRAINING

Nach meinen Sitzungen bei Daphne nehme ich die U-Bahn bis Hell's Kitchen und gehe dann zu Fuß in Berts stickigen Boxclub. Egal, wie lange ich dort bin, an den üblen Geruch kann ich mich einfach nicht gewöhnen. Er setzt sich in den Handschuhen fest, in den Säcken, im Boden, in den Wänden, selbst in meiner Haut. Sie sollten das protzige 1951-Schild überpinseln und stattdessen »Beim Eintreten bitte unbedingt Nase zuhalten« draufschreiben.

Als Epizentrum des Miefs habe ich einen großen Plastikkübel mit Boxhandschuhen unter dem Ring ausgemacht. Dieses Teil stinkt bestialisch! Wer keine eigenen Handschuhe mitbringt, muss sich ein Paar aus dem Kübel leihen, sollte aber nicht vergessen, tief Luft zu holen, bevor er den Deckel öffnet. Auch sollte man es vermeiden, verschiedene Größen anzuprobieren, wenn man nicht riskieren will, bewusstlos zu Boden zu gehen. *Was ist los, Alter, hat Wladimir Klitschko dir eine verpasst? Nein, Mann, hab nur den Deckel vom Handschuhkübel aufgemacht.*

Und so sieht mein Trainingsplan in Berts Boxclub aus:

1. fünfzehn Minuten Laufen durch Hell's Kitchen
2. fünfzehn Minuten Zirkeltraining: Squats, Dips, Push-ups, Chin-ups, Lounges
3. fünfzehn Minuten Jacob's Ladder
4. acht Minuten an den Sandsäcken
5. acht Minuten abwärmen
6. alles wiederholen

Das Schlimmste an diesem Workout (abgesehen vom Öffnen des Handschuhkübels) ist die Jacob's Ladder. Bert bezeichnet das Ding als Fitnessgerät, aber Foltergerät trifft es eher. Stellt euch eine Tretmühle mit Sprossen vor, die in einem 45-Grad-Winkel ansteigt. Und dann stellt euch vor, dass sich die Sprossen im selben Tempo nach unten bewegen, wie ihr sie hochklettert. Und dann stellt euch noch vor, dass ihr an diesem Ding festgebunden seid und ganze fünfzehn Minuten lang kraxeln müsst, was das Zeug hält.

Wenn ich auf die Jacob's Ladder gehe, stelle ich mir vor, ich wäre Ethan Hunt, der den Burj-Khalifa-Wolkenkratzer hochklettert. Und natürlich keine Höhenangst hat.

Aber schon nach drei Minuten brennen meine Muskeln so schlimm, dass es vorbei ist mit meinen Ethan-Hunt-Phantasien.

Nach zehn Minuten weiß ich nicht mehr, wie ich heiße.

Und nach fünfzehn Minuten will ich nur noch in ein tiefes dunkles Loch kriechen und sterben.

Aber anstatt in einem Loch zu sterben, wanke ich hinüber zu den Sandsäcken und beginne zu boxen. Es gibt zwölf Boxsäcke in Berts Boxclub, angefangen bei Boxbirnen über schwere Sandsäcke bis hin zu den gigantischen Body-Boxsäcken, die nur Leute mit einem wirklich kräftigen Schlag bewegen können. Ich wechsle zwischen einer Boxbirne für die Auge-Hand-Koordination und einem schweren Sack für die Ausdauer.

Völlig ausgepowert und verschwitzt trete ich dem Sandsack gegenüber. Manchmal taucht Bert neben mir auf und korrigiert mich, während ich boxe. *Halte deine Handgelenke gerade. Ellbogen eng. Schneller. Zeig dem Ding, wer der Chef ist. Nicht den Atem anhalten! Schon besser. Das Teil muss zittern, als hätte es einen epileptischen Anfall. Gut so. Sei stark.*

Alle sagen ständig zu mir, ich solle stark sein, aber die Art, wie Bert es sagt, lässt mich irgendwie daran glauben, dass ich es tatsächlich kann.

SYDNEY

Während einem dieser kräftezehrenden Einsätze auf der Jacob's Ladder, vernehme ich eine Stimme, die weder Bert noch Travis gehört.

»Mach dich locker! Du trittst viel zu hart auf.«

Ich drehe mich um, und da steht in einem blütenweißen Trainingsanzug Sydney »die Schockwelle« Campbell.

»Du trittst viel zu hart auf«, wiederholt sie. »Konzentrier dich auf die Fußballen und achte darauf, weich zu landen. Tipp-tapp, tipp-tapp, tipp-tapp, so ungefähr.«

Ich wusste, dass Sydney in Berts Boxclub trainiert, und hatte mich darauf gefreut, sie kennenzulernen, aber im Moment bin ich nicht in der Stimmung für Ratschläge.

»Danke«, keuche ich. »Aber ich mache das auf meine Art.«

»Deine Art taugt aber nichts.«

»Und dein Schach taugt auch nichts.« Am liebsten hätte ich meine Worte sofort wieder aus der Luft gefischt und zurück in meinen Mund gestopft, aber es ist zu spät.

»Was hast du gesagt?«

»Nichts.«

Plötzlich spannt sich das Band um meinen Bauch, und ich werde rückwärts von der Jacob's Ladder gezogen. Mit ausgebreiteten Armen liege ich auf dem Boden, der Schachboxerin zu Füßen. »Hast du irgendetwas daran auszusetzen, wie ich Schach spiele?«

»Okay.« Ich schnalle das Band von meiner Hüfte und beende ihre Marionettenvorführung. »Ich habe dich im Elephant Club spielen sehen, und weißt du, was? Wenn Frank Marshall nicht ohnehin schon tot wäre, hätte ihm deine Version des Marshall-Gambits sicher den Rest gegeben.«

Campbell macht einen Schritt auf mich zu. Sie ist nur ein paar Zentimeter größer als ich, aber der Unterschied kommt mir enorm vor. »Ich gehe gnädigerweise mal davon aus, dass du keine Ahnung hast, wer ich bin«, knurrt sie. »Ich bin dreimalige Gewinnerin der Schachmeisterschaften der US Streitkräfte.«

»Herzlichen Glückwunsch! Warst du die einzige Teilnehmerin?«

Sie kommt näher. Ich rieche den Schweiß ihres Workouts. »Ich spiele jederzeit gegen dich, du Klugscheißerin, und dann trete ich dir so heftig in den Arsch, dass er dir auf den Schultern hängt.«

»Klingt gut. Lass uns jetzt gleich eine Partie spielen.«

»Wir haben kein Brett.«

»Nur Patzer brauchen ein Brett. Komm schon, du hast Weiß.«

»Was?«

»Okay, dann nehme ich Weiß. Bauer auf d4. Du bist am Zug.«

Sie runzelt die Stirn. »d5.«

»e4.«

»d schlägt e4.«

»Springer c3.«

»Springer f6.«

»f3.«

»Ich habe jetzt keine Zeit für den Mist.« Sydney sieht mich böse an.

»Sag nicht, du hast schon den Überblick verloren. Los, mach, du bist am Zug.«

»Hör mal, Flacharsch, ich schließe jetzt die Augen und zähle bis zehn. Und wenn du immer noch vor mir stehst, wenn ich sie wieder öffne, zentriere ich dir so gewaltig eine, dass deine Kleider aus der Mode gekommen sind, wenn du wieder aufwachst.«

Sobald sie die Augen schließt, renne ich zum Ausgang.

Okay, jetzt, wo ich es aufschreibe, schäme ich mich ein bisschen für mein Verhalten. Warum muss ich nur immer so fies sein?

SCHWIERIGE BITTE

»Heute möchte ich dich um etwas bitten, dass dir sehr schwerfallen wird«, sagt Daphne. »Ich möchte, dass du mir vom Tod deines Vaters erzählst.«

Meine Finger krampfen sich um die Armlehne des Stuhls. »Nein.«

Ganz oben in der Zimmerecke krabbelt eine Schnake. Ich zähle ihre Beine. *Eins. Zwei. Drei. Vier. Fünf. Sechs. Sieben.*

»Warum machst du das die ganze Zeit?«

»Mache ich was?«

»Das.« Sie deutet auf meine Hand. »Die Haut zwischen Daumen und Zeigefinger kneten.«

»Das soll verhindern, dass man anfängt zu weinen. Habe ich in einer Zeitschrift gelesen.«

»Und? Funktioniert es?«

»Ja.« Ich sehe an die Decke zu der behinderten Schnake, die anklagend mit den Beinen zappelt. »Manchmal.«

»Danke für den Tipp.« Daphne lächelt. »Führst du eigentlich Tagebuch, Leah?«

»Ja.«

»Und schreibst du auch über den Tod deines Vaters?«

»Nein.«

»Versuch's mal. Keine Sorge, ich verspreche dir, ich werde dich nicht bitten, dass du mir irgendetwas von dem, was du schreibst zu lesen gibst.«

STEINE

Bist du bereit, liebes Laptop? Bei den nachfolgenden Posts wird dein Motherboard vor Mitleid zerfließen.

Vor etwas mehr als zwei Jahren bekam Dad Bauchschmerzen. Sein Arzt sagte, es wären Gallensteine. *Kein Grund, sich Sorgen zu machen*, meinte er, *aber wahrscheinlich wird man die Gallenblase entfernen müssen.*

Es war ein einfacher Routineeingriff. So einfach, dass eine Assistenzärztin die Operation durchführte und so routiniert operierte, dass sie nachlässig wurde und ein paar der Steine in Dads Gallengang gerieten, ohne dass sie es merkte. Als Dad nach der OP aufwachte, waren die Schmerzen stärker denn je. *Eine akute Bauchspeicheldrüsenentzündung*, sagten sie. *Kein Grund, sich Sorgen zu machen, aber Sie müssen noch ein paar Tage im Krankenhaus bleiben.*

In dieser Woche fand ein Turnier in Rhode Island statt. Wir hatten die Teilnahmegebühr schon bezahlt und waren abfahrtbereit. Der Trainer meinte, ich hätte gute Chancen zu gewinnen, also bestand Dad darauf, dass ich hinfuhr und spielte. *Kein Grund, sich Sorgen zu machen*, krächzte er. Im Krankenhaus würden sie ihm Infusionen und Schmerzmittel geben, und es würde ihm sicher bald besser gehen. Als ich schon fast aus dem Krankenzimmer war, rief er mich noch einmal zurück. *Leah*, flüsterte er mir ins Ohr, *an deiner Stelle würde ich die erste Partie mit einem Kasparow-Gambit eröffnen. Das wird sie verwirren.*

Rhode Island war der Hammer. Mom und ich hatten ein Hotelzimmer im Erdgeschoss mit einer Schiebetür, die direkt zum Pool rausging. Ich schwamm, ging laufen und spielte das beste Schach meines Lebens. Am ersten Tag gewann ich alle meine Partien, sogar mit Schwarz. Ich rief Dad an, um es ihm zu erzählen. Er klang schwach, aber fröhlich. *Gut gemacht, Champ*, lobte er mich.

Den Abend verbrachte ich mit meinem Freund Sergey am Pool. Wir übten auf einem winzigen magnetischen Brett Turmendspiele, und nach jeder Partie musste der Verlierer einen Bauchklatscher vom Sprungbrett machen. Als Sergeys Bauchdecke ihm so wehtat, dass er keine Bauchklatscher mehr machen konnte, imitierten wir abwechselnd die zehn besten Großmeister. Wir versuchten zu erraten, wen der andere nachmachte, und lachten uns halb tot dabei.

Danach saßen wir am Pool und ließen die Füße im Wasser baumeln. Sergey lehnte sich in meine Richtung und legte den Kopf schief wie ein kleiner Hund, der um einen Leckerbissen bettelt. Das Gesicht, das er dabei machte, brachte mich zum Lachen. Und als ich aufhörte zu lachen, küssten wir uns. Ich war glücklich und aufgekratzt, weil sich mir eine ganz neue Welt eröffnet hatte.

Am zweiten Tag des Turniers gewann ich zwei weitere Partien und wanderte mit vier Punkten Abstand an die Spitze der Bestenliste. Und dann passierte es. Nach acht Zügen in der sechsten Runde kam Mom in die Turnierhalle gerannt, mit einem riesigen Kaffeefleck auf der Bluse. Als sie an meinen Tisch kam, war ich bereits aufgesprungen. *Dein Vater ist auf der Intensivstation*, sagte sie. *Wir müssen zu ihm, Leah.*

Manhattan ist nur drei Stunden von Rhode Island entfernt, aber an diesem Nachmittag schien die Fahrt ewig zu dauern. Und dann dauerte es eine Ewigkeit, bis wir einen Parkplatz gefunden hatten, und sogar der Fahrstuhl brauchte eine Ewigkeit. Wir waren um 19.17 Uhr auf der Intensivstation, wo uns eine alte Krankenschwester mit Haaren auf dem Kinn entgegenkam.

Aber anstatt uns direkt zu Dad zu bringen, forderte sie uns auf, uns zu setzen. *Es tut mir leid*, sagte sie, und dann hörte ich nichts mehr, weil ich mich an Mom klammerte und sie sich an mich und der Schock uns taub und blind machte.

DAD NOCH EINMAL SEHEN

Zuerst wollten sie mich nicht zu ihm lassen. Es würde mich zu sehr aufregen, sagten sie. Aber ich weigerte mich, das Krankenhaus zu verlassen, bis sie schließlich nachgaben.

Die Krankenschwester mit dem haarigen Kinn schloss den Aufbahrungsraum auf und trat zur Seite. Mom ging mit mir rein, obwohl sie ihn schon gesehen hatte. Die Leiche auf dem Tisch trug noch ein Krankenhaushemd. Die Beine waren mit einem grauen Laken bedeckt, und das Gesicht war gelblich und geschwollen wie ein vergilbter Fußball.

»Hallo, Dad«, schluchzte ich.

»Hallo, Champ«, sagte er nicht.

Ich küsste meine Finger und drückte sie auf seine Wange. »Warum ist er so kalt?«, fragte ich.

»Er war in der Kühlkammer«, sagte die Schwester.

Er war in der Kühlkammer. Die Alltäglichkeit der Worte war entsetzlich. Dad war in der Kühlkammer und hat sich eine Flasche Orangensaft geholt.

DIE ERSTEN TAGE

Niemand sagt einem, wie anstrengend es ist zu trauern. Ich meine damit körperlich anstrengend, wie einen Marathon laufen oder Wildwasserkajak fahren. Und es verursacht Schmerzen, die man am ganzen Körper spürt, als wäre man mit vollem Karacho gegen eine Mauer gerannt.

In den ersten Tagen nach Dads Tod bin ich nachmittags oft eingeschlafen und dann mitten in der Nacht wieder aufgewacht, weil ich das Gefühl hatte, keine Luft zu bekommen. Als würde etwas sehr Schweres auf meine Brust drücken. Mom litt auch. Sie hatte immer wieder diese stechenden Bauchschmerzen auf der rechten Seite. Als sie damit zum Arzt ging, lautete die Diagnose – und das ist jetzt kein Witz – sympathisch unterhaltener Schmerz. Moms Gehirn täuschte eine Bauchspeicheldrüsenentzündung vor, weil Dad daran gestorben war. Wenn das nicht komplett irre ist, weiß ich auch nicht.

Dads Schwester Dolores kam und half uns, die Beerdigung zu organisieren. In New York konnten wir uns kein Grab leisten, aber wir bekamen eines auf dem Grasland-Friedhof in New Jersey. Mom verfasste eine Textnachricht mit Ort und Zeit und schickte sie an alle Freunde und Verwandten. Sie schrieb gaaaanz langsam, mit nur einem Finger, und tippte dann auf SENDEN AN ALLE.

Jacks Beerdigung findet kommenden Dienstag 14 Uhr auf dem Grasland-Friedhof in New Jersey statt. LOL

Als ich ihr sagte, wofür LOL steht, war sie so aufgebracht, dass ich wünschte, ich hätte es nicht getan. Irgendwann beruhigte sie sich wieder, und ich schickte allen eine zweite Nachricht mit einer erklärenden Entschuldigung. Mom dachte, LOL stünde für *Lots of Love*.

BEERDIGUNG

Der Grasland-Friedhof hätte eigentlich Sumpfland-Friedhof oder Unkraut-Friedhof heißen müssen. Wir standen im strömenden Regen am Grab, Mom und ich, umringt von einer Schar Onkel, Tanten, Cousins, Cousinen und Freunden sowie einigen wenigen von Dads Kollegen an der Uni, die ich nur »die Bärte« nannte. Einer der Bärte, ein Typ namens Geoff Eggers mit einer kahlen Stelle von der Größe South Dakotas auf dem Schädel, hatte einen großen alten Laptop dabei. Mom hatte ihm erlaubt, für die Uni-Leute, die nicht hatten kommen können, einen Livestream von der Beerdigungszeremonie zu senden.

Das Schlimmste an der Beerdigung war, Dad hinterher nichts von all den bescheuerten Dingen erzählen zu können, die passiert sind. *Du Arme*, hätte er gesagt, *all die graugesichtigen Totengräber und der Priester mit seinem zu engen Kragen.*

Und Tante Dolores, wie sie mit ihren High Heels ganz langsam im Matsch versunken ist. Und dann auch noch der Waschbär im Grab. Wie hast du das nur ausgehalten?

Echt wahr, da war ein Waschbär im Grab. Sie hatten das Loch schon am Tag davor ausgehoben, und der Waschbär war wohl in der Nacht hineingefallen. Als wir mit den Sargträgern dort ankamen, flitzte er mit seinem buschigen Schwanz und der niedlichen schwarzen Maske im offenen Grab hin und her und machte seiner Empörung mit lautem Gefiepe Luft.

Niemand fühlte sich verantwortlich. Also standen wir alle mit Dads Sarg im Regen und starrten ins Grab. Ich wollte runterspringen und das arme Geschöpf herausholen, aber Mom sagte, ich solle es lassen. Sie meinte, er könnte mich beißen und mit Tollwut infizieren.

Schließlich rief einer der Sargträger den Totengräber an, damit er kam und sich darum kümmerte. Wir mussten zwanzig Minuten warten, bis er endlich auftauchte. Eigentlich hätte Geoff Eggers den Livestream stoppen müssen, aber er stand einfach nur da, seinen Schirm über den Laptop haltend, und gab idiotische Kommentare zu den Possen des armen Tiers ab. *Seht euch das an, Leute, jetzt stellt sich der kleine Racker sogar auf die Hinterbeine und legt die Pfoten zusammen. Sieht aus, als wollte er beten.*

Dads Sarg war aus Pappe. Er war immer sehr für Umweltschutz, daher dachten wir, er hätte es sicher so gewollt. Aber als wir bemerkten, dass der Sargdeckel im Regen immer dunkler wurde, bereitete uns das dann doch etwas Sorge. *Machen Sie sich keine Gedanken*, hatte der Bestattungsunternehmer uns beruhigt, *Pappsärge halten einem starken Regenguss mindestens dreißig Minuten stand, bevor sie zusammenbrechen.*

Ich hätte gedacht, der Totengräber würde zum Waschbärfangen ein spezielles Gerät mitbringen – ein Netz oder eine Stange oder etwas in der Art –, aber er hatte nur ein Gewehr und eine Schachtel Munition dabei. Meine Cousine Rachel und ich bettelten ihn an, nicht auf ihn zu schießen, aber er ließ sich nicht erweichen. Gleich sechs Mal feuerte er in das Loch und sprang dann hinunter, um den Kadaver herauszuholen. *Standardprozedur*, sagte er.

Als der Waschbär weg war, ging alles sehr schnell. Die Sargträger ließen den durchweichten Sarg ins Grab hinab. Ich warf eine Rose darauf. Der specknackige Priester sagte ein paar Worte, nannte Dad aber die ganze Zeit John (der Name, der auf der Todesurkunde stand) anstelle von Jack (als den ihn alle kannten). Und obwohl ich es nicht wollte, musste ich mich immer wieder nach dem Pick-up des Totengräbers mit dem toten Waschbären auf der Ladefläche umdrehen, weil ich mich fragte, was er wohl mit ihm machen würde.

Geoff Eggers filmte jede Minute der Zeremonie für seinen Livestream, und seine Abschiedsworte waren so schwachsinnig, dass mir die Kinnlade runterklappte. *Das war Jack Baxters Beerdigung, Leute. Ich schalte das Ding jetzt mal ab. Danke fürs Zuschauen.*

DINGE, DIE DIE LEUTE NACH DER BEERDIGUNG ZU MIR GESAGT HABEN

1. Ich weiß, was du gerade durchmachst.
2. Du machst das so gut.

3. Kopf hoch, Liebes.
4. Du musst jetzt stark sein.
5. Immerhin habt ihr euch noch, du und deine Mom.
6. Du brauchst jetzt erst einmal eine Auszeit.
7. Ein kluger Mann, dein Vater. Habe ich dir schon erzählt, wie er einmal zu uns rüberkam und mir half, den Weichenschalter an der Modelleisenbahn zu reparieren?
8. Du wirst darüber hinwegkommen.

BLÖDWADDEL

Zwei Wochen nach der Beerdigung fuhr Mom mit mir nach New Jersey, um Dads Grab einen Besuch abzustatten. Wir verbrachten den Vormittag damit, Unkraut zu jäten, die Blumen zu gießen und alles hübsch und ordentlich zu machen.

Um die Mittagszeit ging Mom los, um uns etwas zu essen zu holen. Sobald sie außer Hörweite war, tat ich etwas, das ich wirklich bereue. Ich setzte mich auf Dads Grabstein und fing an, ihn anzubrüllen. *Du blöder Egoist! Wenn du wirklich gewollt hättest, hättest du es schaffen können. Du wolltest uns loswerden, stimmt's? Du hast uns verlassen, weil du uns nicht liebst.*

Entsetzt von der Heftigkeit meiner Gefühle hielt ich inne. Als ich aufsah, entdeckte ich den alten Totengräber, der still unter einem Baum saß und mir zusah. Also brüllte ich als Nächsten ihn an. *Mörder!*, schrie ich. *Sie hätten diesen Waschbären verschonen können, aber Sie konnten der Versuchung, mit Ihrem Scheißgewehr herumzufuchteln, einfach nicht widerstehen. Habe ich recht? Man sollte Sie ins Gefängnis stecken, Sie schießwütiger alter Blödwaddel.*

Blödwaddel. Ich habe ihn tatsächlich als Blödwaddel beschimpft, dabei gibt es dieses Wort gar nicht.

Mom kam mit zwei Flaschen Limo und ein paar Käse- und Thunfischsandwiches zurück. Sie setzte sich neben Dads Grab und legte das Essen zwischen uns.

»Es ist so friedlich hier«, sagte sie. »Als wäre er hier bei uns. Wir sollten das bald wieder machen, findest du nicht?«

SABOTAGE

»Hast du etwas über den Tod deines Vaters geschrieben?«, will Daphne wissen.

»Ja.«

»Und hat es dir geholfen?«

»Nein.«

Daphne nimmt die Brille ab, wischt sie mit einem winzigen Tuch sauber und setzt sie wieder auf. »Deine Mutter sagt, du betreibst Selbstsabotage.«

»Ich habe ein paar Schachpartien verloren. Soll vorkommen.«

»Dann täuscht sie sich vielleicht.«

Wir sitzen da und sehen uns an. Die Uhr tickt.

»Wenn du allerdings doch …«

»Tue ich nicht.«

»Und selbst wenn du es tun würdest, wäre das nichts Ungewöhnliches. Ein schmerzlicher Verlust erschüttert unsere Grundfesten, Leah. Er nimmt uns die Illusion, alles unter Kontrolle zu haben. Wenn wir jemanden verlieren, der uns sehr nahestand, schleichen sich Unsicherheit und Selbstzweifel ein. Wir fangen an zu glauben, wir seien in irgendeiner Form schuld an diesem Tod und verdienten es, bestraft zu werden. Oder wir glauben, wir seien verflucht. Wir reden uns ein, solche schlimmen Dinge würden immer nur uns passieren, und bevor wir uns versehen, befinden wir uns im Krieg mit unserem Unterbewusstsein.«

»Ich befinde mich nicht im Krieg mit meinem Unterbewusstsein.«

»Natürlich nicht.« Daphne streicht sich eine widerspenstige Haarsträhne hinters Ohr. »Wenn es so wäre, hättest du es bemerkt, weil du angefangen hättest, dich auf die unterschiedlichsten Arten selbst zu sabotieren. Der Radfahrer hört auf, in die Pedale zu treten, weil er vom Rad fallen könnte. Der Schriftsteller hört auf zu schreiben, weil er nicht länger an den Wert seiner Worte glaubt. Der Schachspieler ...« Ein verlegenes Lächeln spielt um ihre Lippen.

»Reden Sie weiter.«

»Der Schachspieler führt seine Züge viel zu schnell aus, weil er glaubt, dass er ohnehin verlieren wird. Also bringt er es am besten gleich hinter sich. Wie bei jeder Selbstsabotage handelt es sich um einen Schutzmechanismus, mit dem er sich vor der Enttäuschung schützt.«

Sie gibt sich so viel Mühe, dass sie mir schon fast leidtut. »Ja, vielleicht ist es das«, sage ich, nur damit sie mich in Frieden lässt.

Aber Daphne lässt mich nicht in Frieden. Sie hat Blut geleckt und ist jetzt nicht mehr zu bremsen. Sie lehnt sich in ihrem Stuhl weit nach vorn und schlägt zu. »Was mit deinem Dad passiert ist, war nicht deine Schuld, Leah.«

Ich knete meine Hand. »Warum sollte es das auch sein?«

»Es war nicht deine Schuld«, wiederholt sie.

»Ich weiß.«

»Du verdienst es, glücklich zu sein. Und du wirst in den unterschiedlichsten Bereichen erfolgreich sein und ein glückliches und erfülltes Leben führen.«

»Klar.«

»Und wenn du je wieder anfängst, Schach zu spielen, wirst du am Brett sitzen und mit klarem Verstand die wohlüberlegtesten und stärksten Partien deines Lebens spielen.«

»Und was ist mit Schachboxen?«

»Wie bitte?«

»Werde ich auch im Schachboxen gut sein?«

»Das wirst du.« Daphnes Augen sind glasig geworden. »Du wirst bei allem, was du im Leben anfängst, Erfolg haben.«

»Schlangen beschwören?«

»Bei allem, was du tust.«

»Bewaffnete Banküberfälle?«

Daphne beißt die Zähne zusammen und wirft einen Blick auf die Uhr an der Wand. »Ich denke, für heute ist es genug.«

DECKUNG

Wenn ich mit meinem Work-out durch bin, setze ich mich gerne auf einen Hocker neben den Ring und schaue den Boxern beim Sparring zu. Anfänger erkennt man daran, dass sie sich gegenseitig antapsen wie balgende Kätzchen und vor lauter Angst, getroffen zu werden, ständig vor und zurück hüpfen. Erfahrene Boxer kämpfen anders. Sie fallen übereinander her wie Raubkatzen und knurren und fauchen, dass es von den Wänden widerhallt.

Den erfahrenen Boxern zuzusehen, verursacht mir Gänsehaut. Ich sehne mich danach, selbst im Ring zu stehen, und höre nicht auf, Bert danach zu fragen. Aber er sagt jedes Mal nein. Er meint, ich sei noch nicht so weit und müsse noch an meiner Technik arbeiten. Einem Sparring am nächsten kommt, wenn Bert mich in den Ring holt und gegen seine Pratzen boxen lässt. Er zeigt mir, wie ich mich richtig vor- und zurückbewege – Schritt und nachziehen – und erinnert mich unermüdlich, die Faust nach jedem Schlag wieder vors Gesicht zu nehmen.

Stell dir vor, dein Handgelenk und deine linke Wange sind mit einem Gummiband verbunden, sagt er. Schlagen, zurückschnalzen lassen, schlagen, zurückschnalzen lassen. Nie die Deckung vernachlässigen.

ALLES IST GUT

Daphne sagt, ich solle mir vorstellen, Dad würde im Zimmer nebenan sitzen. Ich solle mir vorstellen, er wäre ganz nah bei uns, direkt hinter der Wand, und könnte alles hören, was wir sagen.

»Hör mal«, sagt Daphne. Sie hält sich eine Hand ans Ohr, die im Urwald ihrer Haare fast verschwindet. »Er spricht mit dir. Er sagt deinen Namen. Was sagt er da? Er sagt: *Alles ist gut.*«

»Nein, er sagt gar nichts. Er ist tot.«

Daphne macht ein ernstes Gesicht und nickt. »Was wir hier machen, ist eine imaginäre Übung, die manche Menschen sehr hilfreich finden. Es ist leichter, wenn du die Augen schließt.«

Ich schließe die Augen, damit sie aufhört zu reden, aber sie hört nicht auf. Wie in Trance sagt sie immer wieder mit einer sanften Stimme, die ganz und gar nicht nach Dad klingt: »Alles ist gut.« Am liebsten würde ich ausholen und ihr eine reinhauen, dass ihr das *Alles ist gut* ein für alle Mal vergeht. Denn tatsächlich ist überhaupt nichts gut. Der Tod ist grausam, und irgendwelche imaginären Übungen für achtzig Dollar die Stunde ändern absolut gar nichts daran.

»Was fühlst du, Leah?«, flüstert Daphne.

»Ich fühle mich wie betäubt.« Ich öffne die Augen. »Und ich habe das Gefühl, es wäre besser, Sie würden Ihr *Alles ist gut* ein wenig sarkastischer herunterbeten.«

»Du willst, dass ich es sarkastisch sage?«

»Das würde besser zu Dad passen. Einmal ist auf dem Weg zu einem Schachturnier unser Auto liegen geblieben, und Dad rief: »Kein Grund zur Panik!«, mit diesem ironischen Unterton wie in *Per Anhalter durch die Galaxis*. Vielleicht könnten Sie es abändern.«

»*Ich bin nur tot, kein Grund zur Panik?*« Daphne klingt unsicher. Das steht in keinem ihrer Lehrbücher.

»Nein, nicht so. Sarkastischer. Sie müssen es mit einer hohen Stimme und in diesem Singsangton sagen.«

»Ich glaube nicht, dass das helfen wird.«

»Ich glaube schon.«

Ich schließe wieder die Augen. Langes Schweigen und dann fiept Daphne plötzlich mit hoher Fistelstimme: »Ich bin nur tot, kein Grund zur Panik!« Ich breche gleichzeitig in Lachen und Tränen aus und hasse mich dafür. Ich habe meine Deckung vernachlässigt.

SPARRING

Eines Nachmittags, ich bin mit Bert im Ring und schlage gegen seine Pratzen, lässt er plötzlich den Arm sinken und sagt, ich solle den Mund öffnen.

»Was?«

»Mach den Mund auf«, wiederholt er. »So weit du kannst. Gut. Und jetzt mach ihn wieder zu. Auf. Und zu. Und auf. Und zu. Lass deinen Kiefer im Uhrzeigersinn kreisen. Jetzt gegen den Uhrzeigersinn. Im Uhrzeigersinn. Gegen den Uhrzeigersinn.«

Als mir klar wird, was wir da tun, werde ich ganz aufgeregt. Ich wärme meinen Kiefer auf. Das ist eine Vorbereitung fürs Sparring.

Und tatsächlich, Bert reicht mir einen Zahnschutz und einen Kopfschutz. »Hey, Joshua!«, schreit er. »Beweg deinen Arsch hier hoch.«

Ein schlaksiger Junge mit Hasenzähnen schiebt sich hinter einem Sandsack hervor und kommt auf den Ring zugetrottet. Er duckt sich durch die Seile, nickt Bert kurz zu und lächelt mich unsicher an.

»Erste Runde«, sagt Bert. »Los geht's.«

Mit den Handschuhen vor dem Gesicht fangen wir an, uns zu umkreisen. Schritt, nachziehen, Schritt, nachziehen, immer im Kreis herum. Der Junge scheint nervös, und ich frage mich, ob es auch sein erstes Mal ist. Ich schlage einen Jab, dann noch einen und dann noch einen. Alle drei prallen wirkungslos von seinen Handschuhen ab. *Das Erste, was du können musst*, sagt Bert, *ist einen Jab landen. Wenn du keinen Jab landen kannst, kannst du auch sonst nichts landen.*

Ich gehe in die Knie und attackiere Joshuas Rippen mit einem weiteren Jab, dann versuche ich, einen rechten Cross folgen zu lassen. Aber mein Gegner dreht sich auf die Seite und weicht vor mir zurück. Ich verfolge ihn mit harten, schnellen Jabs, aber irgendwie blocken seine Arme und Handschuhe jeden meiner Schläge ab.

»Komm aus der Deckung und schlag sie!«, brüllt Bert. »Sie soll was lernen!«

Plötzlich weicht der Junge nicht mehr zurück, und beginnt, mein Gesicht und mein Kinn mit unbeholfenen Jabs zu traktieren, die zwar nicht schmerzhaft, dafür aber umso erniedrigender sind.

Mit einem wütenden Schnauben schlage ich eine Gerade in die Luft. Ein großer Fehler. Aus dem Nichts trifft mich ein kräftiger linker Haken, und ich taumle zur Seite. Okay, da habe ich mich wohl getäuscht, das ist definitiv nicht sein erstes Mal.

»Achte auf deine Deckung, Leah«, bellt Bert. »Beweg den Kopf!«

Stöhnend stolpere ich vorwärts wie Frankensteins Monster. Ich habe keine Ahnung, wo mein Gegner sich gerade befindet, und während er einen Schlag nach dem anderen landet, treffe ich ihn kein einziges Mal. Die Jabs prasseln so heftig auf mich ein, dass ich meine zu ertrinken.

»Nicht zusammenkrümmen!«, schreit Bert. »Halte die Augen auf seine Brust gerichtet.«

Ich sehe genau in dem Moment auf, als mein Gegner die Hüfte ausdreht und durch die Lücke zwischen meinen Handschuhen einen gewaltigen Cross landet. *Game over*, denke ich noch und komme erst wieder zu mir, als ich am Boden liege und Bert auf zehn zählt. Ich fühle mich zurückversetzt in die Tombs, als ich inmitten von Carmens Schachkonfetti auf den karierten Bodenkacheln der Arrestzelle lag.

»Sechs, sieben«, zählt Bert. »Komm schon, steh auf.«

Ich drücke die Fingerknöchel in den Boden, hieve mich auf die Beine und halte die Handschuhe vors Gesicht. Joshua kommt mit einem entschuldigenden Lächeln auf mich zu, bereit, wieder auf meinen Kopf loszugehen, aber Bert hebt die Hand und stoppt ihn.

»Das reicht«, sagt er zu Joshua. Und zu mir: »Gut gemacht, Mädchen.«

Benommen schüttle ich den Kopf. »Was habe ich denn gut gemacht?«

»Du bist aufgestanden«, sagt Bert, während er mir vorsichtig die Handschuhe aufbindet. »Man weiß nie, was in einem Boxer wirklich steckt, bevor er nicht am Boden liegt.«

FRANK

Ich verschränke die Finger ineinander und mache für Teddy eine Räuberleiter. Danach hüpfe ich selbst auf die Mauer und setze mich neben ihn. Wir sitzen einfach nur da, lassen die Beine baumeln und sehen uns *das Haus* an.

»Wo sind wir hier?«, will Teddy wissen.

»Nummer 23 West 10th Street«, sage ich. »Besser bekannt unter dem Namen Marshall Club. Was glaubst du, warum ich dich hierhergebracht habe?«

»Bobby Fisher«, gähnt Teddy. »Die Partie des Jahrhunderts, richtig?«

»Respekt. Woher weißt du von der Partie des Jahrhunderts?«

»Mein Dad redet von nichts anderem«, sagt Teddy. »Er sagt, wenn ich hart trainiere, könnte ich der nächste Bobby Fischer werden.«

»Du willst gar nicht der nächste Bobby Fischer sein, glaub mir. Und ich habe dich auch nicht hierhergebracht, um über Bobby Fischer zu reden. Ich habe dich hierhergeschleppt, um über den Typen zu reden, dessen Name an der Tür steht.«

»Marshall?«

»Exakt. War ein großartiger Spieler, dieser Frank Marshall. Siebenundzwanzig Jahre lang amerikanischer Meister. In einem seiner Turniere machte er einen so wunderbaren Zug, dass die Zuschauer Goldstücke aufs Brett warfen.«

»Wow.« Teddy ist beeindruckt. »War er besser als Capa?«

»Nein. Die kubanische Schachmaschine hat in einer eigenen Liga gespielt. Aber Marshall hat ihn ein paarmal geschlagen, einmal sogar mit Schwarz. Gegen Capa mit Schwarz zu gewinnen, war damals so selten wie ein weißer Rabe.«

»Oder wie ein vierblättriges Kleeblatt in der Sahara«, kichert Teddy.

»Willst du wissen, worin Marshall am besten war? Im Schwindeln.«

»War er ein Betrüger?«

»Nicht wirklich. Im Schach ist ein Schwindel eine Art Comeback. Mit Betrug hat das nichts zu tun. Man spricht von Schwindel, wenn sich ein Spieler aus einer scheinbar verlorenen Stellung wieder herausmanövriert und am Ende vielleicht sogar gewinnt. Entweder weil ihm mit den verbleibenden Figuren ein Mattangriff gelingt oder weil er die Stellung so verkomplizieren kann, dass sein Gegner einen Fehler macht, oder weil er eine Möglichkeit findet, sich in ein Patt zu retten.«

Teddys Gesicht hellt sich auf. »Das habe ich mal mit meinem Dad gemacht. Er hat mich so fertiggemacht, dass er angefangen hat, auf dem Tisch zu trommeln und *We are the Champions* zu singen. Aber die Partie endete in einem Patt.«

»Da hast du's, Teddy. Aufgeben ist was für Weicheier. Nimm dir ein Beispiel an Frank Marshall. Häng dich ganz tief rein, bis du einen Ausweg findest. Nächsten Monat findet dein Schulturnier statt, und wenn mir zu Ohren kommt, dass du in einer deiner Partien aufgegeben hast, komme ich zu dir in die Schule und brate dir mit diesem scheußlichen Onyxbrett eins über.«

Teddy fängt an zu lachen. »Dazu musst du mich erst mal kriegen«, ruft er, hüpft von der Mauer und rennt die Straße hoch.

MEIN PROBLEM

Bert behauptet, Sparring würde einfacher werden, je öfter man es macht. Aber ich glaube, da täuscht er sich. Ich glaube, wenn überhaupt, wird es immer härter, weil man weiß, welche Qualen auf einen zukommen.

Wer noch nie ein Sparring geboxt hat, hat keine Vorstellung, wie anstrengend das ist. Schon nach einer Minute habe ich das Bedürfnis mich hinzusetzen, um wieder zu Kräften zu kommen, aber stattdessen höre ich nicht auf, mich zu bewegen, zuzuschlagen, die Deckung meines Gegners anzugreifen und zu scheitern. Ich boxe jede Woche gegen einen anderen Sparringspartner, und jede Woche stecke ich Prügel ein.

Lass nicht zu, dass sie dich mit ihren freien Jabs treffen, schimpft Bert mich immer wieder aus. *Nicht an der Stirn, nicht am Kinn, nicht sonst irgendwo. Hast du verstanden? Wenn sie dich mit einem Jab treffen, treffen sie dich auch mit anderen Schlägen. Bleib an deiner Beinarbeit. Beweg den Kopf. Blocke mit dem rechten Handschuh die Schläge ab. Wenn du ihre Jabs abwehren kannst, frustriert sie das, und sie fangen an, Fehler zu machen.*

Es tut weh, wenn man getroffen wird, trotz Kopfschutz und fetten Handschuhen. Am schlimmsten ist die Nase. Ein stechender Schmerz, der dir die Tränen in die Augen treibt. Hölle.

Als ich nach einer dieser Sparringsrunden vom Rand des Rings auf den Boden springe, steht plötzlich Sydney Campbell vor mir.

»Nicht schlecht«, sagt sie und reicht mir ein Handtuch. »Kaum zu glauben, dass du noch stehst, so wie der Typ auf dich eingedroschen hat.«

Ich lege mir das Handtuch über die Schultern und lasse mich auf eine Bank fallen.

Sydney setzt sich neben mich. »Ich kann dir ein paar Tipps geben«, sagt sie, »habe aber keine Lust, mich wieder mit dir zu streiten.«

»Versuch dein Glück.«

»Also hör zu.« Sie senkt die Stimme, bis sie fast flüstert. »Du hast Kraft, und du kannst dich bewegen. Dein Problem ist deine Wut. Die ist tödlich. Als du eben eine auf die

Nase bekommen hast, bist du abgegangen wie ein Feuerkreisel und hast wahllos um dich geschlagen. Wenn du im Ring gewinnen willst, Leah, brauchst du einen kühlen Kopf. Du musst deine Gefühle unter Kontrolle haben.«

Sofort fallen mir mehrere bissige Retourkutschen ein, echte Brüller, weshalb meine Antwort nicht nur Sydney Campbell, sondern auch mich selbst überrascht.

»Okay«, entgegne ich. »Ich werde mit meiner Therapeutin darüber sprechen, wenn ich sie das nächste Mal sehe.«

WEN UND WARUM

»Wie fühlst du dich heute?«, fragt Daphne.

»Wütend«, sage ich. »Ich bin immer wütend, selbst, wenn ich nicht wütend bin. Falls das irgendwie Sinn macht.«

Daphne nickt mit einem gequälten Lächeln. Es gehört zu ihrer Arbeitsmethode, dieses gequälte Lächeln. Jede Wette, sie übt jeden Morgen vor dem Spiegel, um diese Mischung aus Qual und Mitgefühl genau so hinzubekommen.

Sie reicht mir ein Blatt Papier und bittet mich, eine Liste zu schreiben, auf wen ich alles wütend bin und warum. Nichts leichter als das. Ich kritzele meine Liste in weniger als zehn Sekunden aufs Papier, und Daphne macht eine Riesenshow daraus, so zu tun, als würde sie nicht hinsehen.

1. auf die Ärztin (weil sie die Gallensteine in den Gallengang hat fallen lassen)
2. auf Dad (weil er mich verlassen hat)
3. auf Mom (weil sie noch lebt)
4. auf alle, die auf der Beerdigung waren (weil sie bescheuerte Dinge getan und gesagt haben)

5. auf den Rest der Welt (weil er weitermacht, als wäre nichts gewesen)
6. auf mich (weil ich nach Rhode Island gefahren bin)
7. auf Gott (weil er mich erschaffen hat)

»Sehr gut«, strahlt Daphne, als ich fertig bin. »Die eigene Wut anzuerkennen, ist die Hälfte des Weges. Und, Leah, es ist in Ordnung, dass du wütend bist. Was du durchmachen musstest, sollte keine Siebzehnjährige durchmachen müssen.«

»Danke, Daphne«, flüstere ich, wofür sie mich mit einem weiteren gequälten Lächeln belohnt.

Ich suche mit den Augen die Zimmerecke auf der anderen Seite des Raums ab, aber meine siebenbeinige Freundin ist nicht mehr da. Wahrscheinlich ist sie weitergezogen.

GRAUSAM FAIR

Auf dem Weg aus Daphnes Büro bekomme ich eine Nachricht von Kit, der sich mit mir beim Brunnen im Washington Square Park treffen will.

Als ich ankomme, sitzt er bereits auf der Steintreppe und starrt ins Wasser. Sobald er mich entdeckt, springt er auf.

»Ich habe dich seit einer Ewigkeit nicht mehr gesehen!«, ruft er. »Nicht, seit der goldne Zirkel sich drehte durch die finstre Tiefe. Nicht, seit die Natur in der Geburt aus finstrem Chaos stieg. Nicht, seit der klare Ätherstoff sich ausgebreitet hat bis hin zur höchsten Wölbung dieses Erdenrunds.«

»Ja, Mann. Ich war beschäftigt. Und jetzt halt die Klappe.«

Ich setze mich neben ihn auf die kalte Steintreppe. Er sieht mich vorwurfsvoll an. »Bist du immer noch auf deinem bescheuerten Adrenalintrip?«

»Wenn du damit meinst, ob ich immer noch boxe, ja. Hatte heute sogar Sparring-Training.«

»Und wie war's?«

»Hab mir mal wieder ordentlich die Fresse polieren lassen. Als die Schläge mich am Kopf trafen, war alles, was ich am Sandsack trainiert hatte, plötzlich komplett für den Arsch.«

Kit sieht mich entsetzt an. »Wenn ich den, der dir gegen den Kopf geschlagen hat, in die Finger bekomme«, verkündet er, »werde ich …«

»Wirst du was?«

»Werde ich ihn ordentlich zusammenscheißen, und zwar in fünfhebigen Jamben.«

Ich lache und boxe ihm mit dem Ellbogen in die Rippen. Plötzlich habe ich ein schlechtes Gewissen, weil ich mich so lange nicht mit ihm getroffen habe. Ich bin gern mit ihm zusammen. Bei Kit kann ich ich selbst sein, und es gibt nicht viele Menschen, von denen ich das behaupten kann.

Als ich gedankenverloren ins Wasser starre, sehe ich auf dem grauen Marmorgrund des Brunnens plötzlich etwas Rotes aufblitzen. Dort unten ist etwas. Ich greife ins Wasser und fische es heraus.

»Schau mal Kit. Scheint eine Art Dokumentenmappe zu sein.«

»Wow«, sagt Kit. »Was da wohl drin ist?«

Ich öffne den Plastikreißverschluss und ziehe ein einzelnes, völlig durchweichtes Blatt Papier hervor, dass sich zwischen meinen Fingern sofort auflöst.

Angeekelt schüttle ich es von den Fingern, während Kit sich mit einem lauten Stöhnen vor die Stirn schlägt. »Das hätte nicht passieren dürfen«, sagt er. »Die Frau in dem Laden hat mir versichert, die Mappe wäre hundert Prozent wasserdicht.«

»Was willst du damit sagen? Was war das?«

»Nichts. Nur ein Geschenk für dich. Eins von Michail Tals Partieformularen von den New York Open 1990.«

»Von Tal persönlich ausgefüllt?«

»Ja.«

»Und unterschrieben?«

»Ja.«

»Und du hast es in den Brunnen gelegt?«

»Ja.« Unglücklich starrt er ins Wasser. »Es sollte romantisch sein.«

»Romantisch!« Ich stehe auf und ziehe mir die Sporttasche auf den Rücken. »Kit, ich fühle mich wirklich geschmeichelt, aber du musst aufhören, mir so teures Zeug zu kaufen. Ich bin nicht deine Freundin.«

Kit sieht mich an. »Vielleicht solltest du das aber sein.«

»Vielleicht aber auch nicht.«

»Liegt es daran, dass ich schiele?«

»Nein.«

»Doch, tut es«, brummt Kit. »Du hast es in deinem Blog geschrieben.«

Bevor ich ihn davon abhalten kann, springt er auf und rennt platschend in den Brunnen. Er ist sofort von Kopf bis Fuß durchweicht. Zitternd steht er unter der Wasserfontäne.

Die Leute zeigen mit dem Finger auf ihn und lachen, aber das kratzt Kit nicht. Er hebt die Arme über den Kopf und führt hinter seinem Wasservorhang einen traurigen Tanz auf.

Und als ich gerade denke, abgedrehter kann es nicht mehr werden, fängt er auch noch an, aus vollem Hals zu singen:

»Wer da betrachtet ihrer Schönheit Art
Und ihre Grausamkeit damit vergleicht,
Verwundert sich, woraus geformt sie ward
So schön, und doch so unerweicht.«

Meine innere Stimme schreit mich geradezu an, so schnell wie möglich in der Menge abzutauchen, aber ich bleibe, wo ich bin, und rufe Kit zu, aus dem Brunnen zu kommen und mit mir zu reden. Schließlich watet er tatsächlich in meine Richtung und steigt bleich und zitternd aus dem Wasser.

»Hör mal, du Vollidiot.« Ich lege ihm meine Jacke um die Schultern. »Erinnerst du dich, was ich dir über den fleischfressenden Adler gesagt habe? Nun, der pickt immer noch in meinen Eingeweiden herum. Ich mag dich, ich mag dich wirklich. Aber das Letzte, was ich im Moment brauche, ist einen festen Freund.«

»Oh.«

»Was ich allerdings sehr gut gebrauchen könnte, ist einen Freund ...« Ich zögere. »Also einen normalen Freund, du weißt, was ich meine. Jemanden, mit dem ich abhängen kann. Jemanden, auf den ich mich verlassen kann. Jemanden, der mir verzeiht, wenn ich mich wie ein Titan mit kaputter Leber aufführe. Aber vielleicht ist das ja ein bisschen zu viel verlangt und dir gegenüber nicht wirklich fair.«

Kit spielt an der Ecke der Dokumentenmappe aus Plastik herum. »Sie hat gesagt, dieses Ding wäre wasserdicht«, murmelt er. »Ich werde eine Entschädigung fordern.«

»Tu das.«

Schweigend sitzen wir nebeneinander und starren auf die Mappe, als enthielte sie die Antwort auf alle Fragen, die wir uns je gestellt hatten.

»Ist okay«, sagt Kit schließlich. »Ich kann das. Ich kann einfach nur dein normaler Freund sein.«

»Bist du sicher?«

»Klar.« Er zieht sich meine Jacke enger um den Körper. »Und hey, ich werde jede Menge Geld sparen, wenn ich keine Schach-Devotionalien mehr kaufen muss.«

DENKSPIEL

Bert hat doch recht. Das Sparring wird einfacher, je öfter man boxt. Haltung, Deckung, Beinarbeit, das alles passiert irgendwann instinktiv, und plötzlich stehst du im Ring und stellst fest, dass du Zeit hast zu denken. Du fängst an wahrzunehmen, was dein Gegner macht, erkennst seine Vorlieben. Du lernst, ihn zu lesen wie einen Kontrahenten im Schach und seine Schwachstellen für dich zu nutzen.

Eines Nachmittags fresse ich beim Sparring mit Joshua wie gewohnt Leder, als mir auffällt, dass er meine Jabs immer auf dieselbe Art abblockt. Er dreht sich nach links und pariert mit der Rechten. Also versuche ich, als ich das nächste Mal in Schlagdistanz bin, etwas Neues. Ich täusche einen Jab an, schlage dann aber in letzter Sekunde einen linken Haken. Meine Faust fliegt an Joshuas Deckung vorbei, und mein Boxhandschuh landet auf seinem rechten Ohr. *Wumm!* Als ich spüre, wie die köstliche Schockwelle des Aufpralls meinen Arm entlangwandert, macht mein Herz einen Sprung.

Erwischt.

Joshua geht in Deckung und dreht sich zur Seite. Ich täusche wieder den Jab an, er hält die rechte Hand vors rechte Ohr, aber ich komme direkt durch die Mitte und treffe ihn an der Wange. *Krack!*

»Braves Mädchen!«, schreit Bert begeistert.

Ein Teil meiner Anspannung ist gewichen. Ich fühle mich leichter, schneller, stärker. Ich neige den Kopf, gehe in die Knie und lande einen tiefen Jab, der von Joshuas Brust zurückprallt. Dann weiche ich zurück, als ob ich außer Schlagdistanz wollte, er folgt mir und *Bam!* landet ein Jab direkt auf seiner Nase.

»Er trifft«, schreit Bert. »Dein Jab trifft!«

Plötzlich sehe ich glasklar, worum es hier geht. Boxen ist wie Blitzschach, wie ein Garten voller sich kreuzender Wege. Wenn du das machst, mache ich das. Wenn du dahin gehst, gehe ich dorthin. Und wenn du dann das machst, mache ich DAS und habe dich geschlagen, Patzer, weil ich stärker bin als du. Ha!

Schach ist wie Boxen, und Boxen ist wie Schach. Du lernst die nötigen Techniken, und sobald du sie beherrschst, steigst du in den Ring oder setzt dich im Washington Square Park an einen Schachtisch. Es ist ein Denkspiel, nichts weiter.

HILFE

Geflasht von meinem Erfolg stehe ich in einer Ecke der Boxhalle und schlage hart und schnell gegen einen Body-Boxsack. Der ganze Sack zittert, als hätte er einen epileptischen Anfall, genau wie es sein muss.

»Nimm das«, zische ich. »Und das. Und das.«

»Und du nimm DAS«, entgegnet der Sandsack mit krächzender Krümelmonsterstimme und schwingt auf mich zu. Er trifft mich so hart an der Brust, dass ich nach hinten taumle.

Hinter dem Sack erspähe ich ein Paar muskulöse Beine in blauen Turnschuhstiefeln. Ich springe nach vorn und schlage im weiten Bogen einen linken Haken hinter den Sack.

»Uff!«, sagt die Stimme.

»Travis!« Ich tue, als wäre ich überrascht. »Bist du das?«

»War gerade in der Gegend.« Ächzend bewegt sich der Sack an seiner Kette von mir weg nach hinten. »Erinnerst du dich, wie du gesagt hast, du könntest nicht tanzen?«

»Ja.«

»Zeit, es zu lernen.«

Ich hüpfe von links nach rechts in Erwartung des Boxsacks, der jeden Moment wieder zurückschwingen wird. Und da kommt er, mit einem Affenzahn direkt auf mich zu. Ich tauche links weg und drehe mich zur Seite, um dem Schwung auszuweichen. Auf dem Rückweg packe ich den Sack und schleudere ihn so fest ich kann in Travis' Richtung. Er weicht zurück, ist aber zu langsam, und der Sack trifft ihn an der Brust.

Schwer atmend liegt er am Boden. Ich stehe über ihm und schlage die Handschuhe gegeneinander. »Los, steh auf«, fordere ich ihn heraus.

Travis erhebt sich, und wir beginnen, uns langsam zu umkreisen.

»Beeindruckendes Reaktionsvermögen«, sagt er. »Obi Wan hat dir einiges beigebracht.«

»Du magst *Star Wars*?«

»Klar. Wer nicht?«

»Oh, da kenne ich so einige.«

Meinen Jab testend, gehe ich auf ihn zu und dränge ihn in eine Ecke der Halle. Sobald er mit dem Rücken zur Wand steht, traktiere ich ihn mit einer Kombination, die ich die letzten Abende zu Hause trainiert habe. Jab, rechter Aufwärtshaken, linker Haken, rechte Gerade. Die ersten drei Schläge prallen an seinen Händen und Unterarmen ab, aber die rechte Gerade durchbricht seine Deckung. Er lässt sich nach vorne fallen, und wir klammern.

»Danke für den Unterricht«, flüstere ich. »Du hast mir wirklich sehr geholfen.«

»Geholfen? Ist es das, was du von einem Jungen willst? Hilfe?«

»Ja.« Ich winde mich aus dem Clinch. »Das, und dass er die Lucena-Stellung kapiert.«

»Noch nie davon gehört.«

»Das ist so ein Ding in Turmendspielen, aber das ist weit über deinem Niveau. Wenn dein Rating bei zweitausend angelangt ist, erkläre ich dir die Lucena-Stellung.«

»Das könnte Jahre dauern!«

Ich stecke die Handschuhe in meinen Seesack und gehe Richtung Ausgang.

»Ich sagte, das könnte Jahre dauern!«, schreit er mir hinterher.

Ich werfe mir den Sack über die Schulter, sprinte die Treppe hoch und trete hinaus in die frische Nachmittagsluft.

Teil DREI

ENDSPIEL

Jeder Bauer ist eine potenzielle Dame.

JAMES MASON
(1849–1905)

ENDSPIEL

Wow. Kaum zu fassen, wie viel Zeit seit meinem letzten Update vergangen ist.

Ich schreibe gerne, schon immer. Es tut gut, all die bescheuerten Dinge, die mir so passieren, festzuhalten. Mein Problem ist im Moment die Zeit. Ich war so beschäftigt mit Schach und Boxen und Unterrichten und Therapie, dass ich neben allem, was ich getan habe, nicht auch noch darüber schreiben konnte.

Warum ich gerade jetzt wieder anfange? Weil jetzt mein Endspiel beginnt, darum. Leah »Park Girl« Baxter hat sich gerade einen Kampf im Elephant Club gesichert.

Was wirklich zählt, ist das Endspiel! Es ist der finale Kampf am Ende des Tunnels, die ultimative Herausforderung: Steh es durch, oder du kannst einpacken.

Ich muss oft an Charles Croft denken, der mich bei unserem ersten Treffen bat, Teddy ein paar raffinierte Eröffnungen beizubringen, mit denen er die älteren Kids überrumpeln kann. Nun, das war vor ZWEI JAHREN, und ich habe Teddy immer noch keine »raffinierten Eröffnungen« beigebracht, nicht einmal das Blackmar-Diemer-Gambit. Und zwar aus dem einfachen Grund: Wer kein wirklich grundlegendes Verständnis von Schach hat, dem bringen raffinierte Eröffnungen rein gar nichts. Glaubt ihr wirklich, eines dieser halbgaren Gambits, die man auf YouTube findet, könnte euer Schachspiel revolutionieren? Kann es nicht. Sehr viel wahrscheinlicher ist, dass ihr euch damit euer eigenes Grab schaufelt, in das ihr euch dann nur noch reinlegen müsst.

Zu meinen Schülern sage ich immer: Hört auf, euch das

Hirn über Eröffnungen zu zermartern. Wofür es sich wirklich lohnt, ist das Endspiel. Im Endspiel zeigen sich die Macht und die Raffinesse einer jeden Spielfigur in ihrer reinsten Form. Geduld und ein akkurates Spiel können eine noch so fade Remisstellung in einen süßen Sieg verwandeln.

José Raúl Capablanca, auch bekannt als die kubanische Schachmaschine, war das größte Endspielgenie, das die Welt je gesehen hat. Im Endspiel war er sogar besser als Tal, und das will was heißen. Teddy und ich haben uns zwei Jahre lang durch Capas Endspiele gespielt und sie Zug um Zug durchgesprochen. Das hat Teddys Spiel mehr gebracht, als jedes Buch über Eröffnungsstrategien. Er hat gelernt, aus seinem ängstlich in der Ecke kauernden König im Endspiel einen unerschrockenen Krieger zu machen. Er hat gelernt, über beide Flügel zu spielen, sodass die Truppen seiner Gegner auseinandergezogen werden, bis es sie zerreißt. Er hat gelernt, seine Bauerndurchbrüche perfekt zu timen und hat sich sogar in das Schreckenslabyrinth des Doppelturmendspiels vorgewagt, in dem selbst erwachse Männer anfangen zu weinen oder unter der geistigen Anstrengung mit den Zähnen zu knirschen.

Was wirklich zählt, ist das Endspiel. Dort laufen alle Wege zusammen.

PLAKATWAND

»Türme auf der siebten Reihe sind wie fette Schweine, Teddy. Sie fressen alles, was in ihre Nähe kommt. Wenn du beide Türme dahin bekommst, wird die Verteidigungslinie deines Gegners zu einem einzigen langen Futtertrog.«

Wir sitzen im Esszimmer der Crofts und befassen uns mit Capablancas Partie in der achten Runde des New York Turniers 1918. Teddy sieht sich die Züge auf dem Handy an und spielt sie auf dem Plastikbrett, das vor uns steht, nach. An der Stelle, an der White aufgibt, versetzt er dem König einen so kräftigen Stoß, dass dieser über die Mahagonitischplatte segelt und auf dem Boden landet.

Mittlerweile habe ich sieben Schachschüler unterschiedlichen Alters, aber Teddy ist immer noch mein Lieblingsschüler. Seit ich ihn unterrichte, ist sein Rating um vierhundert Punkte nach oben geschnellt, und er durfte gleich zweimal hintereinander den Siegerpokal des Schulturniers in die Luft halten. Sein Vater fährt mit ihm noch diesen Monat nach Richmond zu den nationalen Meisterschaften der Unterzehnjährigen. Ich denke, er hat gute Chancen zu gewinnen.

Teddy lehnt sich im Stuhl zurück und grinst mich an. »Meine Schwester hat gesagt, sie hätte dich heute Nachmittag auf einer Plakatwand gesehen«, meint er.

»Am Time Square?«, witzle ich.

»Nein, in Hell's Kitchen. Sie sagt, es wären noch drei andere auf dem Plakat gewesen, eine davon eine Art Monster mit Totenschädelgesicht. Van hat geweint, als sie es mir erzählt hat. Solche Angst hatte sie.«

»Arme Van. Es sollte verboten sein, Plakate auf die Straße zu hängen, die Kindern Angst einjagen. Die Frau mit dem Totenkopf-Tattoo war Zelda Haas, die Weltmeisterin im Schachboxen. Morgen Abend ist sie im Elephant Club und kämpft gegen meine Freundin Sydney Campbell. Das wird ein grandioser Kampf.«

»Und du kämpfst gegen die Gewinnerin?«

»Schön wär's. Nein, ich darf nur vor dem Hauptkampf die Leute in Stimmung bringen. Ich kämpfe gegen Odette Segal, eine französische Spitzenboxerin. Ihr Spitzname ist *La Dangereuse.*«

»Die Gefährliche«, übersetzt Teddy. »Die wird dir ordentlich in den Arsch treten.«

»Ach ja?« Ich springe auf. »Aber nicht, bevor ich dir ordentlich in den Arsch trete.«

Ich jage Teddy rund um den Mahagonitisch. Er quietscht, als hätte er furchtbare Angst, und wirft mir Stühle in den Weg, um mich aufzuhalten. In der dritten Runde um den Tisch tritt er auf den geschlagenen weißen König und landet im hohen Bogen auf seinem Hintern, wie Unfall-Amy, die auf einer Bananenschale ausrutscht.

Die Tür geht auf, und Mrs Croft betritt mit einem Tablett das Zimmer. »Milch und Kekse für die Großmeister!«, verkündet sie, aber als sie ihren Sohn mit den Beinen in der Luft auf dem Rücken liegen sieht, verschwindet ihr Lächeln. »Theodor, Liebling, geht's dir gut?«

»Bin auf einer Schachfigur ausgerutscht«, murmelt er mit einem vernichtenden Blick in Richtung des schuldigen Königs.

»Tatsächlich?«, sagt Mrs Croft mit einem vernichtenden Blick in meine Richtung.

PIZZAABEND

Am Abend vor meinem großen Kampf backe ich für Mom und mich Pizza. Pizza ist gut, um Kohlenhydrate aufzustocken, und ich kann mir beim Backen vorstellen, der Teig wäre Odette Segal, und hemmungslos meine Aggressionen an ihm auslassen, ihn schlagen und knuffen, bis er um Gnade winselt.

»Hey, Leah!« Mom steckt den Kopf zur Tür herein. »Dauert es noch lange?«

»No, Mama!«, rufe ich in meinem besten Italienisch. »Finito subito!«

Obwohl das nicht wirklich lustig ist, kichern wir wie die Hyänen. Mom schenkt sich ein großes Glas Rotwein ein und setzt sich damit an den Küchentisch.

»Magst du einen Schluck, Leah?« Gedankenlos schwenkt sie die Flasche durch die Luft.

»Mamma mia, no!« (Mein Pseudoitalienisch gefällt mir. Ich denke, ich bleibe heute Abend dabei.) »Domani ist meine Kampf. Schon vergessen?«

Natürlich hat sie es nicht vergessen. Sie runzelt die Stirn und nimmt einen großen Schluck Wein. Ich mache die Passata, reibe den Mozzarella und wende mich wieder dem Teig zu. Ich ziehe und drehe ihn in immer extravaganteren Bewegungen und trainiere dabei um den Tisch herum meine Beinarbeit. *Schritt, nachziehen, vor, zurück, Schritt, nachziehen, vor, zurück.* Der Teig ist so weich und elastisch, dass ich ihn um meine bemehlten Finger tanzen lassen kann.

»Ist ein Arzt in der Nähe?«, fragt Mom plötzlich.

»Mamma mia!«, rufe ich entrüstet. »Nie in meine ganze Leben, man hat mich beleidigt tanto. Meine Pizza ist beste Pizza in tutto il mondo.«

»Leah.« Mom legt mir die Hand auf den Arm. »Wird ein Arzt in der Nähe sein?«

»Ja, Mom.« Ich lege den Teig weg. »Die Sicherheit der Boxer hat oberste Priorität. Es gibt eine Ringärztin, die direkt hinter den Seilen steht. Sie hat die Befugnis, den Kampf jederzeit zu unterbrechen oder für beendet zu erklären.«

KAMPFNACHT

»Ladies and Gentlemen, herzlich willkommen im Elephant Club, New Yorks erster Adresse für alle Fans des Schachboxens. Sie alle sind heute Abend Besitzer der heißesten Tickets der Stadt, und ich kann ihnen versichern, es wird zur Sache gehen, sowohl auf dem Brett als auch im Ring. Denn heute Abend servieren wir Ihnen eine hochexplosive Mischung aus gleich zwei faszinierenden Sportarten, eine atemberaubende Demonstration menschlicher Fähigkeiten in zwei Extremen. Intelligenz trifft auf Kraft, Muskelmasse auf Gehirnmasse! Schachmatt oder K. o.? Am Ende kann es nur einen Gewinner geben! Ich habe das große Vergnügen, Ihnen heute den Kampf zwischen zwei der besten, nein, DEN besten Schachboxerinnen aller Zeiten präsentieren zu dürfen, die hier und heute um den offiziellen WCBO-Titel boxen. Meine Damen und Herren, sind Sie bereit für die Kampfsensation des Jahres?«

Aus der entfesselten Menge steigt ein ohrenbetäubendes Gebrüll auf. Während Marcus Crockett die Arme in die Luft reckt und die applaudierende Menge weiter anfeuert, warte ich hinter den Kulissen und verlagere mein Gewicht von einem Bein auf das andere. Vergeblich versuche ich, meinen rasenden Herzschlag unter Kontrolle zu bekommen. Mein Zahnschutz steckt in meiner Tasche, meine Füße stecken in meinen Boxstiefeln, der Moment, auf den ich mich zwei Jahre vorbereitet habe, ist gekommen.

»Bevor wir jedoch zu unserem exquisiten Hauptgang kommen, Ladies and Gentlemen, steht noch ein appetitanregendes Hors-d'œuvre auf der Speisekarte, ein Vorkampf, so spannend, dass ihre Neuronen anfangen werden zu surren. Meine Damen und Herren, ich habe die große Ehre, Ihnen zwei erstklassige Kämpferinnen vorzustellen, die vor Selbstbewusstsein und Energie nur so strotzen. Eine echte Veteranin der europäischen Schachboxerszene in der einen Ecke, in der anderen ein junges Talent aus den eigenen Reihen. Ich kann euch sagen, Leute, ich fiebere diesem Kampf entgegen, seit er angekündigt wurde und kann vor Aufregung kaum noch sprechen.«

Crocketts begeisterte Ansage dröhnt aus einem gigantischen Basslautsprecher direkt neben mir. Ich kaure mich auf den Boden und ziehe den Vorhang ein kleines Stück zur Seite, um einen Blick auf die Zuschauer zu werfen. Ein Meer aus Gesichtern, die im blitzenden Stroboskoplicht erwartungsvoll nach oben sehen. In der vordersten Reihe steht Travis. Er hat die Arme um die Schultern geschlungen, und seine Lippen bilden eine harte dünne Linie.

Travis war in den letzten zwei Jahren ziemlich erfolgreich. Sein Kampf gegen Pietro »den Pfähler« Scaramucci, den er in der fünften Runde mit einem frechen Grundreihenmatt außer Gefecht gesetzt hat, stand auf der Kampfkarte des Elephant Club ganz oben. Den Brasilianer Sambisto »Hamfisto« Correa hat er schon nach zehn Sekunden in der ersten Boxrunde k. o. gehauen, und letzten Herbst hat er in Montreal gegen den großen albanischen Schachboxer Kreshnik Paloka gekämpft. Die Schachpartie ging unentschieden aus, das Boxen verlor er nur knapp nach einem Countback. Travis war am Boden zerstört, aber der Kampf brachte ihm den Preis der WCBO für den besten jungen Schachboxer ein. Oh, und dank mir ist sein FIDE-Rating auf sensationelle eintausendneunhundertdreißig Punkte gestiegen. Gar nicht so schlecht für einen Vollblutsportler.

Ein Tippen auf meine Schulter lässt mich zusammenzucken. Als ich mich umdrehe, blicke ich in ein pockennarbiges Gesicht mit einer fiesen, über das rechte Auge verlaufenden Narbe und einem Höcker auf dem Nasenrücken, der wohl von einem schlecht zusammengewachsenen Bruch herrührt. Es ist *La Dangereuse*, die im wahren Leben mindestens genauso hässlich ist, wie auf ihrem YouTube Channel.

»Du wirst auch kaum noch sprechen können, wenn dieser Kampf vorüber ist«, sagt sie mit einem albernen französischen Akzent.

»Aber nur, weil ich so furchtbar lachen muss«, halte ich dagegen.

»In der blauen Ecke, mit einem offiziellen Kampfgewicht von 59,8 Kilo, eingeflogen aus dem wunderschönen Paris, exklusiv für euch, Enchanteresse am Brett, Cauchemar im Ring, einen Riesenapplaus für die legendäre Odette »La Dangereuse« Segal!«

Aus den Lautsprechern dröhnt französischer Gangster-Rap, und der Saal hallt wider von Jubelrufen und Pfiffen. Segal schiebt sich an mir vorbei und stolziert über den Laufsteg direkt in den Ring. Die Narbe über dem Auge ist nicht echt.

Nur Lippenstift. Genau wie ihre Boxhandschuhe mit Schachbrettmuster ist sie eine Hommage an *Froid Équateur*, den ersten Comicroman, in dem es um Schachboxen ging.

»In der roten Ecke, offizielles Kampfgewicht 57,6 Kilo, eine Schachboxdebütantin, deren zartes Alter so ziemlich das einzig Zarte an ihr ist. Applaus für den Internationalen Meister, die Made in Manhattan YouTube-Sensation, unangefochtene Herrscherin im Reich der Widerspenstigen, Leah »Park Girl« Baxter!«

Ich trete hinaus ins Rampenlicht und versuche, auf dem Weg in den Ring nicht auszusehen, als würde ich mir vor Angst gleich in die Hosen machen, sondern als wäre ich in einer Boxhalle geboren worden. Als ich mich durch die Seile in den Ring ducken will, stellt sich meine Gegnerin direkt vor die Lücke und blockiert mir den Weg, sodass ich in einer tiefen Verbeugung vor ihr stehe, mein Kopf gegen ihre Bauchmuskeln gedrückt.

Nicht provozieren lassen, beschwichtige ich mich selbst. *Lass ihr ihre idiotischen Beleidigungstaktiken. Bleib cool. Bleib konzentriert.*

Ich schiebe sie zur Seite und richte mich auf.

»Tu est tellement petite que ta tête pue des pieds«, zischt sie. »Du bist so klein, dass dein Kopf nach Füßen stinkt.«

»Ach ja?«, sage ich. »Und du bist so groß, dass du einen Einschlagkrater von der Größe des Central Parks hinterlassen wirst, wenn ich … dich … k. o. … schlage.«

Ich unterstreiche meine letzten Worte mit vier Jabs in Richtung ihres Gesichts. Die Menge jubelt und grölt. Sie sind absolut in Stimmung, und ich bin es auch.

Dann ziehe ich die Handschuhe aus, setze mich ans Brett und stülpe die Ohrenschützer über. *La Dangereuse* ist immer noch mit Trashtalken beschäftigt, aber ich höre kein Wort mehr von dem, was sie sagt. Ich ignoriere sie komplett und rücke meine weißen Figuren zurecht. Dieses Brett ist mein Reich. Hier habe ich das Sagen. Soll sie reden, so viel sie will.

Wir schütteln uns die Hand, und der Kampfrichter startet die Uhr.

RUNDE 1

Ich eröffne mit Bauer auf e4, und sie antwortet sofort mit d5. Es ist die Skandinavische Verteidigung, die verwirrendste Eröffnung überhaupt. Mit Bauer auf d4 könnte ich leicht in ein Blackmar-Diemer-Gambit überleiten, aber Segal hat wahrscheinlich meine letzten Partien studiert und eine Widerlegung vorbereitet. Außerdem bin ich seit zwei Jahren nicht mehr ganz so begeistert von Blackmar-Diemer. Dieses Zitat von Großmeister Hammett, in dem er das BDG als rituellen Selbstmord beschreibt, hat was für sich.

Ich schlage den Bauern auf d5. Segal nimmt mit der Dame zurück. Ich greife mit dem Springer an, und sie rückt die Dame sofort rüber auf a5. Segal hat sich für die mit Abstand aggressivste Zugfolge der Skandinavischen Verteidigung entschieden, mit der sie mir signalisiert: *Ich kriege dich, Miststück.*

Ich spiele mit dem Gedanken, Bauer auf b4, aber das ist ein extrem scharfes Gambit, und ich fürchte, wenn ich erst einmal ein paar Schläge gegen den Kopf bekommen habe, werde ich den Faden verlieren. *Keine unnötigen Komplikati-*

onen, sage ich mir. *Begnüge dich damit, deine Figuren zu entwickeln, und gib ihr gerade so viel Leine, dass sie sich daraus einen Strick drehen kann.*

Ich ziehe meinen d-Bauern. Sie zieht ihren c-Bauern. Ich entwickle meinen Königsspringer. Sie bringt ihren Damenläufer. Ich ziehe Bauer auf h3 in Betracht, aber noch ist keine Eile geboten. Was hat mein Trainer immer gesagt? *Beeilen muss man sich nur, wenn man gerade eine Bank ausgeraubt hat.*

Ich ziehe den Läufer nach f4. Nicht gerade ein weltbewegender Zug, aber Segal erwidert ihn nicht. Sie sitzt einfach nur da, Minute um Minute, starrt aufs Brett und wickelt sich ihre Zöpfchen um die dicken Finger. Ich weiß, was sie da tut, und kann es ihr nicht verübeln. Sie will im Moment nicht weiterspielen.

Sie will mir eine gegen den Kopf verpassen und dann weiterspielen.

RUNDE 2

Das Nummerngirl stolziert mit dem *2. Runde*-Schild durch den Ring und präsentiert seine falsche Sonnenbräune. Odette Segal tänzelt winkend hinter ihr her und lässt für das Publikum die Muskeln spielen. Dann trägt ein Team von Bühnenhelfern Brett, Uhren, Stühle und Tisch weg, während Marcus Crockett ins Mikro brabbelt und Segals frühere Erfolge im Kickboxen aufzählt. Mir ist übel.

Bitte, Dad, flüstere ich, *hilf mir.*

Ich nehme zwei Mundvoll Wasser, spritze mir ein wenig auf die Stirn und ziehe die Handschuhe an. Der Schiri, der ein tadellos weißes Hemd, schwarze Hosen, schwarze Lederschuhe und eine schwarze Fliege trägt, duckt sich durch die Seile in den Ring. Er gibt uns ein Zeichen, in der Mitte zusammenzukommen. Mein Herz hämmert wie wild gegen meine Brust, als ich mich der Französin vorsichtig nähere.

Immer in Bewegung bleiben, rufe ich mir in Erinnerung. *Tänzeln, hüpfen, Drehungen nicht vergessen. Lande deine Jabs und geh dann zu den harten Schlägen über.* Als der Gong ertönt, gehen wir aufeinander zu und fangen an, uns zu umkreisen und Schläge anzutäuschen. Segal boxt die Handschuhe gegeneinander und *Zack!* trifft mich an der Wange.

Rückwärts taumele ich außer Schlagdistanz. Ich hatte nicht einmal bemerkt, dass ich in Schlagdistanz war. Mit ihrem langen linken Arm hat sie mich aus ungefähr ein Meter zwanzig Entfernung erwischt.

Zack! Wieder trifft sie mich. Ich bin auf dem hinteren Fuß, und jetzt geht sie richtig rein. Eine Kombi nach der anderen prallt von meinen Handschuhen ab, während ich, mich duckend und tänzelnd, versuche, meine Stellung und Deckung zu halten. Der Plan, den ich für die Schachpartie im Kopf hatte, ist verschwunden und hat einer weiß glühenden Angst Platz gemacht. In meinem Rücken spannen sich die Seile, während Segal mir knurrend im Gesicht hängt und wie eine Irre auf mich eindrischt. Ohne eine Möglichkeit auszuweichen, schlinge ich die Arme um sie, um den Angriff zu stoppen. Sie riecht nach Seife und Schweiß.

Atmen. Atmen. Meine Stirn liegt auf Segals Schlüsselbein, während ich Sauerstoff in meine Lungen sauge und darauf warte, dass der Ringrichter uns trennt. Hat er die Anweisung schon gegeben? Das Grölen der Menge ist so laut, dass ich ihn nicht hören kann. Segals Muskeln spannen sich, ihr linker Arm kämpft sich frei, und im nächsten Moment zieht es mich von den Beinen, und ich liege am Boden.

Was ist passiert?

Ein Aufwärtshaken in die Leber, das ist passiert. Mein gesamter Bauchraum brennt, als hätte man mir Salpetersäure injiziert. Travis steht direkt vor mir. Er legt die Finger an die Mundwinkel und zieht sie nach oben zu einem Lächeln.

Er hat recht. Wenn du echt übel eine verpasst kriegst, musst du lächeln. Nicht, damit deine Gegnerin glaubt, es tut nicht weh, sondern weil du ihr damit zu verstehen gibst, dass du dich, egal, was sie tut, nicht geschlagen gibst.

Mit einem Grinsen wie ein Honigkuchenpferd im Gesicht kämpfe ich mich auf die Beine. Aber ich kann mich nicht gerade halten. Der Schiri sieht mich fragend an. *Willst du weitermachen?*

Ich hebe den Handschuh und nicke.

Segal grinst und kommt mit hochgezogenen Schultern und ausgestellten Ellbogen, die Handschuhe hinter dem Rücken auf mich zu geschwankt. Sie verspottet mich.

»Viens!«, ruft sie mir zu. »Viens ici, ma petite!«

Sie hebt die rechte Faust vors Gesicht, lässt aber die linke an ihrer Seite baumeln. Ich täusche einen Jab an, und sie springt mit einer Drehung zur Seite. Sie versucht, mich zu einem harten Schlag zu provozieren. Aber da spiele ich nicht mit. Meine rechten Geraden spare ich mir noch für den richtigen Moment auf.

La Dangereuse schlägt die Handschuhe gegeneinander und

kommt auf mich zu. Ihre Faust mogelt sich unter meiner Deckung hindurch und landet in meinem Magen. Ich sehe, wie die Haut über meinem Zwerchfell anfängt zu zittern, dann kommt der Schmerz. Grell und unerbittlich wie die auf den Ring gerichteten Scheinwerfer. Wieder weiche ich zurück, japse winselnd nach Luft und bete, dass der Gong ertönt.

Da ist er. Endlich. Ein süßer, heller Ton, wie eine Kuhglocke in den Bergen.

Segal stampft an die Seile, hält sich eine Hand ans Ohr und grinst ins Publikum wie eine Vollidiotin, die sich gerade eine komplette Schachtel Kekse ins Maul gestopft hat. Sie verhöhnt die Zuschauer, weil es so ruhig geworden ist. Und sie hat recht, es ist ruhig geworden. Die strahlende Lokalmatadorin bekommt gerade eine fiese Abreibung.

Ich ziehe die Handschuhe aus und trinke gierig aus meiner Wasserflasche. Das Helferteam springt in den Ring und baut das Schachbrett auf, während Marcus Crockett das Publikum mit einer detailverliebten Rekapitulation der Horrorszenen aus der ersten Boxrunde unterhält.

Vernichtend. Schmerzhaft. Unausgeglichen. Dem Untergang geweiht. Schillernde Worte, die er da verwendet, aber er täuscht sich. Zumindest was *den Untergang* anbelangt. Denn trotz der Schmerzen und Panikattacken während dieses ersten Schlagabtauschs ist mir eine Sache nicht entgangen: Segal schlägt unmittelbar vor jedem Angriff die Boxhandschuhe gegeneinander.

Eine Angewohnheit, die sie verrät.

RUNDE 3

Mein Kopf dröhnt, als ich meinen Platz am Schachtisch wieder einnehme.

»Hey, Segal«, keuche ich. »Sprecht ihr in Frankreich deutsch?«

»Nein.«

»Habt ihr uns zu verdanken.«

Als sie kapiert, was ich damit sagen will, habe ich längst die Ohrenschützer auf den Ohren und bekomme von dem, was sie mir entgegnet, kein Wort mit. Ich rücke meine Figuren in die Mitte der Felder und atme tief durch. Das ist das Schwierigste beim Schachboxen: sich hinzusetzen und seine Züge zu berechnen, obwohl der Körper mit Adrenalin vollgepumpt ist. Um mich auf diese Momente vorzubereiten, habe ich jeden Morgen »Treppenschach« gespielt: Blitzpartien gegen Rybka unterbrochen durch Sprints in den obersten Stock unseres Apartmenthauses und wieder zurück.

Segal ist am Zug. Sie spielt e6. Ich spiele h3. Läufer schlägt Springer.

Atmen.

Dame schlägt Läufer. *Atmen.* Der Sturmangriff der schachbrettgemusterten Handschuhe aus *Äquatorkälte* ist überstanden, und ich bin wieder dort, wo ich hingehöre: auf sicherem Terrain aus Ahorn- und Rosenholz. Nichts an dieser Stellung beunruhigt mich. Es ist eine klassische Skandinavische Verteidigung.

Läufer b4. *Atmen.* Läufer e2. *Atmen.* Springer d7. Das ist seltsam. Ich hätte erwartet, dass sie mit dem anderen Springer zieht. Plant sie die lange Rochade, bei dem geschwächten Damenflügel? Wozu sollte das gut sein? Um Druck auf d4 auszuüben? Für einen Bauernsturm am Königsflügel?

Ich rücke einen Bauern auf a3 vor und greife ihren schwarzfeldrigen Läufer an. Segal beugt sich über das Brett und denkt nach. Sie kann einen zweiten Abtausch Läufer gegen Springer erzwingen, wenn sie will, aber das bereitet mir keine Sorgen. Ein Endspiel mit zwei Läufern gegen zwei Springer käme mir sogar sehr entgegen, vorausgesetzt, mir bliebe noch genügend Zeit, um nach Gabeln Ausschau zu halten.

Segal greift sich ihren König, um zu rochieren, zuckt dann aber zurück, als hätte sie einen elektrischen Schlag bekommen, und nimmt stattdessen ihren Läufer. Der Kampfrichter schaltet sich ein. *Berührt-geführt* ist seit ungefähr fünfhundert Jahren eine unumstößliche Regel im Schach. Ich weiß das. Segal weiß das. Die Patzer im Publikum wissen das. Die Figur, die als erste berührt wird, muss gezogen werden.

Meine Gegnerin stößt einen tiefen Seufzer aus und rochiert lang. Natürlich ist das alles nur eine clevere Finte. Das Zurückzucken, der Seufzer, ein jämmerliches Theater, damit ich glaube, sie hätte es vermasselt. Sie will, dass ich mir mit dem Bauer ihren Läufer schnappe, und wenn ich in die Falle getappt bin, kommt ihre Dame die offene a-Linie heruntergefegt, schlägt meinen Turm, und sie hat eine Qualität gewonnen, wenn nicht gar die ganze Partie.

Was denkt sie sich eigentlich? Dass ich die Tom-Vollpfosten-Schule für idiotisches Schachspielen besucht habe? Dass ich einen Luftsprung mache wie Archimedes und den vergifteten Läufer verschlinge? Dass ihre lausigen Schauspielkünste genügen, um mich in eine Falle tappen zu lassen?

Weiß sie denn nicht, gegen wen sie hier spielt?

Angenommen, ich ignoriere ihren Köder, was dann? Rochade auf die andere Seite, Abtausch auf c3, einen Turm auf die offene b-Linie knallen und einen Angriff starten? Spielbar. Mit dem gegnerischen König auf c8 ist mein schwarzfeldriger Läufer ein Ungeheuer, das über die Diagonale in die Tiefen ihrer Festung späht. Während ich noch auf den fraglichen Läufer starre, schießt ein Gedanke durch mein Gehirn.

Wenn ich ihre Dame irgendwie von der a-Linie weglocken könnte …

Ich beuge mich vor und verschränke die Finger vor der Stirn. Alles um mich herum verschwindet, und ich stehe alleine in meinem Garten der sich kreuzenden Wege. Er ist überraschend schön, dieser Garten. Die breiten Wege sind wunderschön anzusehen, und doch erscheint mir einer von ihnen ganz besonders reizvoll.

RUNDE 4

Jemand stoppt die Uhr, nimmt das Schachbrett und trägt es weg. Ich lasse die Hände sinken, hebe den Kopf und stehe, geblendet von dem harten weißen Licht, unsicher auf. Segal hat schon die Handschuhe an. Sie hüpft auf den Fußballen und zerschneidet mit wilden Schlägen die Luft.

Blinzelnd sehe ich mich nach meinen Handschuhen und dem Zahnschutz um. Mitten aus meinen komplexen Berechnungen gerissen, fühle ich mich groggy und orientierungslos, als wäre ich aus einem tiefen Schlaf erwacht.

Reiß dich zusammen, sage ich mir. *Zeit zu kämpfen. Weiter geht's.*

Der Gong ertönt. Segal und ich tänzeln aufeinander zu, nehmen die Deckung hoch und umkreisen uns gerade so außer Schlagdistanz.

Warte auf das Zeichen. Warte auf das Zeichen. Jetzt. Segal boxt die Handschuhe gegeneinander und macht einen Schritt nach vorn mit einem Jab.

Und dieses Mal bin ich vorbereitet. Ich nehme die Schulter zurück und pariere mit einem explosionsartigen Gegenschlag. *Krack.* Ich treffe sie hart an der Stirn. Segal stöhnt auf und zieht die Luft ein. Aber sie erholt sich schnell. Sie kontert mit einem gewaltigen rechten Überhandschlag, der meinen Kopf nur um Haaresbreite verfehlt. Ich antworte mit einem Aufwärtshaken, aber sie sieht ihn kommen, rollt sich ein und nimmt ihm die Power.

Ich gehe voll in ihre Deckung, und wir dreschen aufeinander ein, viele böse kleine Schläge, bei denen ihr Größenvorteil und ihre größere Schlagdistanz bedeutungslos sind. Verbissen kämpfen wir ums Überleben, Nase an Nase, Zehenspitzen an Zehenspitzen. Hübsch anzusehen ist dieser Schlagabtausch sicher nicht, trotzdem grölt die Menge vor Begeisterung. *Nicht zurückweichen*, feuere ich mich an. *Du hast sie in der Mangel. Bleib, wo du bist, und zieh es durch.*

Ich bin so nah an Segal dran, dass ich ihre Schläge mehr kommen spüre, als dass ich sie kommen sehe. Sie holt zu einem linken Haken aus, unter dem ich mich geschickt wegducke, und versucht es mit einem Aufwärtshaken, aber ich nehme sie in die Umklammerung. In einem verzweifelten Versuch, sich kleiner zu machen, geht sie in die Knie, aber die Kleinere und Kompaktere von uns beiden bin ich, die geborene Nahkämpferin. Ich traktiere sie mit einem Wirbelwind aus kurzen, knackigen Linken und bissigen Rechten. Auf der Suche nach dem richtigen Winkel, um ihren fetten Arsch auf die Bretter zu schicken, schwinge ich die Hüften, um meinen Schlägen mehr Kraft zu verleihen.

Nach einer Weile lässt sich meine Gegnerin erschöpft nach vorn fallen, und wir umschlingen uns wie ein Liebespaar. Sie hat die Arme um meine Schultern gelegt, mein rechter Arm liegt schlaff auf meiner Leber, um sie zu schützen.

»Break!«, brüllt der Schiri, und *La Dangereuse* windet sich mit einer blitzschnellen Bewegung aus meiner Umklammerung und verpasst mir eine gegen das Kinn.

RUNDE 5

Wir sitzen wieder am Schachbrett. Das Adrenalin versickert, und der Schmerz flutet meinen Körper. Mit zusammengekniffenen Augen versuche ich, mich auf das Brett zu konzentrieren, aber es ergibt keinen Sinn. Ich kann mich noch nicht einmal an den Namen der Eröffnung erinnern, die zu dieser Stellung geführt hat. Irgendwas mit Navi?

Neben dem Ring lehnt an einem Seil eine Frau in einem weißen Kittel, die mich mit kritischem Blick beobachtet. Ich werfe ihr einen bösen Blick zu. Hier sind zu viele Leuten, die mich anstarren. Und alle erwarten sie ein Wunder von mir, als wäre ich einer dieser bescheuerten Straßenzauberer.

Der Knopf an meiner Uhr ist oben. Bin ich am Zug oder sie? Ich starre aufs Brett. Jetzt erinnere ich mich. Ich wollte eine ihrer Figuren schlagen.

Vor fünfhundert Jahren hatten die Bauern noch eigene

Namen, je nachdem welche Figur sie beschützten. Spieler, Wächter, Schankwirt, Schmied, Geldwechsler, Arzt …

Arzt! Die Frau im weißen Kittel ist die Ringärztin, und der Turmbauer ganz links auf dem Brett, den ich gerade anstarre, ist der Spieler. Unter Schmerzen hebe ich die bandagierte Hand von der Tischplatte und bewege sie auf den Bauern zu. *Streckmuskulatur der Finger aktivieren!* Meine Hand öffnet sich. *Palmaflexoren aktivieren!* Ich nehme den Kopf des Spielers zwischen Daumen und Zeigefinger.

Als ich zu dem Mann mit den ergrauten Locken und dem Mikrofon sehe, schüttelt er den Kopf. Er sieht irgendwie erschrocken aus. Vielleicht hat er zu Hause das Bügeleisen nicht ausgesteckt.

Ich schlage den Läufer, und das vernarbte Gesicht auf der anderen Seite des Bretts verzieht sich zu einem schrecklichen Grinsen. Ihre Dame macht sich auf den Weg und bewegt sich durch ihren karierten Korridor auf mich zu. *Bam!* Sie schlägt meinen Turm und drückt auf den Knopf an der Uhr.

Mein König ist im Schach, also rücke ich ihn vor, um ihn aus der Schusslinie zu nehmen, und *Bam!* Segals Dame fegt über das Brett und schlägt meinen zweiten Turm. Jetzt erinnere ich mich auch wieder an ihren Spitznamen. *Die Gefährliche.* Obwohl ich nichts höre, ist aufgrund der Form ihres Mundes davon auszugehen, dass sie lacht.

Egal. Mein Mund lacht auch. Warum auch nicht? Diese Zugfolge habe ich vor ungefähr einer Million Jahren, in einem anderen Leben, bereits visualisiert, und sie hat tatsächlich etwas Witziges. Warum sollten wir also nicht lachen, während wir gemeinsam diesen Weg beschreiten?

Ich nehme meine Dame und kicke auf der gegnerischen Seite den Wirt vom Brett. *Schach. La Dangereuse* schnappt sich einen Wächter und schlägt mit siegessicherem Grinsen direkt zurück. Sie hat eine Dame und zwei Türme mehr, genug, um auch die gierigste Materialistin zufriedenzustellen. Aber auf meinem schmalen, wunderbaren Weg werden materielle Dinge irrelevant. *Was hülfe es dieser Frau, wenn sie die ganze Welt gewönne und nähme doch Schaden an ihrer Seele?*

Ich greife nach meinem weißfeldrigen Läufer und rücke ihn so weit vor wie nur möglich.

Läufer auf a6.

Schachmatt.

Mein Kopf sackt auf meine Unterarme. Die Frau im weißen Kittel duckt sich durch die Seile und eilt zu mir. Sie streckt meine Beine, kreuzt mir die Arme vor der Brust, nimmt den Zahnschutz heraus und fährt mir vorsichtig mit der Hand über den Nacken.

Es gab einmal einen englischen Landschaftsmaler namens Samuel Standidge Boden. Wie alle viktorianischen Landschaftsmaler malte er plätschernde Bächlein, dösende Schafe, rosenumrankte Häuschen und rotwangige Kinder. Und er liebte es, Schach zu spielen.

»Leah, ich werde dir jetzt ein paar Fragen stellen. Bitte hör gut zu, und beantworte sie, so gut du kannst. Wie heißt du mit vollem Namen? Wo sind wir? Wie viele Finger siehst du?«

Im Jahr 1853 spielte Samuel Standidge Boden gegen einen alten Meister aus Deutschland, der zu Besuch gekommen war. Er setzte den Meister mit zwei Läufern im Zickzack Schachmatt, eine einfache und elegante Kombination aus Zügen, die als Boden-Matt bekannt wurde. Ein Boden-Matt sieht man bei einem Turnier ungefähr so selten, wie man auf einem Hinterhofflohmarkt ein echtes Boden-Aquarell findet.

»Sieh mich an, Leah. Wie heißt der Präsident der Vereinigten Staaten von Amerika? Wer ist der aktuelle Schachweltmeister? Wie viele Beine hat ein Insekt?«

Blinzelnd sehe ich der Fragenstellerin ins Gesicht. »Sechs«, sage ich. »Wobei Schmetterlingsraupen zwar aussehen, als hätten sie sechzehn, aber nur sechs davon sind Beine. Die anderen sind stummelförmige Bauchfüße, keine echten Beine.«

»Das wusste ich nicht«, lacht die Ärztin. »Dann los. Genieße deinen Sieg!«

Marcus Crockett greift sich meine Hand und hebt sie in die Luft. Rund um die Bühne explodieren Feuerwerkskörper. Die Zuschauer jubeln und recken die Fäuste in die Luft. Unten in der Menge reißt Travis sich das T-Shirt vom Leib und brüllt wie ein barbrüstiger Donnerork.

»Ihre Siegerin, Ladies and Gentlemen, ist Leah »Park Girl« Baxter!«

Siehst du mich, Dad? Bist du stolz auf mich? Dieser Sieg ist für dich.

BACKSTAGE

Im Korridor hinter der Bühne des Elephant Clubs sieht es aus wie in einem Alien-Film – überall Metallrohre und eine flackernde Deckenbeleuchtung. Auf dem Weg zurück in die Umkleidekabine kommt mir in einem dunkelroten Outfit, das Gesicht eine Maske angriffslustiger Entschlossenheit, Syd Campbell entgegen, gefolgt von einem hinkenden Bühnenarbeiter, der zwei sauschwere Sporttaschen über den Schultern trägt. So sehen also die Privilegien eines US-Champions aus, man bekommt einen Hobbit, der einem das Zeug hinterherschleppt.

»Ich wusste, dass du das rockst!«, schreit Syd und nimmt mein Gesicht zwischen ihre bandagierten Hände. »Ich habe mir Crocketts Kommentar bis zur letzten Sekunde hinten in der Umkleidekabine angehört. Boden-Matt, du durchtriebenes Luder!«

»Bekenne mich schuldig«, lache ich. »Viel Glück für deinen Kampf, Syd.«

Ihre Gesichtszüge verhärten sich. »Da pfeif ich drauf. Solange Stan und Olli hier ihren Job machen, brauche ich kein Glück.«

Ich hatte sie gewarnt, dass es ein Fehler wäre, seinen Fäusten Namen zu geben. Aber was ich denke, interessiert Syd nicht. Hat es nie, und wird es nie.

Ihren humpelnden Hobbit im Schlepptau, zieht die amerikanische Schachboxmeisterin in den Ring, während ich im Korridor stehe und ihnen hinterherblicke.

Dann fällt mir Mom ein.

Sie hätte es nicht ertragen, sich den Kampf live anzusehen, also habe ich ihr versprochen, direkt danach eine Nachricht zu schicken. Ich fische mein Handy aus der Sporttasche und fange an zu tippen.

Habe gewonnen, Mom. Es geht mir gut. xxx

Als ich das Handy zurück in meine Tasche stecke, schwingt plötzlich eine Tür auf und eine große Gestalt mit Kapuze tritt direkt vor mir auf den Korridor.

Sie wendet sich mir zu und hebt eine Sense. Die Deckenbeleuchtung über ihrem Kopf flackert. Wie hypnotisiert, starre ich auf die sichelförmige Klinge, als unter der Kapuze eine Reihe langer Zähne mit bloß liegenden Wurzeln aufblitzt – das ewige, unversöhnliche Lächeln eines Totenschädels.

Die Zeit bleibt stehen.

Ich starre in die Fratze des Todes, und der Tod grinst mich an.

Nicht wegsehen, sage ich mir.

Ich habe sie schon oft auf Bildern gesehen – und in meinen Träumen –, aber noch nie in echt. Diese Frau ist ein Kunstwerk. Dunkle Augenhöhlen. Heruntergeklappter Kiefer. Hohle Wangen. Eingefallene Schläfen. Gezacktes Nasenbein. Das muss Stunden und mehr als nur eine Sitzung gedauert haben.

Schließlich wendet Haas sich ab und schreitet in Richtung Arena, ihre Kutte und Sense eine bedrohliche Silhouette im flackernden Licht.

EIS

Ich steige in die Eiswanne und tauche mit offenem Mund ein. Der Kälteschock lässt mich nach Luft schnappen. *Drinbleiben, Mädchen. Bleib im Wasser. Bleib drin.* Ich konzentriere mich auf meine Atmung und arbeite mich langsam an tiefe regelmäßige Atemzüge heran.

Das Eisbad nach einem Kampf verengt die Blutgefäße und reduziert Entzündungen in Gelenken und Muskeln. Es fühlt sich an wie tausend Nadelstiche, hat aber eine sensationelle Wirkung.

Bade, entspanne, murmle ich. Kit hat mich darauf aufmerksam gemacht, dass BATHE, RELAX ein englisches Anagramm von Leah Baxter ist, und jetzt liege ich hier in meiner Eiswanne und muss an ihn denken. Ich wünschte, er wäre im Club gewesen und hätte gesehen, wie ich gewinne.

Neben mir auf der Bank hört mein Handy von Twitter-Erwähnungen und Presseanfragen gar nicht mehr auf zu piepen. Klar, drei Minuten fieses Nahkampfboxen, gefolgt von zwei Turmopfern, einem Damenopfer und einem Boden-Matt? Nach dem Auftritt wird es noch wochenlang piepen.

Aus dem Übertragungslautsprecher in der Ecke der Umkleidekabine dröhnt Marcus Crocketts atemloser Kommentar. Der Hauptkampf zwischen Syd und Haas ist in vollem Gange, und es klingt, als ob meine Freundin eine ordentliche Abreibung bekommt, sowohl auf dem Brett als auch im Ring.

Das hatte ich befürchtet. Gegen den Tod haben Stan und Olli keine Chance.

Das unangenehme Stechen des Eiswassers hat nachgelassen, und ich lasse mich noch ein wenig tiefer hineinsinken, bis auch mein Kopf unter Wasser ist und die Eiswürfel über mir an der Oberfläche tanzen.

Leah Baxter. Bathe, relax.

Ich halte den Atem an. Mein Verstand ist voll da, scharf wie eine Rasierklinge. Mit kristallener Klarheit erkenne ich, dass der Sieg in einem Vorkampf mir nicht genügen wird.

Ich muss Weltmeisterin werden.

Ich muss einen Kampf mit Zelda Haas bekommen.

ERHEBUNG

Bei unserem wöchentlichen Treffen schlägt Daphne Piano sich entsetzt die Hand vor den Mund und starrt auf meine Veilchen.

»Alles gut«, beruhige ich sie. »Das ist nur oberflächlich.«

»Tut's weh?«

»Ja.«

»Hast du dir das bei einer Boxschachpartie geholt?«

»Bei einem Schachboxkampf«, korrigiere ich sie. »Ja, letzten Samstag im Elephant Club. Der beste Abend meines Lebens, abgesehen von dem Abend in Gibraltar, an dem mir Elena Melnikova beigebracht hat, wie man einen Apfel mit bloßen Händen in zwei Teile bricht.«

»Möchtest du über den Samstagabend reden?«, fragt sie.

»Nicht nötig. Ich möchte lieber über das Übliche reden. Trauer und so.«

»In Ordnung.« Daphne schiebt mir einen Teller mit Oreo-Keksen hin. »Leah, mich würde interessieren, ob du in letzter Zeit irgendeine Form von Erhebung erfahren hast.«

»Beim Krafttraining habe ich letzte Woche 70 Kilo gehoben.«

Daphne wischt meinen Witz mit einer Handbewegung aus dem Raum. »Ich weiß, dass du es nicht magst, wenn ich über die verschiedenen Stadien der Trauer rede«, sagt sie. »Aber heute Morgen, bevor du gekommen bist, habe ich unsere letzten zwei Jahre Revue passieren lassen, und gedacht, vielleicht hat sich der Nebel ja doch ein wenig gelichtet.«

»Ja, vielleicht.« Ich nehme mir einen Oreo-Keks und drehe die beiden Hälften vorsichtig gegeneinander, bis sie sich lösen.

»Sich erheben bedeutet nicht, dass man sofort glücklich ist«, sagt Daphne. »Es geht vielmehr um eine schrittweise Akzeptanz. Eines Tages wacht man auf und stellt fest, dass man über die Zukunft nachdenkt. Pläne schmiedet. Sein Leben langsam wieder zusammensetzt.«

»Sie meinen, dass man wieder Ziele hat?«

»Genau!« Daphne strahlt. »Das heißt nicht, dass die Trauer verschwindet. Ich spreche von einem unterschwelligen Prozess, in dem man anfängt, die Trauer zu verinnerlichen – sie einzuschließen, falls das für dich irgendeinen Sinn ergibt. In einem meiner Bücher gibt es ein Zitat, dass diesen Vorgang sehr treffend beschreibt.« Sie steht auf und geht zum Bücherregal.

Während Daphne auf der Suche nach ihrem Buch ist, fange ich an, mit den Zähnen die Füllung von den Oreohälften zu kratzen. Ich kratze und lecke, bis sie blitzblank sind und schiebe sie dann in meine Backentaschen, wobei ich sehr darauf achte, dass sie nicht zerbrechen.

»Ah! Da ist es ja.« Daphne zieht ein Taschenbuch aus dem obersten Regalfach und dreht sich zu mir um. Mit meinen ausgebeulten Hamsterbacken grinse ich sie herausfordernd an.

Daphne legt das Buch auf den Tisch und tut, als würde sie sich über meine Unterlagen beugen. »Wie alt bist du noch mal, Leah?«, fragt sie. »Neunzehn oder neun?«

Kurz herrscht Schweigen, dann prusten wir beide exakt im selben Moment los. Ich muss mir die Hand vor den Mund halten, damit ich die Kekskrümel nicht quer durchs Zimmer spucke.

»Tut mir leid«, sage ich, als mein Mund so leer ist, dass ich wieder reden kann. »Ich weiß auch nicht, was in mich gefahren ist. Wahrscheinlich bin ich so weit, dass ich meine Trauer einschließen kann. Wie Sie gesagt haben. Es ist, wie wenn du mit Weiß in einem komplizierten Mittelspiel bist, und plötzlich findet so ein lästiger schwarzer Springer einen Vorposten auf f4. Er ist ein gnadenloses Ungeheuer, und du siehst keine Möglichkeit, ihn zu vertreiben. In einem solchen Fall gibst du entweder direkt auf, oder, ich weiß auch nicht, wie ich es ausdrücken soll, du spielst um das Ungeheuer herum.«

Daphne nickt und macht sich eine Notiz.

ACHILLES

Der Washington Square Park ist zu jeder Jahreszeit schön, aber im Herbst ist er einfach unglaublich. Die kupferfarbenen, rost- und dunkelroten Bäume wiegen sich lässig im Wind, als wäre ihre plötzliche, atemberaubende Schönheit nichts Besonderes.

Ich schlinge mir den Schal enger um den Hals und vergrabe die Fäuste in den Taschen. Im Park herrscht geschäftiges Treiben. Spaziergänger spazieren. Jogger joggen. Kinder tollen auf einem Klettergerüst herum. Ein alter Mann stützt sich auf seinen Gehstock und beobachtet, wie sein schlappohriger Hund sich in einem raschelnden Laubhaufen vergnügt. Ein junges Mädchen in schwarzen Jeans sitzt im Schneidersitz auf einer Bank und schreibt etwas in ein Notizbuch. Wie ein Vorhang fällt ihr langes glattes Haar rechts und links des Stifts auf das Papier.

Im Vorbeigehen werfe ich einen Blick auf die Schachtische.

Bis auf zwei Dame spielende Obdachlose sind sie verwaist. Vor einem Jahr hat die Stadt New York ihre Glücksspielgesetze geändert, die nun auch Spiele mit perfekter Information mit einschließen, weshalb die *Poisened Pawns* beschlossen, sich aufzulösen und getrennter Wege zu gehen. Ich treffe Kit immer noch zwei- bis dreimal die Woche im Park, um Schach zu spielen. Aber wir spielen nur zum Spaß, nie um Geld.

Ich gehe weiter in Richtung Holley Plaza, wo mich ein intensiver Duft nach Zimt umweht. Gegenüber einem Wagen mit heißen Getränken sitzt ein schielender junger Mann friedlich an einem Klapptisch. Er hat ein Stück Pappe vor sich, auf dem POESIE FÜR PEANUTS zu lesen ist.

»Kit!«, rufe ich und laufe auf ihn zu.

»Leah!« Er springt auf, und wir umarmen uns.

Kit hat im Juni seinen Highschool-Abschluss gemacht und studiert jetzt Englisch und Amerikanische Literatur an der NYU. Samstags kommt er immer hierher und verkauft seine Gedichte, wie zu der Zeit, bevor wir uns kennenlernten.

»Wie laufen die Geschäfte?«, will ich wissen.

»Wie gehabt«, entgegnet er grinsend. »Nur ändert die Tatsache, dass ich von meinem Schreibtisch die beste Aussicht in ganz New York habe, leider nichts daran, dass scheinbar niemand Bedarf an Poesie hat.«

»Ich habe Bedarf an Poesie«, widerspreche ich.

Ich erkläre Kit, dass ich beschlossen habe, Zelda Haas zum Titelkampf herauszufordern. »Ich habe sie mir auf YouTube angesehen«, sage ich. »Sie ist eine sehr gute Schachspielerin, aber ich bin besser. Das heißt, ich muss nichts weiter tun, als mich in den Boxrunden auf den Beinen zu halten. Und *du* musst mir einen Battle-Rap für YouTube schreiben. Etwas, das Zelda bis ins Mark trifft, damit sie die Herausforderung annimmt.«

Kit setzt sich wieder an seinen Tisch. »Battle-Raps sind nicht mein Ding«, sagt er. »Ich bin mehr so der Coleridge-Typ.«

»Dann ist das hier die Chance, dein Repertoire zu erweitern. Komm schon, Kit. Ich muss sie mit etwas provozieren, das ihre Aufmerksamkeit weckt, oder noch besser, die Aufmerksamkeit eines großen Boxveranstalters. Schreib mir ein paar richtig gute Zeilen, den Rest erledige ich.«

»Ich wusste gar nicht, dass Enten Eicheln fressen«, sagt Kit und zeigt auf drei Enten unter einer imposanten Eiche, die die hellbraunen Nüsse vom Boden aufpicken und mit den Schnäbeln aufbrechen.

»Hey! Nicht das Thema wechseln.«

»Ich habe dir doch schon gesagt, dass ich es nicht mache.«

»Gut. Dann eben nicht.« Ich hebe eine Eichel vom Boden auf und werfe sie nach den Enten. »Aber einmal angenommen, du würdest es machen ...«

»Leah!«

»Also, nur mal angenommen. Was würdest du schreiben?«

Kit seufzt und fährt sich mit der Hand durch die Haare, die ihm inzwischen bis auf die Schultern reichen. Steht ihm gut. »Ich weiß nicht«, sagt er. »Du könntest mit einer Art Lobrede anfangen, als würdest du sie fangirlen, und dann wirst du plötzlich knallhart. Machst dich über sie lustig. Provozierst sie. Bringst sie auf die Palme. Und dann, *Bam!*, kommt die eigentliche Message: *Ich fordere dich zum Titelkampf.* Das ist der wichtigste Teil. Da muss jedes Wort sitzen wie ein präziser Faustschlag.«

»Und das war's? Nur das?«

»Nein, damit nimmst du nur Anlauf. Dann setzt du zum Sprung an und hebst voll ab. Du beschreibst, wie du sie auseinandernehmen wirst, nicht nur in den Schachrunden, auch beim Boxen. Leg noch eine Schippe drauf, laber ein bisschen rum, mach sie klein. Titelträger nehmen sich in der Regel viel zu wichtig. Mach sie zur Lachnummer. Du musst Bilder zaubern, die sich ins Gedächtnis graben. Sie soll nachts wach liegen und an dich denken. Was ist ihre Nationalität?«

»Sie ist Deutsche.«

»Dann streu ein paar deutsche Stereotypen ein, dass wird sie besonders ärgern. So was vergisst man so schnell nicht!«

Natürlich hat er recht. Er hat immer recht, wenn es um Gedichte geht. Aber nur die Idee bringt mir einen feuchten Dreck. Ich brauche Worte.

»Kannst du mir jetzt gleich was aufschreiben?«, frage ich so beiläufig wie möglich.

»Nein, jetzt nicht. Und auch nicht später.«

Ich ziehe eine Packung Erdnüsse aus der Tasche und knalle sie zwischen uns auf den Tisch. »Gedichte für Peanuts?«

Kit lächelt. »Netter Versuch, aber die Antwort lautet Nein.«

»Für Nudeln?« Ich lege eine Packung chinesische Instantnudeln daneben, »Rindfleischgeschmack, ziemlich scharf.«

Kit lacht laut los. »Nein!«

»Okay. Dann Geld?«

»Ich will dein Geld nicht.«

»Ich spiele Schach mit dir.«

»Das tust du auch so.«

»Ich küsse dich.«

»Keine leeren Versprechungen.«

»Dann tu es für unsere Freundschaft.« Ich gehe neben ihm in die Knie. »Bitte, Kit. Nur dieses eine Mal, und ich werde dich für den Rest meines Lebens nie wieder um irgendetwas bitten.«

Kit sieht mich schweigend an, und es kommt mir wie eine Ewigkeit vor, bis er endlich mit einem lauten Seufzer zu seinem Stift greift.

»Okay«, sagt er. »Um der Freundschaft willen.«

Anderthalb Stunden später verlasse ich mit einem Gedicht in der Tasche den Washington Square Park durch den Triumphbogen, und überall um mich her wirbeln goldene Blätter durch die Luft.

BERLIN

Die Leipziger Straße 120 in Berlin ist der internationale Hauptsitz des Weltverbands des Schachboxens. Mit brennendem Magen stehe ich auf einem unbebauten Rasenstück auf der anderen Straßenseite, hinter mir die hoch aufragende Gebäudefassade. Berlin ist nicht nur das Epizentrum des Schachboxens auf diesem Planeten, es ist zufällig auch die Heimatstadt von Zelda Haas.

»Filmst du?«, frage ich Kit.

Er nickt. »Sobald du bereit bist.«

Natürlich bin ich nicht wirklich in Berlin. Ich stehe in einem der Hinterzimmer des Elephant Clubs vor einem

Greenscreen. Ein Typ namens Graham wird später den Hauptsitz des WCBO als Hintergrund einfügen.

Ich hole einmal tief Luft, balle die bandagierten Hände zu Fäusten und trete vor die Kamera. Das ganze Wochenende habe ich Kits Zeilen geübt und kenne sie in- und auswendig. Jetzt muss ich sie nur noch gut rüberbringen.

Selbstvertrauen ausstrahlen. Arroganter Blick. Kontrolliert atmen. Los.

»WCBO Ground Zero Berlin
Heimat von Zelda Haas, meiner Heldin.
Im Ring unschlagbar, sie ist Miss Bombastic,
Und auch auf dem Schachbrett einfach phantastisch.
Aber ja, du hast recht, Baby, ich bin sarkastisch,
Denn deine Sense ist nur aus Plastik.«

Atmen. Atmen. Meine Knie zittern, aber ich halte den Blickkontakt, sehe nicht eine Sekunde weg.

»Bleiches Grauen, unerbittlich, eiskalt,
Sorry, Yorick, aber die Masche ist alt.
Du bist angezählt, Fräulein Zombiebraut,
Ich schick dich heim zu Würstchen und Sauerkraut.
Wie sieht's aus, Tod, kommst du raus zum Spielen?
Ich will den Titel und dich besiegen.
Mein rechter Haken holt dich von den knochigen Beinen
Ich bin wie Reshevsky, ich fürchte KEINEN!«

Atmen. Atmen. Ich tänzle in meinen Boxstiefeln hin und her und schlage mit den bandagierten Händen rechts und links in die Luft.

»Ich hab gegoogelt: Weltmeisterin Haas.
Und ich schwör dir, mein Laptop hat laut gelacht.
Du glaubst, du bist top? Du bist nur Standardedition,
Müller, Maier, Schmidt von der Patzerdivision.
Ich bin Tal, du bist Micky Maus,
Und Tal prügelt Micky ins Krankenhaus.
Alle werden schreien: ›Nehmt euch in Acht!‹
Der Zorn des Todes ist entfacht,
Denn Baxters Jabs haben ihn zur Witzfigur gemacht.«

Ich lasse die rechte Hand neben der Hüfte hängen und mache eine Bewegung, als würde ich Ninja-Wurfsterne abfeuern. Ich kann den Flow jetzt fühlen, und da ist noch etwas, das ich fühle: eine weiß glühende Wut, die in meiner Brust aufsteigt.

»Woher der Stolz, dein Schachspiel ist dumm,
Ich geb dir drei Runden, und deine Zeit ist um.
Du der deutsche Dackel, ich der Pitbull,
In diesem Kampf sind deine Chancen gleich null.«

Ich reiße die Augen auf und lasse die Zunge heraushängen, wie eine tollwütige Kriegerin. Dann mache ich einen Sprung nach vorn, platziere die bandagierten Fäuste rechts und links der Linse und spucke die letzten Worte hart und deutlich direkt in die Kamera.

»Hey, Sensenfrau, nimmst du die Herausforderung an?
Ich bring den Beweis, dass ich dich zu Brei schlagen kann.
Ich hol mir deine Seele mit einem Boden-Matt,
Und an deinen Eingeweiden fressen sich die Geier SATT.«

Die Anspannung ist so groß geworden, dass ich beim letzten Wort explodiere und Kit mit erschreckender Kraft vor die Brust stoße. Er taumelt und fällt zu Boden. Irgendwie gelingt es ihm jedoch, die Kamera dabei nicht fallen zu lassen und weiter auf mich zu richten.

Ich verschränke die Arme vor der Brust und starre böse in die Linse. Meine Brust bebt. In diesem Moment will ich nichts lieber, als mit dieser Laiendarstellerin aus Walking Dead in den Schachboxring steigen und sie zerschmettern wie eine billige Piñata.

Kit wartet ein paar Sekunden, dann verzieht sich sein Mund zu einem breiten Grinsen.

»Ich hab's im Kasten«, sagt er. »Aber so was von.«

»Alles in Ordnung mit dir?« Ich ziehe ihn auf die Beine. »Ich wollte dich nicht so heftig stoßen. Ist einfach passiert.«

»Mir geht's gut. War ein angenehmer Körperkontakt.«

»Sollen wir noch eine Aufnahme machen?«

»Nicht nötig. Ich habe, was ich brauche.« Er klappt sein Laptop auf und durchsucht seine Kameratasche nach einem USB-Kabel.

»Glaubst du, das wird sie provozieren?«

»Nein.« Kit zerrt das Kabel aus seiner Tasche. »Ich glaube, es wird sie so sauer machen, dass sie vor Wut ihre Kutte frisst.«

VIRAL

Der Titel des Videos ist kurz und prägnant: **Park Girl fordert Zelda Haas heraus**. Wir haben es erst vor drei Wochen ins Internet gestellt, aber die Zahl der Klicks übersteigt schon jetzt die des anderen Park-Girl-Videos.

Nimm's mir nicht übel, Zelda. Ich habe dich nur ins Zentrum der Aufmerksamkeit gerückt. Ist doch dein Lieblingsplatz, oder?

SCHULTERTIPPEN

Ich bin unten in Berts Boxclub und dresche auf einen Speedball ein, als mir jemand auf die Schulter tippt.

»Leah Baxter, habe ich recht?«

Die Stimme ist hoch und näselnd, wie die einer Zeichentrickfigur. Als ich mich umdrehe, ist der Mann, der hinter mir steht, so ziemlich das Gegenteil von dem, was ich erwartet habe. Er ist um die Fünfzig, hat einen kantigen Unterkiefer und trägt einen maßgeschneiderten Anzug sowie eine Breitling-Uhr, die so stark glänzt, dass es in den Augen wehtut.

»Herold Spiegelman«, stellt sich der Mann vor. »Ich bin ein sogenannter Matchmaker. Ich arbeite für Jonny Diamond.«

»Nie von ihm gehört.«

»Dann warst du noch nie in Vegas, Süße.«

»Ich bitte Sie.« Ich greife mir ein Handtuch. »Sie klingen wie eine schlechte Parodie Ihrer selbst.«

»Ach ja?« Der Matchmaker schüttelt lachend den Kopf. »Und du klingst, als wolltest du eine ganze Flotte russischer Panzerkreuzer auf einmal versenken. Versteh mich nicht falsch, mir gefällt das. Und den Fans wird es auch gefallen. Hier also meine frohe Botschaft, für dich in der Kurzfassung: Jonny H. Diamond ist der größte Boxkampfpromoter in ganz Las Vegas, und seit ich ihm vor zwölf Jahren *Äquatorkälte* auf den Schreibtisch gelegt habe, hat er auch ein Auge auf das Schachboxen. Die Nummer eins der Denksportarten in Kombination mit der Nummer eins der Kampfsportarten, wer könnte dem widerstehen? Da musst du nur noch für die richtige Fight Card sorgen, und die Tickets gehen weg wie warme Semmeln. Aber genau da ist der Haken, verstehst du? Bisher haben wir noch keine zwei Schachboxer gefunden, die das Zeug für einen Kampf am Strip gehabt hätten.«

»Schade.«

»Die Betonung liegt auf *bisher*.«

Ich sehe ihn an. »Heißt das, Sie wollen mich für einen Kampf unter Vertrag nehmen?«

»Nein, Jonny will dich für einen Kampf unter Vertrag nehmen. Leah ›Park Girl‹ Baxter gegen Zelda ›die Sensenfrau‹ Haas. In sechs Monaten im Caesars Palace. Eine halbe Million für die Gewinnerin.«

»Hat Haas eingewilligt?«

Spiegelman fängt laut an zu lachen. »Ob Haas eingewilligt hat? Du bist echt ’ne Nummer, Mädchen. Der Kampf war *ihre* Idee.«

»Eine halbe Million Dollar?« Mom und Clint sehen mich an, als hätte ich mich vor ihren Augen hier am Küchentisch in ein Eichhörnchen verwandelt. »Eine halbe Million *amerikanische* Dollar?«

»Nein, tuvaluische Dollar.« Schweigen. »Natürlich amerikanische Dollar, was denn sonst? Bert hat sich den Vertrag für mich angesehen, und er scheint absolut okay zu sein.«

Clint bläst die Backen auf. »Was immer ich über Schachboxen gesagt habe«, meint er grinsend, »ich nehme alles zurück.«

Mom wirft ihm einen finsteren Blick zu und wendet sich dann sorgenvoll an mich. »Du musst das nicht machen, Leah. Wir sind stolz auf alles, was du in deinem neuen Hobby erreicht hast, aber vielleicht genügt es jetzt auch.«

»Das ist kein Hobby, Mom. Es ist ein Lebensretter.« Ich streichle Anatoli, der sich um meinen Hals geschlungen hat, sanft über die Haut. »Weißt du noch, wie ich drauf war, nachdem Dad gestorben war? Zerrüttet von Selbstzweifeln. Wütend auf die ganze Welt. Selbstzerstörerische Aktionen noch und nöcher. Das Training in Berts Boxclub und das Schachboxen haben mir gutgetan. Und damit meine ich, dass es meiner Seele gutgetan hat. Ich bin jetzt sehr viel positiver. Ich bin selbstsicher. Die Trauer ist zwar immer noch da, aber ich lerne, damit zu leben. Und das habe ich sicher nicht Daphne »Alles ist gut« Piano zu verdanken, sondern dem Schachboxen. Glaubst du, ich hätte Teddy und all den anderen Unterricht gegeben, wenn das Schachboxen nicht gewesen wäre? Glaubst du, wir könnten diese Unterhaltung führen? Hör zu, ich weiß, ihr beide denkt, Schachboxen wäre ein Sport für Idioten. Und vielleicht habt ihr ja recht. Aber dieser Idiotensport hat mir das Leben gerettet. Daran lässt sich nicht rütteln. Komm mit nach Vegas, Mom. Du auch, Clint. Ihr werdet stolz auf mich sein, alle beide. Versprochen.«

Mom sieht mich mit Tränen in den Augen an und stößt einen langen Seufzer aus. »Wie heißt diese Frau noch mal, gegen die du kämpfen wirst?«

»Zelda Haas.«

»H. A. A. S?« Mom hat schon ihr Handy gezückt und tippt den Namen ein.

»Ja«, sage ich. »Aber ich muss dich warnen, Mom. Sie sieht ein bisschen …«

Mom schreit.

»Furchteinflößend aus«, murmle ich eine Millisekunde zu spät.

Mom streckt mir das Handy entgegen. Ihre Hand zittert. »Was stimmt nicht mit dieser Frau, Leah? Wie kann man sich so etwas nur antun?«

»Das ist ihre Masche«, erkläre ich, während ich das Handy nehme und durch die Bilder scrolle. »Sie ist Deutsche und nennt sich *Die Sensenfrau*.«

»Ich will nicht, dass du gegen sie kämpfst«, sagt Mom. »Nicht für eine halbe Million Dollar, nicht für eine Million Dollar, nicht für alles Geld dieser Welt. Wenn eine Frau so etwas mit ihrem eigenen Gesicht macht, wer weiß, wozu sie noch fähig ist?«

Clint legt seine Hand auf Moms und ihre Finger verschränken sich.

»Leah, ich habe vielleicht nicht das Recht, mich einzumischen«, sagt er besänftigend, »aber um deine Mom stolz zu machen, musst du nicht gegen diese Frau kämpfen. Sie ist auch so sehr stolz auf dich. Habe ich recht, Joanne?«

Mom antwortet mit einem stummen Nicken. Eine Träne kullert über ihre Wange.

»Und tu es nicht wegen des Geldes«, fährt Clint fort. »Geld ist nie ein guter Grund, sich in Gefahr zu bringen.«

»Genau«, krächzt Mom.

»Andererseits«, Clint hält inne und sucht nach den richtigen Worten, wie jemand, der zum ersten Mal in seinem Leben Scrabble spielt. »Andererseits verstehen wir, warum dieser Sport für dich ein Lebensretter ist. Habe ich recht, Joanne?«

Mom presst Augen und Zähne zusammen und nickt so minimal mit dem Kopf, dass es kaum wahrnehmbar ist.

»Und vielleicht«, Clint druckst herum wie ein Patzer unter Zugzwang, »vielleicht ist es ja genau dieser Kampf, dem du dich stellen musst. Habe ich recht, Joanne?«

Mom schiebt ihren Stuhl zurück, steht vom Tisch auf und hält Clint den ausgestreckten Zeigefinger ins Gesicht. »Hör auf, für mich zu sprechen!«, schreit sie ihn an. »Wenn du dich hier irgendwie nützlich machen willst, dann geh und google Flüge nach Las Vegas!«

BESESSEN

Wam-wam-wam-wam. Ich bin in Berts Boxclub und hämmere mit vor Konzentration zerfurchter Stirn mit wechselnden Fäusten auf den Speedball ein. Travis steht neben mir, zählt die Schläge und kontrolliert meine Haltung.

»Weißt du, was?«, sagt er und hört auf zu zählen. »Ich glaube, du bist viel zu besessen vom Schachboxen. Wenn du nicht ganz so verbissen trainieren würdest, hättest du ein bisschen mehr Zeit für andere Dinge. Für andere Menschen.«

»Mag sein.« Ich dresche weiter auf den Ball ein. »Dafür hättest du, wenn du ein bisschen verbissener trainieren würdest, Kreshnik Paloka besiegt.« Ein Schlag unter die Gürtellinie, aber es ist die Wahrheit.

Travis blinzelt. »Fick dich«, entgegnet er.

Dann nimmt er seine Sporttasche und geht, ohne sich noch einmal umzudrehen.

LAS VEGAS

Jonny Diamond hält die Haas-Baxter-Pressekonferenz auf der Midsummer-Night's-Dream-Terrasse des Omnia Clubs im Caesars Palace mit Blick auf den Strip ab. Wir sitzen an einem langen, mit Werbelogos drapierten Tapeziertisch mit Schachbrettmuster, Diamond in der Mitte, daneben ich und zwei Anzugträger vom Weltverband der Schachboxer und ganz außen der gute alte Marcus Crockett. Die Kameraleute und Sportreporter, die darauf warten, ihre Fragen stellen zu dürfen, quasseln aufgeregt durcheinander.

Der Stuhl rechts von Jonny Diamond ist noch leer. *Keine Sorge, Leute*, kichert er. *Der Tod kommt schneller, als uns lieb ist.*

Es ist ein schöner, klarer Abend, und ich recke den Hals, um einen Blick auf all die berühmten Hotels und Casinos am Strip zu erhaschen: das Mirage, das Linq, das Flamingo, Margaritaville und das über allem aufragende Wahrzeichen des Strips, der nachgebaute Eiffelturm des Paris Las Vegas. Blinkende Lichter und glitzernde Kulissen so weit das Auge reicht. Es ist umwerfend.

Mit gegen das grelle Scheinwerferlicht zusammengekniffenen Augen erkenne ich, wie hinter der Pressemeute eine dunkel gewandete Gestalt auftaucht. Sie trägt eine glänzende Sense, an der überhaupt nichts aus Plastik ist, und ihr Gesicht ist von einer weiten schwarzen Kapuze überschattet. Reporter und Kameraleute nehmen Habachtstellung ein und erheben sich halb von ihren Stühlen. »Zelda!«, schreien sie. »Sieh hierher, Zelda!«

Die Sensenfrau schreitet wortlos zu ihrem Stuhl, legt die Sense auf den Tisch und hebt ihre leichenblassen Arme, um sich die Kapuze vom Kopf zu ziehen.

Die Reporter schnappen nach Luft. Einer schreit sogar. Die Augenhöhlen von Gevatterin Tod sind leer.

Langsam dreht sie sich um und sieht mich an. Ich greife nach einer Flasche Tahoe-Springs-Mineralwasser, die vor mir auf dem Tisch steht, und nehme einen langen Schluck, während ich mich zwinge, dem Blick des Todes standzuhalten. Kameralichter blitzen. In meinen Ohren rauscht das Blut. Ich hab schon davon gehört, dass sich Leute das Weiße ihrer Augen tätowieren lassen, gesehen habe ich es noch nie. Sie hat es sich wohl erst vor Kurzem machen lassen.

Die Reporter reißen sich um Haas' Aufmerksamkeit. Die ersten Fragen sind alle an sie gerichtet:

Was ist das für ein Gefühl, schwarze Tinte ins Auge gespritzt zu bekommen?

Die Sensenfrau fühlt keinen Schmerz.

Haben die Leute im Bus Angst vor Ihnen?

Die Sensenfrau benutzt keine öffentlichen Verkehrsmittel.

Freuen Sie sich auf den Kampf morgen?

Die Sensenfrau holt sich die Seelen der Sterblichen, und morgen wird sie sich wieder eine holen.

Wie lange wird der Kampf dauern.

Lange genug, um sie leiden zu sehen.

Ist Leah Baxter das größte Schachtalent, gegen das Sie je gespielt haben?

Auch dieses Kind ist sterblich, und für Sterbliche empfindet die Sensenfrau nichts als Mitleid.

Ich verdrehe die Augen. Tatsächlich kriecht mir die Angst jedoch kalt den Rücken hoch, ohne das ich etwas dagegen tun könnte. *Die Frau ist völlig durchgeknallt*, rede ich mir ein. *Eine Irre. Ein Freak. Soll sie sich schwarze Tinte in die Augen spritzen, so viel sie will. Dadurch werden weder ihre Schachkünste noch ihr rechter Haken besser.*

Oder doch?

MOTHERBOARD

»Umkleide Nummer zwei«, sagt Donna und tritt zur Seite, um mich eintreten zu lassen. »Du hast sie für dich alleine, kannst dich also ganz wie zu Hause fühlen. Wenn du irgendetwas brauchst, einfach rufen. Ich bin vor der Tür.«

Donna ist Hostess im Omnia, und da ich immer noch nicht alt genug bin, um alleine in einen Club zu gehen, wurde Donna dazu abgestellt, mich vor und nach dem Kampf zu betreuen.

»Danke«, murmle ich. »Ist nett hier.«

Nett ist gewaltig untertrieben. Verzierte Spiegel, Plüschteppiche, gerahmte Bilder von Sängern und Tänzern, tatsächlich ist es die protzigste Umkleide, die ich je hatte.

»Ähm, eine Sache noch«, sagt Donna, als sie schon halb aus dem Zimmer ist. »Versuch bitte, nach dem Kampf ins Waschbecken zu bluten und nicht auf den Teppich. Der ist aus Wolle.«

Endlich alleine, öffne ich den Reißverschluss meiner Sporttasche und breite meine Ausrüstung vor mir aus. Blaue Socken. Blaue Shorts. Handbandagen. Handy. Blaues T-Shirt. Blaue Handschuhe. Boxstiefel. Messer. Tape. Zahnschutz. Springseil. Ersatzzahnschutz. Einen stahlblauen Boxmantel mit Blitzen an der Seite. Wasserflaschen. Eine kleine Flasche Clubman Aftershave.

Auf den Wasserflaschen steht Tahoe Springs. Es ist dieselbe Marke wie gestern Abend bei der Pressekonferenz. Ich öffne eine und trinke einen Schluck. Sosehr ich es auch versuche, gelingt es mir nicht, den gestrigen Albtraum aus dem Kopf zu bekommen. *Die Sensenfrau holt sich die Seelen der Sterblichen, und morgen wird sie sich wieder eine holen ...*

Ich blinzle zweimal und sehe auf die Uhr an der Wand. *Hör auf, an gestern zu denken*, sage ich mir. *Denk an Samuel Reshevsky. Fürchte niemanden.* Ich nehme mein Taschenmesser von der Frisierkommode und steche ein Loch in den Deckel der Tahoe-Springs-Flasche. Dann ein zweites und dann ein drittes. So spritzen sie besser.

Das haben wir, als ich noch klein war, immer zu Hause gemacht. An heißen Sommertagen sammelten wir unsere Wasserflaschen zusammen, und Dad versah sie mithilfe eines Hammers und eines Nagels mit Spritzlöchern. Manchmal steckte ich ins andere Ende der Flasche auch die Nadel einer Ballpumpe und bastelte mir so eine Art Wasserpistole, mit der ich herumrennen konnte.

Man unterschätzt leicht, wie weit man mit einer Ballpumpenwasserpistole schießen kann, insbesondere, wenn man sieben Jahre alt ist. Einmal schaffte es ein Wasserstrahl durch ein halb geöffnetes Fenster und platschte direkt auf Dads Computer. Er kam aus dem Haus gerannt und fing an herumzubrüllen. Ich kann mich noch gut daran erinnern, weil er Wörter gerufen hat, die ich noch nie zuvor gehört hatte, eines davon war *Motherboard*.

Aber es gibt noch einen Grund, warum ich mich an die Szene so genau erinnere. Als Dad aus dem Haus kam, sahen seine Augen irgendwie merkwürdig aus. Er riss mir die Plastikflasche aus der Hand und schlug mich damit. Zweimal auf den Kopf, und als ich versuchte davonzulaufen, auch noch auf den Rücken.

Abends brachte er mich ins Bett und sagte immer wieder *Es tut mir leid, Leah*, und *Bitte, vergib mir, Leah*. Aber ich blieb stur und antwortete nicht. Ich wollte, dass er weiterbettelte. Es war ein Gefühl der Macht.

Nachdem ich alle Wasserflaschen mit Löchern versehen habe, lehne ich mich in meinem Stuhl zurück und sehe auf die Uhr. »Ich vergebe dir, Dad«, murmle ich.

Ein lautes Pling meines Handys lässt mich hochschrecken.

Hey, Champ. Ich würde es heute Abend mit dem Kasparow-Gambit probieren. X

Meine Finger fliegen über das Tastenfeld. **Mom, es gibt kein Kasparow-Gambit.**

Pling. **Umso besser. Dann hast du das Überraschungsmoment auf deiner Seite. X**

WILLKOMMEN IM OMNIA

Ich stehe hinter den Samtvorhängen einer Seitenbühne des Omnia Clubs. Meine Hände sind bandagiert. Meine Muskeln warm. Ich bin so bereit, wie man nur sein kann.

Das Omnia ist eine höhlenartig gewölbte Halle, die mindestens fünfmal so groß ist wie der Elephant Club. Es ist mit unzähligen goldenen und violetten Zuschauerplattformen und Ebenen angefüllt, die den Eindruck erwecken, sie würden frei im Raum schweben. Das Ganze erinnert an den Galaktischen Senat in *Star Wars*, nur mit weicheren Möbeln und mehr menschlichen Ausdünstungen in der Luft.

Die Zuschauerplattformen bieten einen perfekten Blick auf den lichtüberfluteten Boxring in der Mitte der Tanzfläche, in dem mit einem Mikro vor dem Mund Marcus Crockett steht. Inmitten der aufgeheizten Zuschauermenge sieht er winzig aus, aber die millionenteure Soundanlage sorgt dafür, dass seine Stimme durch den kompletten Saal dröhnt, als wäre er Thor.

»Willkommen im Omnia, Ladies and Gentlemen, und willkommen zum größten Spektakel, das Las Vegas je gesehen hat, einem absolut berauschenden Sportevent, das Ihnen eine faszinierende Mischung aus den ältesten sportlichen Passionen der Menschheit bietet, Schach und Boxen. Was Sie hier zu sehen bekommen, ist der in jeder Hinsicht gegensätzlichste Kampf, der je auf einer Bühne in Vegas ausgefochten wurde. Eine verwegene junge Kämpferin, eingeflogen aus dem Zentrum des Universums, wird ihre geistigen und körperlichen Kräfte mit der schrecklichsten Gegnerin überhaupt messen, mit Gevatterin Tod persönlich!«

Von den Zuschauerplattformen herunter schwappen ohrenbetäubende Wellen von Jubel- und Buhrufen durch den Saal. Ich habe keine Ahnung, auf welcher dieser Plattformen Mom und Clint stehen, bin mir aber ziemlich sicher, dass Mom die Finger in den Ohren hat. *Warum muss diese Musik so laut sein, Clint?*

»Unsere beiden Kämpferinnen werden heute abwechselnd am Schachbrett und im Ring gegeneinander antreten und dabei sowohl ihren Scharfsinn als auch ihre Fitness unter Beweis stellen, bis eine der beiden durch Schachmatt oder K. o. den Kampf für sich entscheidet. Nehmen Sie Ihre Plätze ein und genießen Sie mit mir die verrückteste Show der Stadt und den omnialsten, den omniakulästen, den omniatastischesten Kampf des Jahres, Schachboxen im Omnia!«

Die Musik steigert sich zum Crescendo, und die komplette Decke erstrahlt von konzentrischen ovalen Ringen in flirrendem Rot und Orange, als hätte man einen gigantischen Kronleuchter angeknipst. Ich streiche die Bandagen um meine Hände glatt und fange an, auf den Fußballen zu hüpfen.

Dad, sage ich tonlos. *Hilf mir.*

»In der blauen Ecke, mit einem offiziellen Kampfgewicht von 57,6 Kilo, das Mädchen mit Millionen von Klicks und Milliarden von Hits, bitte begrüßen Sie mit mir den Wirbelwind aus dem Washington Square Park, den Springteufel aus Hell’s Kitchen, die bahn-, kiefer- und herzbrechende Herrscherin über Bauern und Könige, Leah »Park Girl« Baxter!«

Ich trete hinaus auf den Laufsteg und marschiere mit in die Luft gereckten Fäusten und wehendem stahlblauem Mantel in den Ring.

Flutlichter, so grell, dass man sein Augenlicht riskiert, und dröhnender Favela Funk, der Satan persönlich zum Heulen bringt. Die Menschenmenge ist so nah und laut, dass es sich anfühlt, als wäre sie in mir. Park-Girl- und Leah-Rufe. Und das Gequake irgendeiner Dumpfbacke, das sich anhört wie »Heirate mich!«

»Und nun, Ladies and Gentlemen, bringen Sie Ihre Seelen in Sicherheit und schreiben Sie Ihr Testament, in der roten Ecke, extra angereist aus dem fernen Berlin, mit einem offiziellen Kampfgewicht von 59 Kilo, die unbeschreibliche, unheimliche, unerbittliche, unverwüstliche und bislang unbesiegte Weltmeisterin im Schachboxen Zelda, »die Sensenfrau« Haaaaaaaas!«

Eine Nebelmaschine wird angeworfen, und mit Ausnahme des blitzenden Kronleuchters über unseren Köpfen gehen alle Lichter aus. Die Menge johlt und schreit, während der Kronleuchter anfängt, sich zu drehen, und die Lichtkreise in acht konzentrischen Ringen auseinanderdriften. Ein wirklich atemberaubendes Hightech-Spektakel. Jedes Segment bewegt sich unabhängig von den anderen, dreht sich, neigt sich und schwebt zu uns herab wie ein Raumschiff, das zur Landung ansetzt.

Ich bin der Tod, dröhnt eine Lautsprecherstimme durch den Saal. *Lange schon gehe ich unbemerkt neben euch, und nun ist der Moment gekommen, mir in die Augen zu sehen. Seid ihr bereit, Sterbliche?*

Die Lichter gehen wieder an und fluten den Raum, und da, in der Mitte des Rings, keine fünf Meter entfernt von mir, steht sie, die Sensenfrau persönlich. Entsetzte Schreie gellen durch den Saal, als sie ihre Sense hebt und sich die dunkle Kapuze vom Kopf zieht. Ihre Haut ist weiß wie die einer Aussätzigen, die Augenhöhlen pechschwarz.

Wie ist sie da hingekommen? Das haben Syd und ich uns auch schon letzten Herbst gefragt, als wir uns ihre Beinarbeit auf YouTube angesehen haben. Wie ist sie da hingekommen? Wie schafft sie es, sich so schnell zu bewegen? Man hat den Eindruck, sie beherrscht die Teleportation. Vielleicht ist sie ja wirklich der Tod.

Es ist nur eine Masche, beschwichtige ich mich selbst. Aber das Blut in meinen Adern fühlt sich dickflüssig und kalt an. Und ich spüre, wie die Angst an meiner Seele kratzt.

RUNDE 1

Ich nehme dem Tod gegenüber meinen Platz am Brett ein. Alles um mich herum ist in hochaufgelöstem Ultra HD: die verblüffend präzisen Konturen der Springer und Läufer, die kleinen Knitterfalten am Hemdkragen des Schiedsrichters, das Schimmern der Schachuhr, das feine Webmuster meiner Handbandagen, das Aufblitzen einer in die Luft geworfenen Münze.

Denk an Reshevsky. Fürchte niemanden.

Haas gewinnt und wählt Weiß. Ihre Uhr beginnt zu ticken, und in diesem Moment zieht sich die unendliche Weite des Omnia Clubs zusammen auf vierundsechzig kleine schwarze und weiße Quadrate.

Bauer c4.

Springer f6.

Springer f3.

Der tschechoslowakische Großmeister Richard Réti war der Erste, der Capa schlagen konnte, nachdem dieser den Weltmeistertitel geholt hatte. Seine Eröffnungsstrategie für Weiß war damals bahnbrechend. Er ließ zu, dass Schwarz das Zentrum besetzt, und attackierte dann wie ein Besessener über die Flanken. Heutzutage ist das natürlich nicht mehr ganz so bahnbrechend. Wenn die Sensenfrau die Mitte nicht besetzen möchte, besetze ich sie gerne selbst.

Ich rücke mit dem d-Bauern zwei Felder vor. Der Tod starrt mit leerem Blick auf meinen Zug. Wahrscheinlich hat sie mit einem der üblichen Züge gerechnet, e6 oder g6, und eine Million Theorievarianten auswendig gelernt. *Nimm das, Zombiefresse. Zwei Züge, und schon hast du den Faden verloren.*

Bauer g3. Läufer f5.

Bauer schlägt Bauer. Springer schlägt Bauer.

So ist es gut. Der zentrale Bann ist gebrochen, und wir können zu einer netten offenen Stellung übergehen mit jeder Menge taktischer …

Was habe ich getan? Was habe ich getan? Ich habe Bauer e4, der Springer und Läufer gabelt, offen gelassen. Dabei hatte ich e4 noch in Betracht gezogen, dann aber vernachlässigt, weil der Läufer ja schlägt. Das Problem ist nur – wenn mein Läufer schlägt, entsteht eine brutale Gegengabel, Dame a4, die meinem König Schach bietet und einen meiner Läufer schlägt. Das ist mehr als nur eine clevere Kombination, das ist ein tödlicher Angriff, *im verdammt noch mal fünften Zug!*

Beruhige dich, beschwöre ich mich selbst. *Zeig ihr nicht, dass du nervös wirst.* Noch hat sie e4 nicht gespielt. Vielleicht hat sie es gar nicht gesehen. Aber ein kurzer Blick auf Haas sagt mir, sie hat es gesehen. Sie lehnt sich gelassen in ihrem Stuhl zurück und sieht anstatt aufs Brett nur noch mich an mit ihrem grässlichen Totenschädelgrinsen. Sie kennt diese Zugfolge in- und auswendig. Sie hat e4 nur deshalb noch nicht gespielt, weil sie den Moment etwas länger auskosten will. Sie genießt es, einfach nur grinsend dazusitzen und mich leiden zu sehen.

Marcus Crockett sieht aus, als würde er in Hochgeschwindigkeit in sein Mikro plappern. Scheinbar versucht er, dem fassungslosen Publikum zu erklären, wie es zu diesem verheerenden Eröffnungsunfall kommen konnte. Eine so frühe Niederlage wäre nicht nur für mich schlecht, sondern auch für unseren Sport. Die Leute haben viel Geld dafür bezahlt, ein für Las Vegas taugliches Spektakel geboten zu bekommen, und nun ist der Kampf schon so gut wie beendet.

Die Sensenfrau greift nach ihrem Königsbauern und schiebt ihn auf e4, genau, wie ich befürchtet hatte. Ich schlage ihn mit meinem Läufer – mir bleibt gar keine andere Wahl – und schnell wie der Blitz spielt sie die Gegengabel, Dame auf a4.

Die Schachfiguren wirbeln vor meinen Augen. Mir wird übel. All das Training und die Vorbereitungen nur, um in eine Eröffnungsfalle aus einem idiotischen *Gewinnen mit Réti*-Handbuch zu tappen.

Ich blockiere das Schach mit meinem Damenspringer, und Haas zieht ihre Dame absichtlich wie in Zeitlupe die vierte Reihe entlang und schlägt meinen Läufer. Sie hält den geschlagenen Läufer hoch über ihren Kopf und grinst ins Publikum wie eine böse Priesterin, die einem blutrünstigen Mob das noch schlagende Herz eines Menschenopfers präsentiert. Die Ohrenschützer dämpfen zwar die Jubelrufe, aber ich kann die Begeisterung der Menge sehen. Kinnladen klappen nach unten. Getränke werden verschüttet. Fäuste gereckt. Der erste Sensenhieb von Gevatterin Tod hat gesessen.

Meine Hände stützen meinen Kopf. Ich starre das Brett an, in der Hoffnung, dass es mir eine positionelle Kompensation für meine verlorene Figur offenbart, aber es gibt keine. Nur die klaffende Leere der c8-h3-Diagonalen, von der aus mein weißfeldriger Läufer einst die Welt beherrschte. Nun steht er neben dem Ellbogen meiner Gegnerin, und die Kerbe in seiner Bischofsmütze sieht aus wie ein schmerzverzerrter Mund. *Ich bin tot*, klagt er, *ich werde nie wieder zurückkommen*. Der Schock und die Fassungslosigkeit darüber, eine meiner Figuren so früh verloren zu haben, fühlt sich an wie Trauer.

Plötzlich stört eine geschäftige Unruhe meine Verzweiflung. Das Schachbrett verschwindet vor meinen Augen, und auch der Tisch wird weggetragen. Ich nehme die Ohrenschützer ab, und sofort werden meine Gehörgänge von Buhrufen und wummerndem Favela Funk angegriffen.

»... ihr ein extrem schwieriger Kampf auf dem Schachbrett bevor«, kommentiert Crockett. »Aber warten wir ab, was sie uns im Ring zu bieten hat.«

RUNDE 2

Langsam erhebe ich mich und ziehe mir die Boxhandschuhe über die bandagierten Hände. Ein Nummerngirl stöckelt durch den Ring, und der Ringrichter gibt uns das Zeichen zusammenzukommen. Der Gong ertönt, die Menge grölt, und ein roter Handschuh landet mitten in meinem Gesicht.

Ich bin wie betäubt. Nicht von dem Schlag, sondern von dem, was gerade auf dem Brett passiert ist. *Läufer f5, das war der Patzer.* Der Zug schien offensichtlich, einer von der Sorte, über die man nicht zweimal nachdenkt …

Baff! Noch ein Jab ins Gesicht. Ich weiche zurück und gehe in Deckung, aber der Tod bleibt an mir dran. Mit schnellen, harten Schlägen treibt sie mich rückwärts. Wenn ich mich nicht jetzt sofort auf den Kampf konzentriere, werde ich platt gewalzt.

Wir klammern. Ich atme. Der Tod neigt sich zu meinem Ohr und flüstert: »Echt schade um deinen Läufer. Wird heute Abend wohl nichts mit einem Boden-Matt, oder?«

Ich versuche, einen Aufwärtshaken in ihre Leber, aber mein Arm ist zur Hälfte eingeklemmt. Der Schlag hat keine Kraft. Wir schrauben uns auseinander und umkreisen uns in Schlagdistanz. Der Tod starrt mich aus leeren Augen an.

Denk an deinen Plan, ermahne ich mich. *Arbeite an den Körperschlägen. Lande die Treffer, die sich in den späteren Runden für dich auszahlen.* Ich mache einen Schritt nach vorn für eine rechte Gerade direkt auf den Körper, aber ihr Körper steht nicht mehr vor mir, sondern neben mir, und ich bin diejenige, die seitlich wegtaumelt, um einem Trommelwirbel aus Schlägen auszuweichen. *Man hat den Eindruck, sie beherrscht die Teleportation.*

Nichts Übernatürliches, sage ich mir. *Einfach nur gute Technik. Jetzt nur nicht zusammenkauern.* Aber es ist zu spät. Mit einer Kombination aus fünf, sechs, sieben Schlägen zwingt mich die Sensenfrau, so weit zurückzuweichen, bis ich in den Seilen hänge und ihre irren, bedrohlichen Augen mein Gesichtsfeld komplett ausfüllen.

RUNDE 3

Tisch, Stühle und Schachbrett tauchen wieder auf, und ich bin erneut mit dem Albtraum meiner Stellung konfrontiert. Ein Läufer weniger und nicht die Spur von positionellem Gegenwert. Ich sollte aufgeben und mir die Schmach einer langsamen qualvollen Niederlage ersparen.

Ich strecke die Hand aus, um meinen König umzustoßen, und erstarre. In meinem Kopf sitze ich mit einem neunjährigen Jungen auf der Mauer vor dem Haus Nummer 23 in der West 10th Street.

Aufgeben ist was für Weicheier, Teddy. Nimm dir ein Beispiel an Frank Marshall. Häng dich ganz tief rein, bis du einen Ausweg findest.

Ganz tief reinhängen. Das klingt so einfach. Aber für Teddy Croft war es alles andere als einfach, als er vor fünf Monaten in Richmond an den US-Meisterschaften der Unterzehnjährigen teilgenommen hat. Der arme Junge hat sechs von sechs Partien verloren, und jede einzelne bis zu ihrem qualvollen Ende gespielt, weil sich irgend so ein Mädchen mit ihm auf eine Mauer gesetzt und ihn mit Frank-Marshall-Psychogequatsche zugetextet hat.

Ich greife nach einem Springer und ziehe ihn auf f6. Der einzige Grund, warum ich nicht aufgebe, ist Teddy. Ich habe seine Partien in Richmond auf dem Smartphone gestreamt und mitangesehen, wie er sechsmal in Folge platt gewalzt wurde. Wenn ich hier also nur ein einziges Mal platt gewalzt werde, ist das nur fair. Ich habe es verdient.

Gevatterin Tod zieht ihre Dame zurück auf a4. Ich bewege einen Bauern vor, um das Schachgebot abzuwehren.

D-Bauer nach vorn. E-Bauer nach vorn.

Damenspringer. Königsläufer.

Früher oder später werde ich diese Partie verlieren, aber die Sensenfrau soll sich ihren Sieg wenigstens verdienen. Ich werde mich im Brett verbeißen, wie ein giftiger Terrier und ihr den letzten Nerv rauben, wie eine dieser lästigen Fliegen, die man einfach nicht erwischt. Was hat Kasparow immer gesagt? *Der wahre Meister zeigt sich erst, wenn er an seine Grenzen kommt.*

Haas streicht sich über das tätowierte Kiefergelenk und rückt mit ihrem Bauer auf h4 vor. Ich habe noch nicht einmal rochiert, und schon geht sie auf meinen König los. Ein provokanter Zug, den ich an ihrer Stelle auch gespielt hätte. Aber wie bei allen Zügen mit einem Königsflügelbauern ist dadurch eine winzige Schwachstelle entstanden, auf die ich mich jetzt konzentrieren kann.

Dame c7. Springer schlägt Springer.

Bauer schlägt Springer. Läufer g2.

Ich fahre mir mit der Zunge über die trockenen, aufgesprungenen Lippen. Würde ich gegen einen Patzer im Park spielen, wüsste ich genau, was ich tun würde. Ich würde, ohne lange zu überlegen, den schwarzfeldrigen Läufer opfern und meine Dame marodieren schicken. Aber Haas ist kein Patzer, und ich sehe keine Möglichkeit, für ein sicheres Mattnetz. Ich hätte zwei Läufer weniger und null Kompensation.

Was soll's, ich tu's trotzdem. Sorge für ein bisschen Aufregung im Publikum und gehe dann mit fliegenden Fahnen unter.

Ich strecke die rechte Hand aus und plötzlich dröhnt in meinem Kopf das Geräusch knirschender Gänge.

Cry me a river in Memphis Mall
Molotov Me will sabotage it all!

Ich ziehe die Hand zurück und hebe den Blick zu dem grellen Kronleuchter über mir. In diesem Moment löst sich tief in meinem Inneren ein gewaltiger Kummerkloß und steigt mit einer ungebremsten Wut in meinem Hals nach oben. Mein Mund öffnet sich, und es entweicht ein Schrei, der so mächtig ist, dass nicht einmal das gigantische Omnia ihn verschlucken kann, nicht das Caesars Palace, nicht Las Vegas, nicht der Grand Canyon, nicht die unendlichen Weiten der Wüste Nevadas.

Hörst du das, Tod? Ich weigere mich. Ich werde mich nicht selbst sabotieren. Der Läufer bleibt, wo er ist. Ich werde ihn nicht anrühren. Und wenn ich mich auf meine Hände setzen muss. Ich werde mich ganz tief reinhängen und einen Ausweg finden. Wart's nur ab.

RUNDE 4

Der Tod tänzelt mit erhobenen roten Boxhandschuhen auf mich zu, und wir liefern uns einen rasanten Schlagabtausch aus Jabs und Crosses. *Hör auf, auf die Schläge zu sehen*, ermahne ich mich selbst. *Sieh hinter die Schläge. Halte den Blick auf ihre Brust gerichtet. Du musst jederzeit wissen, wo sie ist.*

Wir klammern. Ich versuche zu atmen, aber die freie rechte Hand der Sensenfrau, pickt an meiner Leber. *Pick. Pick. Pick.*

»Das war ein beeindruckender Schrei«, flüstert sie.

Ich winde mich aus der Umklammerung und weiche zurück.

Halte an deinem Plan fest. Beinarbeit und Körperschläge. Mach sie müde. Traktiere ihren Verstand. Warte bis zur achten Runde, wenn ihre Arme und Beine langsam und schwer werden und es mit der Teleportation nicht mehr klappt. Dann, und erst dann, kannst du aufs Ganze gehen und sie auf die Bretter schicken.

RUNDE 5

Ich beiße mir fest auf die Unterlippe, starre aufs Schachbrett, und arbeite mich ganz tief in meine hoffnungslose Stellung vor. Das Läuferopfer ist noch immer verlockend, aber ich widerstehe der Versuchung. Nicht einmal Michail Tal würde sich zwei Läufer in Rückstand begeben, wenn er dadurch keinen todsicheren Vorteil gewinnen würde.

Ich rochiere am Königsflügel und schlage auf die Uhr.

Der Tod lächelt. Ihr Flügelbauer rückt weiter vor und durchlöchert meine Verteidigung am Königsflügel. Der Durchbruch ist schlecht für mich, aber nicht tödlich. Mein König hat immer noch Beschützer.

Über dem neunzehnten Zug gerät die Sensenfrau ins Grübeln. Es dauert eine halbe Ewigkeit. Sekunde um Sekunde verstreicht, aber sie tut immer noch nichts. Worüber denkt sie nach? Ist ihrem Angriff die Luft ausgegangen, oder geht sie zur psychologischen Kriegsführung über? Vielleicht ist sie gestorben und die Totenstarre hat eingesetzt?

Leider nein. Der Tod lebt. Sie zieht einen Springer. Auf e5, *wo ich ihn mit einem Bauern schlagen kann.*

Zuerst starre ich ungläubig den Springer an, dann meine Gegnerin. Selbst einem Meister unterlaufen gelegentlich idiotische Fehler. Man denkt so lange nach, dass man sich psychisch selbst ausknockt und am Ende einen wirklich dummen Patzerzug macht. Aber, Moment mal, ist das hier ein Patzer oder ein trojanisches Pferd? *Hüte dich vor dem Tod, auch wenn er Geschenke bringt.*

Meine Freude verwandelt sich in Schrecken. Der Zug mit dem Springer ist alles andere als ein Geschenk.

Wenn ich den Springer ignoriere, tauscht sie auf e4 ab. Ihre Dame geht auf b3 und stürzt sich wieder in die Schlacht, was verheerende Auswirkungen haben wird. Wenn ich ihn mit meinem Läufer schlage, wickelt sie direkt in ein gewonnenes Endspiel ab. Und wenn ich den offensichtlichsten Zug mache und den Springer mit meinem Bauern schlage? Klar, ich würde das Material, das ich am Anfang fahrlässig verzockt habe, zurückgewinnen, aber zu welchem Preis? Läufer auf f6, das ist es, was passieren würde, und dann Turm auf h7 Schach, ein Spieß wie aus dem Lehrbuch. Der Turm zwingt meinen König, zur Seite zu gehen, und schlägt die Dame dahinter.

Der Tod setzt ein hämisches Lächeln auf, unsere Blicke treffen sich, und fast unmerklich nickt sie mir zu. Es ist, als könnte sie meine Gedanken lesen. Sie weiß, dass ich den

Spieß entdeckt habe und auch, wie sehr ich mich vor ihm fürchte.

RUNDE 6

Und wieder stehe ich von Angesicht zu Angesicht dem rotbehandschuhten Tod gegenüber und blicke ihm in die pechschwarzen Augen. Ich halte die Ellbogen eng am Körper und konzentriere mich auf meine Beinarbeit, lasse mich vor- und zurücktreiben wie eine Muschel in der Strömung. Ich halte die Deckung aufrecht, aber ihre Jabs kommen so schnell und hart, dass es mir die eigenen Handschuhe ins Gesicht drückt.

Ich springe außer Schlagdistanz. Beinarbeit und Körperschläge, rufe ich mir in Erinnerung. Traktiere ihren Verstand. Mach sie müde.

Aber wieder kommt sie auf mich zugeflogen. Ich springe. Drehe mich weg. Eine rechte Gerade zischt über meine Schulter, und ich schlage tief unten zurück, *Krack*. Ich höre, wie sie nach Luft schnappt.

Die hat gesessen.

Ich drehe mich nach links, tänzle und überprüfe mit einem Jab den Platz zwischen uns.

Gleich noch mal, feuere ich mich an. Beinarbeit und Körperschläge. *Was du ihr jetzt verpasst, wird sich in den späteren Runden auszahlen.*

Haas bewegt sich bereits langsamer und atmet schwerer. Die linke Faust hat sie oben, aber ihre rechte hängt nach unten und schützt ihre Leber. Ich habe ihr wehgetan.

Ich hüpfe auf sie zu, den Oberkörper unablässig hin und her bewegend. Der Tod kauert sich zusammen und weicht zurück. Wie ein schwarzäugiger Königspython rollt sie sich ein und schrumpft in sich zusammen. Ihre Mundwinkel zucken.

Was ist das? Lächelt sie?

Zu spät, ich kann den Punch nicht mehr nach unten ziehen. Er fegt über ihren Kopf hinweg und legt meine Achselhöhle und die oberen Rippen bloß. Ich kippe nach vorn. Sie richtet sich auf und kommt mir mit einem brutalen Aufwärtshaken in die Achselhöhle entgegen. *Wam!*

Ein glühender Schmerz zuckt durch meine Brust, und mein Kopf schlägt auf den Boden. Über mir dreht sich der Kronleuchter, rote und orangene Lichter aus Blut und Feuer.

In meinem Schädel hallen das Raunen und der Jubel der Menge. Der Ringrichter hat mich schon halb ausgezählt. *Vier. Fünf. Sechs.*

»Komm schon, Champ! Steh auf!«

Dieses wilde Kreischen kam nicht vom Ringrichter. Ich drehe den Kopf und erkenne rechts von mir, ganz weit oben auf einer Plattform, ein smaragdgrünes Kleid und wasserstoffblondes Haar. Mom!

Ich drehe mich auf den Bauch, greife nach den Seilen und hieve mich mit letzter Kraft noch einmal hoch.

RUNDE 7

Weinend stehe ich vor dem Schachbrett. Sitzen tut zu sehr weh. Die Schmerzen in meinem Brustkorb sind kaum auszuhalten.

Im Zuschauerraum ist es still geworden. *Was ist los mit denen? Dafür hatten sie doch Eintritt bezahlt. Sie wollten doch Blut und Tränen aufs Schachbrett tropfen sehen.*

Die Ringärztin beugt sich über die Seile und versucht, die Aufmerksamkeit des Ringrichters zu erlangen.

Mit schmerzverzerrtem Gesicht recke ich den Daumen in die Luft. *Mir geht's gut.*

Ich beiße fest auf meinen Zahnschutz und zwinge mich, mich trotz der Schmerzen auf den weißen Springer zu konzentrieren, der so heroisch mitten in meine Verteidigung geritten ist. Was kann ich dagegen tun?

Ich schließe die Augen, visualisiere die Stellung nach Läufer f6 und gehe meine Möglichkeiten durch. Zunächst einmal könnte ich dem fiesen Spieß ausweichen, indem ich Dame c8 spiele. Würde das funktionieren? Würde es? Würde es? Würde es? Nein, würde es nicht. Nach fünf weiteren Zügen gewinnt Haas einen Turm für einen Läufer, und das Endspiel ist für sie leicht gewonnen.

Es muss einen anderen Weg geben. Einen besseren.

Die Minuten verstreichen, und ich gehe die Verzweigungen immer weiter durch, fünf Züge, zehn Züge, zwanzig Züge. Ich atme kurz und flach, einen tiefen Atemzug schaffe ich nicht. *Sind meine Rippen gebrochen? Oder nur übel geprellt?*

Wie wäre es damit? Lass den Spieß zu. Lass sie die Dame schlagen. Ein unangenehmer Zug, aber je länger ich darüber nachdenke, umso spielbarer erscheint er mir. Im Tausch gegen die Dame bekomme ich einen Läufer und einen Turm und kann mir für die verbleibenden Figuren gute Vorposten sichern. Ich verstecke den König auf g7, den Läufer auf b6, und verdopple die Türme hinter dem e-Bauern. Ich stünde zwar immer noch auf Verlust, hätte aber zum ersten Mal in dieser Partie eine reelle Chance auf einen Gegenangriff. Und je weiter ich mit diesem e-Bauern vorrücke, umso mächtiger wird er.

Ich öffne die Augen. Ich habe die komplette Schachrunde damit verbracht, über einen einzigen Zug nachzudenken, und mich für exakt den entschieden, von dem Haas glaubt, ich würde ihn um jeden Preis vermeiden. Ich schnappe mir den f-Bauern und schlage diesen vermaledeiten Springer mit so viel Schwung, dass er vom Tisch segelt.

Haas schüttelt den Kopf und beugt sich über das Brett. Aber noch bevor sie einen klaren Gedanken fassen kann, kommt ein Bühnenhelfer, hält die Uhr an und trägt das Brett weg.

Der Tod schlägt zornig auf den Tisch. Nichts ist schwieriger zu gewinnen als eine gewonnene Partie.

RUNDE 8

Die pulsierenden Lichter des Raumschiffs blinken und blitzen. Ein Nummerngirl stolziert durch den Ring. Achte Runde.

Warte bis zur achten Runde, wenn ihre Arme und Beine langsam und schwer werden und es mit der Teleportation nicht mehr klappt. Dann, und erst dann, kannst du aufs Ganze gehen und sie auf die Bretter schicken.

Die entscheidende Runde ist eingeläutet. Meine erschöpften Augen scannen die Zuschauerplattformen und suchen nach einem smaragdgrünen Kleid. Ohne Erfolg. Der Bluterguss unter meinem rechten Arm ist inzwischen dunkelviolett, und ich habe Schwierigkeiten, meinen rechten Handschuh anzuziehen.

Der Gong ertönt.

Ich schließe den Klettverschluss an meinem Handgelenk. Der Tod kommt auf mich zugehüpft, und dieses Mal weiche ich nicht zurück.

Ich gehe ihm entgegen.

Ich lande einen Jab. Der Tod kontert. Ich kontere den Konter. Den sie wiederum kontert.

Moms Stimme zerschneidet die Luft, laut und gequält. »Ich liebe dich, Leah!«

Kontern kontern kontern kontern kontern kontern kontern kontern kontern kontern.

»Ich liebe dich, Leah!«

Kontern kontern.

»Ich liebe dich, Leah!«

Kontern! Kontern! Ein simultaner Doppelpunch reißt ein Loch in den Kampf, und wir gehen beide rückwärts zu Boden. Wie Unfall-Amy, als sie gegen den Spiegel lief.

Dad hat sich totgelacht über diese Szene. Er hat so heftig losgeprustet, dass ihm das Root Beer aus der Nase lief.

Wir setzen uns auf. Der Tod sieht mich an und spuckt einen Zahn aus. Ihre Augen sind völlig ausdruckslos, aber ihre tätowierten Lippen sind ein Fenster zu ihrer Seele.

Sie ist außer sich vor Zorn.

RUNDE 9

Wie ich vermutet hatte, tauscht die Sensenfrau auf e4 und zieht dann den Läufer auf f6, wie ich ebenfalls vermutet hatte.

Blitzschnell ziehe ich König f7. Ein direkter Gegenzug in einer komplexen Situation verunsichert den Gegner. Es zwingt ihn, in Gedanken noch einmal zurückzugehen und alles neu zu analysieren.

Der Tod denkt lange nach, dann spielt sie den Spieß auf h7. Aber sie tut es nur zögerlich, fast widerwillig. Ihr ist klar geworden, dass sie damit entgegen ihrer Annahme noch nicht gewonnen hat.

Ein wilder Schlagabtausch setzt ein, es kommt zu ein paar cleveren Schachs durch die Dame meiner Kontrahentin, dann verzieht sich der Pulverdampf. Für den Moment ist mein König auf g7 sicher, mein Läufer steht auf b6, meine Türme auf e6 und e8. Gevatterin Tod hat die Nase vorn, aber damit das so bleibt, wird sie ein sehr genaues Positionsspiel zeigen müssen, und in dieser Stellung sind die richtigen Züge alles andere als offensichtlich.

Ihre Schultern hängen, ihr Blick ist finster. Sie wirft einen gereizten Blick auf die Uhr und klopft die Stellung nach einer Möglichkeit ab, wie sie ihren Vorteil in einen Sieg verwandeln kann. Schließlich zieht sie ihren Bauer auf a3.

Eher suboptimal. Ein Bauernzug am Flügel ist ein Wartezug, ein Nichts. Man schiebt den Schwarzen Peter einfach weiter. In einer solchen Stellung ist die Initiative das A und O. Man kann es sich schlicht nicht erlauben, passiv zu bleiben.

Dieser kleine Moment des Zögerns hat die Partie zu meinen Gunsten gewendet.

Gierig beuge ich mich über das Brett und rücke den e-Bauern vor. Der Tod spielt Turm d7, um einen Turmabtausch zu erzwingen, dann Dame b4, um meinen verbleibenden Turm zu bedrohen. Wenn ich jetzt zur Verteidigung übergehe, verliere ich die Initiative. Es muss eine bessere Möglichkeit geben …

Und es gibt tatsächlich eine. Ich ziehe noch einmal mit dem e-Bauern. Schach.

Der Tod spielt König e1 und blockiert den Vormarsch des Bauern. Sie glaubt, sie hätte meinen Angriff vereitelt, aber sie täuscht sich. Ich bin noch nicht am Ende. Jetzt ist der richtige Moment, meinen Läufer zu opfern.

Hilflos sieht der Tod zu, wie mein Läufer entlang seiner Diagonale Amok läuft und den Fußsoldaten auf f2 schlägt. Schach. Da sind sie wieder, die zornverzerrten Lippen. Ihr bleibt nichts anderes übrig, als mein Opfer anzunehmen, obwohl sie genau weiß, was dann passiert.

Der bescheidene Bauer wird zur Dame.

RUNDE 10

Der Tod greift mich mit einem linken Schwinger an. Ich tauche ab, mache einen Schritt nach links und *Baff!* treffe sie an ihrer gebrochenen, tätowierten Nase. Sie geht zu Boden und hält sich das Gesicht. Das Publikum johlt und grölt. Selbst das Logenpublikum ist jetzt auf den Beinen.

Sie steht auf und geht schnaubend noch einmal auf mich los. Es ist die letzte der maximal fünf Boxrunden, das heißt, sie braucht jetzt einen schnellen Knock-out. Sie tänzelt, bewegt sich hin und her, und sucht einen Weg, um diesen einen

Haken zu landen, der die Gehirnmasse in meinem Schädel rotieren lässt und mich zu Boden schickt.

Und ich, ich gebe einfach nur mein Bestes. Halte die Fäuste oben, weiche aus, gleite zur Seite, piesacke sie mit kurzen, harten Jabs und Aufwärtshaken, halte sie in Bewegung.

Wir klammern. Der Tod ist kalt und glitschig vom Schweiß. Vorsichtig streckt sie den Arm in Richtung meines Rückens und *Krack!* Ich gehe in die Knie.

Der Ringrichter geht dazwischen. Schläge in die Nieren sind verboten, und die Sensenfrau bekommt eine offizielle Verwarnung.

Als ob der Tod sich um Verwarnungen scheren würde.

Wieder greift sie mich an. Wieder feuere ich meine Jabs auf sie ab. Sie kontert mit einer ungestümen Rechten, für die sie den Kopf in den Nacken legt, und *Zack!* verpasse ich ihr eine auf den Hals. Der Zahnschutz schießt aus ihrem Mund und fällt zu Boden. Sie krümmt sich zusammen und japst nach Luft.

Und in diesem Moment bleibt auch mir kurz die Luft weg, denn da habe ich es begriffen.

Ich werde gewinnen.

RUNDE 11

Das Schachbrett taucht wieder auf. Ich habe eine tiefe Platzwunde auf der Stirn, aus der warmes Blut in mein linkes Auge rinnt.

Jemand reicht mir einen Mulltupfer. Der Ringrichter startet die Uhren.

Mit der linken Hand presse ich den Tupfer gegen meine

Stirn, mit der rechten bewege ich meine Figuren, ein schneller, harter Abtausch nach dem anderen. König schlägt Läufer. Bauernumwandlung. Dame schlägt Dame. Turm schlägt Dame. König schlägt Turm.

Wir sind beim Endspiel angelangt, und ich stehe kurz vor dem Sieg. Den Patzern im Publikum mag mein Vorteil unbedeutend erscheinen, ein Mehrbauer am Damenflügel und ein minimal aktiver platzierter König. Aber höchstwahrscheinlich erklärt Marcus Crockett ihnen gerade, dass der zusätzliche Bauer und das eine Feld Vorsprung meines Königs die Partie entscheiden werden.

Ich weiß es. Marcus Crockett weiß es. Und am allerwichtigsten, die Sensenfrau weiß es. Ratlos zupft sie an ihrer Lippe und starrt verzweifelt auf die Uhr. Sie hat für ihre Züge insgesamt noch zwei Minuten, mir bleiben zweiundvierzig Sekunden. Sie zieht einen Bauern auf b4 und schlägt auf die Uhr.

Klick-klack, klick-klack, wilde, schnell aufeinanderfolgende Züge wie an einem Samstagnachmittag im Park. Ich bringe meinen König in die Mitte, rücke mit meinem g-Bauern vor, locke den weißen König in Richtung des Königsflügels, wechsle dann die Richtung und gehe auf die Damenflügelbauern los.

Klick-klack, schwups und weg. Herzlichen Dank. Ich habe jetzt drei Freibauern, eine kleine aber unaufhaltsame Armee.

Der weiße König flieht in die Ecke, in der Hoffnung, dass ich patze und es zu einem Patt kommt. Eine Verzweiflungstat.

Klicketiklack, klicketiklack, ich treibe den König aus seinem Versteck und fange an, Bauern umzuwandeln. Wäre das hier ein Schachturnier, würde ich zwei Damen benutzen und sie im Nullkommanichts fertigmachen. Aber wir sind in Las Vegas, und meine Gegnerin ist der Tod. Für sie habe ich ein süßeres Ende vorgesehen. Ich werde drei Läufer benutzen und ihr das erniedrigendste Schachmatt der Schachgeschichte bescheren.

Mein Wirt-Bauer ist zu Hause. Ich schnappe mir einen meiner toten Läufer und donnere ihn auf das Umwandlungsfeld. *Wiederauferstehung*!

Dann kommt der Spieler an – noch ein Läufer. Crockett lacht ins Mikrofon, während er dem Publikum diesen Wahnsinn erläutert. Läuferumwandlungen bekommt man im Turnierschach so gut wie nie zu sehen. Und schon gar nicht in einer hochriskanten Blitzpartie mit nur noch fünfundzwanzig Sekunden auf der Uhr.

In einem normalen Schachspiel gibt es nur zwei schwarze Läufer, daher ist die Umwandlung meines Wächters etwas komplizierter. Der Ringrichter muss die Uhren anhalten, während ein Bühnenhelfer lossprintet und einen weiteren Läufer organisiert. Marcus Crockett hat inzwischen einen so schlimmen Lachanfall, dass er außerstande ist zu kommentieren. Zelda Haas ist aufgestanden und brüllt den Ringrichter an. Sie schäumt vor Wut. Aber der wischt ihre Proteste mit einer Handbewegung weg. Alles, was ich tue, entspricht den Regeln.

Der zusätzliche Läufer wird gebracht, und der Ringrichter startet erneut die Uhren. Drei freche Läufer ziehen in beeindruckender Formation über das Brett. Haas macht sich davon, um sich in einer Ecke zu verkriechen, sie hofft immer noch auf ein Patt, aber in genau dieser Ecke will ich sie haben. Ich nehme sie mit zwei schwarzfeldrigen Läufern auf e3 und e5 in die Zange. Mit nur noch sieben Sekunden Zeit, knalle ich den weißfeldrigen Läufer auf e4 und jage dem weißen König den Spieß durch seine Krone.

Schachmatt.

Ich nehme die Ohrenschützer ab. Als ich Haas die Hand entgegenstrecke, verweigert sie mir den Handschlag. Ich drehe ihr den Rücken zu, laufe in eine Ringecke, springe auf die Seile und breite die Arme aus. Rund um den Ring explodieren Feuerwerkskörper. Die Menge johlt vor Begeisterung.

Weltmeisterin im Schachboxen. Alle Schmerzen sind wie weggeblasen. Ich könnte sterben vor Glück.

Ich stelle mir vor, mein Dad wäre in einer der Logen. Ich sehe ihn über das Geländer steigen und sich zu mir durchkämpfen. In meiner Vorstellung werfe ich mich vom Rand des Rings in die Zuschauer, lasse mich über die wogende Menge zu ihm tragen und gleite in seine ausgebreiteten Arme. Ich klammere mich an ihn, spüre das Kratzen seines braunen Wollsakkos und rieche sein nach Moschus und Zitrone duftendes Clubman-Aftershave.

»Gut gemacht, Champ!«, brüllt er mir ins Ohr. »Ich wusste, dass du es schaffst! Ich wusste, du würdest wieder aufstehen, egal, wie oft du zu Boden gehst. Ich wusste, du kommst wieder hoch, egal, wie hart der Tod zuschlägt. Vielleicht hast du ja an dir gezweifelt, ich nie. Nicht eine Sekunde.«

ENDE

Viel mehr gibt es über diesen Abend nicht zu sagen. Aufgrund der Wunde an meiner Stirn, die plötzlich wieder aufklaffte, war die Siegesfeier ziemlich kurz. Gerade stehe ich noch mit in die Luft gereckten Armen auf den Seilen und fühle mich, als könnte ich Bäume ausreißen, und im nächsten Moment werden die Fangesichter in der ersten Reihe starr vor Entsetzen, und mein linkes Auge schwimmt in einem warmen Blutstrom breit wie der Mississippi. Die Ringärztin setzt mich aufs Schachbrett und versucht, die Wunde mit Steri-Strips zu schließen.

Danach ist alles nur noch irgendwie verschwommen.

Ich erinnere mich an das Gebrüll der Menge, als Marcus Crockett meine Faust hochreißt.

Ich erinnere mich an ein smaragdgrünes Blitzen.

Und ich erinnere mich, wie dieser abgedrehte Kronleuchter sich höher und immer höher schraubte und in den Weiten des Weltalls verschwand.

VIERUNDZWANZIG STUNDEN

»Hallo, Champ!«, ruft eine vertraute Stimme.

Blinzelnd öffne ich die Augen und kneife sie gegen das grelle Licht gleich wieder zusammen. In einem cremefarbenen Hosenanzug und mit einer Batiktasche über der Schulter stöckelt Mom auf mein Bett zu.

»Wo bin ich?«, krächze ich.

»Station B, Sunrise Hospital, Las Vegas.« Mom reicht mir ein Glas Wasser. »Die Ärztin hat dich gestern Abend wieder ganz ordentlich zusammengeflickt, Leah. Zwölf Stiche über dem Auge und jede Menge kalte Kompressen für den übrigen Körper. Aber sie wollen dich noch vierundzwanzig Stunden hierbehalten. Sie machen sich Sorgen wegen einer Gehirnerschütterung.«

»Vierundzwanzig Stunden!«, stöhne ich. »Was soll ich denn vierundzwanzig Stunden lang machen?«

»Keine Ahnung.« Mom wählt einen Track auf meinem Smartphone aus und gibt mir meine Ohrstöpsel. »Am besten, du lehnst dich zurück und hörst ein wenig Mahler.«

PERSÖNLICHE INFORMATIONEN

Okay, liebe Leser, schon klar, euch wäre die Variante, in der die Sensenfrau mich mit ihrer Klinge ein für alle Mal rasiert und mein Wunderkindgehirn quer durchs gesamte Omnia spritzt, lieber gewesen.

Tja, tut mir leid. Ich bin quicklebendig, und das will ich feiern, indem ich dieses bescheuerte Tagebuch für euch online stelle. Ja ja, ich weiß, viel zu viele persönliche Informationen. Aber mir ist aufgefallen, dass das Leben deutlich mehr Spaß macht, wenn man ein bisschen kiebitzen kann. Außerdem ist es für einige von euch sicher beruhigend zu erfahren, dass es Menschen gibt, die noch durchgeknallter sind als ihr selbst.

KOMMENTARE

Juan: *Glückwunsch! Weltmeisterin im Schachboxen. Hammer!*

Gorgon: *Habe deinen Kampf gerade auf YouTube gesehen. Spektakulär ist noch stark untertrieben. Glückwunsch!*

Chessgirl: *Danke!*

SirLancelot: *Von mir auch! Du hast mir übrigens nie geantwortet wegen der Schachbücher. Brauchst du sie noch?*

Chessgirl: *Ja. Sorry.*

Guppy: *Herzlichen Glückwunsch und so, aber ich habe mir deine Partie angesehen, und sicher stimmst du mit mir überein, dass du im zweiten Zug anstatt d5 g6 hättest spielen sollen und das Fianchetto deines Königsläufers vorbereiten. Das ist der gängigste königsindische Aufbau.*

Sigurd: *Sie wollte aber nicht die gängigste Aufstellung, du Vollidiot. Sie hat d5 gespielt, weil sie von den Schachbuchzugfolgen wegwollte.*

Guppy: *D5 ist längst ein Theoriezug. Nur kein besonders guter, was die Tatsache, dass sie nach vier Zügen mit einem Läufer weniger dastand, ja wohl eindeutig beweist. Also, denk noch mal nach, wer von uns hier der Vollidiot ist, du Vollidiot.*

Sigurd: *D5 war gut. Ihr einziger Fehler war, Läufer f5 zu spielen, als sie auf c4 hätte abtauschen sollen. Du scheinst echt den IQ einer Kaulquappe zu haben, also spar dir deine Kommentare.*

Guppy: *Sollen wir Pferd spielen? Ich bin die vordere Hälfte, und du bist einfach nur du selbst.*

Sigurd: *Der Kommentar wurde vom Moderator gelöscht.*

Guppy: *Der Kommentar wurde vom Moderator gelöscht.*

KOMMENTARE SIND GESCHLOSSEN.

STICHE

An meinem zweiten Morgen im Krankenhaus schaut Clint vorbei und informiert Mom und mich, dass am Empfang jede Menge Leute wären, die sich darum prügelten, mich sehen zu dürfen.

»Wer sind die?«, will ich wissen.

Clint blättert durch einen kleinen Stapel Visitenkarten. »Jonny Diamond. Harold Spiegelman. Einige Reporter und Fotografen. Blogger. Ein gut aussehender Junge namens Seb mit einer Kamera auf dem Kopf. Oh, und ein etwas merkwürdiger Kerl, Kim oder Kip oder so. Er hatte keine Karte.«

»Kit!« Ich wende mich an Mom. »Er ist ein Freund von mir. Kann ich ihn sehen?«

»Okay«, seufzt Mom. »Aber nur kurz, Leah. Du musst dich schonen.«

Clint geht, um Kit zu holen, während ich mich im Bett aufsetze. Die Schmerzen in meinem Brustkorb lassen mich zusammenzucken.

»Ich liebe den Moment, in dem ich das Ego eines Gegners zerschmettere!«, ertönt Bobbys verzerrte Stimme.

Ich greife nach meinem Handy auf dem Nachttisch. Es ist Travis. Er ruft an, um mir zu meinem Sieg zu gratulieren. Bert habe einen Projektor in der Boxhalle aufgebaut, erzählt er mir, und sie hätten das Ganze auf PAY-PER-VIEW gestreamt.

»Nicht dein Ernst?«, entgegne ich. »Der Kampf hat erst nach Mitternacht begonnen, östliche Zeitzone.«

»Ja, Mann, ich weiß«, lacht Travis. »Ein paar Mieter aus den Wohnungen im ersten Stock sind heruntergekommen, weil sie sich über den Lärm beschweren wollten, sind dann aber geblieben, um zuzusehen. Wir waren ungefähr fünfundzwanzig Leute, die da vor dem Bildschirm herumgesprungen sind. Ich habe ihnen erklärt, dass ich es war, die dich zum Schachboxen gebracht hat.«

»Da bin ich aber froh, dass du das klargestellt hast.« Draußen auf dem Flur höre ich Schritte. »Sorry, Travis. Ich muss Schluss machen. Tschüss.«

Die Tür öffnet sich, und im Türspalt taucht ein Paar funkelnder blauer Augen auf.

»Kit!« Meine schmerzende Brust füllt sich mit Freude.

»Sieh an!«, schreit Kit und springt Mom mit einer tiefen Verbeugung direkt vor die Füße. »Du, bist deiner Tochter Spiegel, welche in dir zaubert herbei der Jugendtage holden Lenz.«

Mom lächelt verunsichert und sieht sich, Hilfe suchend nach mir um.

»Mom, das ist Kit McTarnsay«, erkläre ich ihr. »Keine Sorge, er ist immer so. Sein Großvater war ein berühmter irischer Dichter. Behauptet er zumindest.«

Kit kommt an mein Bett, und ich beuge mich vor, um ihn zu umarmen. »Was machst du hier?«, frage ich. »Ich dachte, du hasst Schachboxen.«

»Tue ich auch.«

»Warum hast du es dir dann angesehen?«

»Habe ich nicht. Ich habe mir die meiste Zeit die Augen zugehalten. Aber ich war in dem Club, und das ist das Einzige, was zählt. Habe ich recht?«

»Klar, ich bin echt gerührt. Wie bist du an das Geld ...?«

»Ich hatte noch ein paar gesparte Dukaten aus meiner Zeit mit den *Poisoned Pawns*. Aber könnten wir bitte aufhören, über Geld zu reden? Das ziemt sich nicht.«

»Okay, worüber willst du dann reden?«

Kit streicht sich die Haare hinter die Ohren und sieht mich zärtlich an. »Keine Ahnung. Schach?«

KOMMENTARE

Gorgon: *Willst du dir dieses Tattoo immer noch stechen lassen?*

Chessgirl: *Im Moment eher nicht. Ich bin sicher, du verstehst das.*

Hamsterfan: *Wie geht's Teddy?*

Chessgirl: *Keine Ahnung. Nach dem, was bei den US-Meisterschaften passiert ist, hat er seinen Eltern erklärt, Hungry Hippos wäre ihm lieber als Schach. Ich kann es ihm nicht verübeln. Manchmal wünsche ich mir, ich hätte mit neun auch öfter Hungry Hippos gespielt.*

Lisa: *Gehst du noch zu Daphne Piano?*

Chessgirl: *Klar. Warum auch nicht? Sie liebt es, mit mir ein Pläuschchen zu halten.*

Skipperbekker: *Wann, glaubst du, wirst du den Tod deines Vaters verwunden haben?*

Chessgirl: *Ganz ehrlich? Nie. Es ist wie eine schlecht verheilte Narbe, die für immer bleiben wird. Wenn ich lerne, die Trauer zuzulassen und zu akzeptieren, ist das schon mal nicht schlecht. Und da bin ich definitiv auf einem guten Weg.*

Roy: *Und was hat Leah »Park Girl« Baxter als Nächstes vor?*

Chessgirl: *Ich bin nicht sicher. Es mag verrückt klingen, aber irgendwie juckt es mich, wieder Turnierschach zu spielen. Neunzehn ist ja noch kein Alter.*

QWERTZ1: *Dieses Jahr ist die letzte Gelegenheit, an der Weltmeisterschaft der Junioren teilzunehmen. Der Gewinner erhält automatisch den Großmeistertitel. Warum versuchst du es nicht?*

Chessgirl: *Sekunde mal. Bist du das, Mom?*

QWERTZ1: *Haha, nein.*

Anonym: *Klingt es immer noch wie Husten, wenn du niest?*

Chessgirl: *Ja. Aber weißt du was? Es gibt da draußen ein paar Spinner, die wünschen dir, auch wenn du hustest, Gesundheit.*

KOMMENTARE SIND GESCHLOSSEN.

DANK

Ich habe dieses Buch größtenteils in der Battersea-Präsenzbibliothek in London geschrieben. Der Lesesaal ist mit Eichenpaneelen ausgekleidet und hat eine von schmiedeeisernen Säulen getragene Glaskuppel. Über dem Eingang ist das Motto von Battersea in den Stein gemeißelt: NON MIHI, NON TIBI, SED NOBIS.

Nicht mir, nicht dir, sondern uns – ein passendes Motto, nicht nur für die Battersea-Bibliothek, sondern auch für dieses Buch. Mein Dank gilt meiner Agentin Julia Churchhill, deren Begeisterung für die Figuren mich durch mehrere grundlegende Überarbeitungen getragen hat, sowie meiner Lektorin Chloe Sackur, deren kluger Rat zu einer sehr viel besseren Geschichte geführt hat, als ich sie alleine je hätte schreiben können.

NACHWORT

Die Felder eines Schachbretts werden mit einem Buchstaben und einer Zahl, beispielsweise e2 oder g5, bezeichnet.

Die vertikal aufeinanderfolgenden Felder (genannt Linien) werden mit den Buchstaben a bis h bezeichnet.

Die horizontal nebeneinanderliegenden Felder (genannt Reihen) werden von 1 bis 8 durchnummeriert.

S	Springer
L	Läufer
T	Turm
D	Dame
K	König
e4	Bauer zieht nach e4
exd5	e-Bauer schlägt auf d5
Dxd5	Dame schlägt auf d5
Sc3	Springer zieht nach c3
S7f6	Springer in der 7. Reihe zieht nach f6
Tfe8	Turm auf der f-Linie zieht nach e8
e1D	Bauer wird zur Dame
+	Schach

#	Matt
1|-|0	Weiß gewinnt
0|-|1	Schwarz gewinnt
?	schwacher Zug
??	grober Fehler
!	starker Zug
!!	brillanter Zug

1. Partie

Leahs Partie gegen Odette Segal folgt den Zügen einer spektakulären Partie des peruanischen Meisters Esteban Canal im Jahr 1934. Weiß opfert zwei Türme und eine Dame, um im 14. Zug ein Boden-Matt zu erzwingen.

Baxter–Segal, New York, Skandinavische Verteidigung

1. e4 e5	6. Lf4 e6	11. axb4!! Dxa1+
2. exd5 Dxd5	7. h3 Lxf3	12. Kd2! Dxh1
3. Sc3 Da5	8. Dxf3 Lb4	13. Dxc6+! Bxc6
4. d4 c6	9. Le2 Sd7	14. La6# 1|-|0
5. Sf3 Lg4	10. a3 0-0-0-	

2. Partie

Die Eröffnungsfalle in Leahs Partie gegen Zelda Haas kam 1976 in der Partie Zaitsik-Zichulidze vor. In dieser Partie hat Schwarz nach dem 5. Zug aufgegeben. Um zu berechnen, wie Schwarz einen Ausweg aus der Situation hätte finden können, habe ich ein Schachprogramm namens Stockfish benutzt.

Haas–Baxter, Las Vegas, Réti-Eröffnung

1. c4 Sf6
2. Sf3 d5
3. g3 Lf5??
4. cxd5 Sxd5
5. e4! Lxe4
6. Da4+ Sd7
7. Dxe4 S7f6
8. Da4+ c6
9. d4 e6
10. Sc3 Ld6
11. h4 Dc7
12. Sxd5 exd5
13. Lg2 0|-|0
14. Lg5 Tfe8+
15. Kf1 Se4
16. h5 f6
17. Lh4 g5
18. hxg6 hxg6
19. Se5 fxe5
20. Lxe4 dxe4
21. Lf6 Kf7
22. Th7+ Kxf6
23. Txc7 Lxc7
24. dxe5+ Txe5
25. Db4 Lb6
26. Dd6+ Te6
27. Df4+ Kg7
28. Td1 Tae8
29. a3? e3
30. Td7+ T6e7
31. Txe7+ Txe7
32. Db4 e2+
33. Ke1 Lxf2
34. Kxf2 e1D+
35. Dxe1 Txe1
36. Kxe1 Kf6
37. b4 Ke5
38. Ke2 Ke4
39. a4 g5
40. Kf2 g4
41. Ke2 a6
42. Kf2 Kd3
43. a5 Kc4
44. Ke3 Kxb4
45. Kd3 c5
46. Kc2 c4
47. Kd2 Kxa5
48. Kc3 b5
49. Kb2 Kb4
50. Kc1 Kb3
51. Kb1 c3
52. Kc1 a5
53. Kb1 a4
54. Kc1 a3
55. Kd1 c2+
56. Kd2 a2
57. Ke3 a1L
58. Kf4 c1L+
59. Kxg4 b4
60. Kh5 Kc4
61. g4 b3
62. g5 b2
63. g6 b1L
64. g7 Lxg7
65. Kg4 Lh7
66. Kg3 L1h6
67. Kg2 Le3
68. Kh2 Le5+
69. Kh1 Le4#

QUELLENVERZEICHNIS

Samuel Reshevsky, *Reshevsky on Chess*, New York 1948, Passage übersetzt von Katja Hald